宮本武蔵

요시카와 에이지 대하소설

미야모토 무사시 | 4 | 바람의 권 上

한국어판 ⓒ 도서출판 잇북 2019

1판 1쇄 인쇄 2019년 12월 10일
1판 1쇄 발행 2019년 12월 16일

지은이 | 요시카와 에이지
옮긴이 | 김대환
펴낸이 | 김대환
펴낸곳 | 도서출판 잇북

책임디자인 | 한나영
인쇄 | 에이치와이프린팅

주소 | (10893) 경기도 파주시 와석순환로 347, 212-1003
전화 | 031)948-4284
팩스 | 031)624-8875
이메일 | itbook1@gmail.com
블로그 | http://blog.naver.com/ousama99
등록 | 2008. 2. 26 제406-2008-000012호

ISBN 979-11-85370-29-3 04830
ISBN 979-11-85370-25-5(세트)

※값은 뒤표지에 있습니다. 잘못 만든 책은 교환해드립니다.

이 도서의 국립중앙도서관 출판예정도서목록(CIP)은 서지정보유통지원시스템 홈페이지(http://
seoji.nl.go.kr)와 국가자료종합목록 구축시스템(http://kolis-net.nl.go.kr)에서 이용하실 수 있습
니다. (CIP제어번호 : CIP2019049334)

요시카와 에이지 대하소설

미야모토 무사시

4

바람의 권 上

잇북
it BOOK

차례

메마른 들판 —— 6

살아 있는 달인 —— 44

밤길 —— 69

두 명의 고지로 —— 85

동생 덴시치로 —— 120

막다른 골목 —— 152

어둠 속의 처단 —— 168

괭이 —— 200

조닌 —— 214

봄눈 —— 242

눈밭의 결투 —— 264

술내기 —— 297

모란을 태우다 —— 319

비파 —— 332

메마른 들판

1

단바丹波 가도로 들어서는 나가사카長坂의 어귀가 저편으로 보였다. 가로수 너머로 보이는 단바의 경계선과 교토京都의 서북쪽 교외를 둘러싼 산들의 주름에 남아 있는 잔설이 하얀 번갯불처럼 눈을 찔렀다.

"불을 지펴라."

누군가 말했다.

이른 봄, 정월 초아흐레 날이다. 어린 새의 깃털 사이로 스며드는 산바람은 아직도 차가웠다. 그래서인지 짹짹짹 들판에 울려 퍼지는 가냘픈 울음소리가 더 쓸쓸하게 들린다. 사람들은 칼집에 찬 칼에서 전해오는 차가운 기운에 더욱 한기를 느끼는 듯했다.

"잘 타고 있구먼."

"불티가 날리니 주의하지 않았다간 들불이 나겠어."

"걱정 마. 아무리 불이 번져도 교토까지는 가지 않을 테니까."

메마른 들판의 한쪽 가장자리에서 붙인 불은 소리를 내며 마흔 명이 넘는 사람들의 얼굴을 붉게 물들였다. 불길은 아침 해를 향해 높이 치솟으며 닿을 듯 말 듯 넘실거렸다.

"뜨겁다, 뜨거워."

누군가 중얼거렸다.

"이제 그만."

우에다 료헤이植田良平가 연기 때문에 얼굴을 잔뜩 찌푸리고 불 속에 풀잎을 던져 넣는 자를 나무랐다. 그러는 사이에 반 시진가량 흘렀다.

"벌써 묘시卯時 하각下刻(묘시는 오전 5시부터 오전 7시까지, 각은 한 시진을 삼등분해서 상각·중각·하각으로 한다)이 다 됐지?"

누군가 물었다.

"그런가?"

그들은 모두 약속이나 한 듯 하늘의 해를 올려다보았다.

"묘시 하각이라, 벌써 약속한 시간인가."

"젊은 사부님은 어떻게 된 거지?"

"곧 오시겠지."

"그래, 오실 때가 됐어."

그들의 얼굴에는 뭔지 모를 긴박감이 흘렀다. 자연스럽게 그

것이 모두를 순간적으로 벙어리로 만들었다. 그들의 시선은 일제히 마을 변두리를 지나는 가도로 향했다. 다들 마른침을 삼키며 누군가를 초조하게 기다리는 모습이다.

"무슨 일이라도 생겼나?"

어딘가에서 소가 한가로운 목소리로 길게 울었다. 이곳은 원래 궁궐 소유의 목장으로 뉴규인乳牛院 터라고도 불리고 있었다. 지금도 방목하는 소가 있는지 해가 높이 떠오르자 미른 풀과 쇠똥 냄새가 진동했다.

"무사시武蔵는 이미 렌다이 사蓮台寺 들판에 와 있겠지?"

"그럴지도 모르지."

"누가 잠깐 가서 보고 오는 게 어때? 렌다이 사 들판까지는 여기서 5정町(거리의 단위, 1정은 약 109미터)쯤 되니까."

"무사시를 말인가?"

"그래."

"……."

누구 하나 가겠다고 선뜻 나서는 자가 없었다. 다들 매캐한 연기에 얼굴을 찡그린 채 침묵하고 있었다.

"그래도 젊은 사부님이 렌다이 사 들판으로 가시기 전에 여기서 준비를 하고 가겠다고 하셨으니 좀 더 기다려보는 게 낫지 않을까?"

"틀림없이 그렇게 말씀하셨나?"

"어젯밤 우에다 님이 젊은 사부님께 분명히 그리 들었다고 했으니 틀림없겠지."

우에다 료헤이는 그런 동문들의 말을 확인해주듯 말했다.

"맞아. 무사시는 이미 약속 장소에 먼저 와 있는지 모르지만, 세이주로清十郎 님은 적을 초조하게 만들 계획으로 일부러 늦으시는 것일 수도 있어. 우리가 섣불리 움직여서 세이주로 님을 도와줬다는 소문이라도 나면 요시오카吉岡 가문의 명성에 큰 누를 끼치게 될 뿐이야. 상대는 분수를 모르고 날뛰는 일개 낭인에 불과해. 우리는 젊은 사부님이 오실 때까지 숲처럼 조용히 지켜본다."

2

그날 아침, 이곳 뉴규인 들판에 마지못해 모인 사람들은 요시오카의 문하생들 중 극히 일부에 지나지 않았지만, 그들 중에 우에다 료헤이를 비롯해서 교류京流의 십검十劍이라 자칭하는 수제자의 절반가량이 보이는 것을 보면 4조 도장의 중견들이 거의 다 나섰다고 해도 무리는 아닐 것이다.

세이주로는 어젯밤 도움 따위는 일절 필요 없다고 말했다. 이는 누구에게나 똑같이 전하는 말이었지 싶다.

문하생들 모두는 오늘 사부의 상대인 무사시라는 자를 결코 분수를 모르고 날뛰는 놈이라고 경시하지는 않았지만, 그렇다고 해서 사부인 세이주로가 그에게 쉽게 패하리라고는 도저히 생각할 수 없었다. 아니, 당연히 이길 것이라고 승리를 기정사실화하면서도 만일의 경우에 대비하고 있었다.

게다가 또 5조 대교에 팻말을 세워서 오늘의 대결을 공개한 이상 요시오카 가문의 위용을 과시하고, 아울러 이번 기회에 세이주로의 이름을 세상에 크게 떨치게 해주고 싶은, 문하생으로서는 당연한 스승을 돕겠다는 마음으로 결투 장소인 렌다이 사 들판에서 그리 멀지 않은 이곳에 모여 곧 도착할 세이주로를 애타게 기다리고 있는 것이었다.

그런데 정작 세이주로가 어떻게 된 일인지 전혀 모습을 보이지 않았다.

해의 위치로 가늠해봐도 곧 묘시 하각이었다.

"이상하지 않아?"

문하생들이 그렇게 중얼거리기 시작하면서 우에다 료헤이가 조용히 지켜보자며 다잡았던 분위기가 조금씩 흐트러지자, 이곳 뉴규인 들판에 모인 요시오카의 문하생들을 보고 오늘의 결투 장소를 이곳으로 착각한 사람들이 또 웅성거렸다.

"결투는 대체 어떻게 된 거야?"

"요시오카 세이주로는 어디 있는 거지?"

"아직 보이지 않는데."

"무사시라는 자는?"

"그자도 아직 오지 않은 모양이야."

"저 무사들은 뭐야?"

"어느 한쪽에 합세하려고 온 자들이겠지."

"대체 무슨 일이야? 합세하려는 자들만 와 있고, 당사자인 무사시나 세이주로가 오지 않았다니."

사람들이 줄지어 모여들며 구경꾼들이 계속 늘어났다.

"아직인가?"

"아직이야?"

"누가 무사시야?"

"세이주로는 누구지?"

여기저기에서 웅성거리는 소리가 들렸다. 구경꾼들은 요시오카의 문하생들이 모여 있는 곳으로는 다가가지 않았지만, 뉴규인 들판의 억새 사이와 나뭇가지 사이에는 사람들의 머리가 무수하게 보였다.

그들 사이에서 조타로城太郎가 보였다. 몸보다 큰 예의 목검을 차고 발보다 큰 짚신을 신고 뿌연 먼지를 일으키면서 메마른 땅 위를 걷고 있었다.

"없다, 여기에도 없어."

조타로는 사람들의 얼굴을 힐끔거리면서 넓은 들판의 주위를 따라 걸었다.

"어떻게 된 거지? 오쓰お通 님이 오늘 일을 모를 리가 없을 텐데……. 그 후로는 가라스마루烏丸 님 댁으로도 한 번도 오지 않고."

그가 찾고 있는 사람은 무사시보다도 그 무사시의 승패가 걱정되어 오늘 분명 이곳에 와 있어야 할 오쓰였다.

3

새끼손가락에 작은 상처만 나도 금방 낯빛이 창백해지는 여자들이 의외로 피가 튀는 잔인한 일에는 남자와 다른 흥미를 느끼는 모양이다.

어쨌든 오늘 결투에는 교토 사람들의 모든 이목이 쏠려 있었다. 결투를 구경하러 오는 인파 속에는 여자들의 모습도 많이 보였다. 몇 명이 손을 잡고 오는 여자들조차 있었다.

그러나 아무리 찾아봐도 그 여자들 사이에서 오쓰의 모습은 보이지 않았다.

"이상한데."

조타로는 들판 주위를 지칠 때까지 걸었다.

'어쩌면 그날 이후, 5조 대교에서 헤어진 설날 이후, 병이라도

든 게 아닐까?'

그런 억측이 들기도 하고, 또 다른 생각이 불쑥 떠오르기도
한다.

'할멈이 그런 교묘한 말로 오쓰 님을 속이고 어떻게 했는지
도 몰라.'

조타로는 그런 생각이 들자 불안해서 견딜 수가 없었다. 그 불
안함은 오늘의 대결 결과가 어찌 될 것이냐는 궁금증과는 비교
도 할 수 없을 정도로 컸다. 조타로는 오늘의 승부를 조금도 걱
정하지 않았다.

들판을 에워싼 채 결투가 시작되기를 기다리고 있는 수천 명
의 구경꾼들 모두가 요시오카 세이주로의 승리를 믿고 있듯이
조타로도 무사시가 이긴다고 믿어 의심치 않았다.

그는 야마토大和의 한냐般若 들판에서 호조인寶藏院 무리의
수많은 창을 상대로 싸우던 무사시의 늠름한 모습을 떠올렸다.

'모두 떼거리로 덤벼도 질 리가 없어!'

그렇게 그는 뉴규인 들판에 모여 있는 요시오카 쪽 문하생들
까지 적으로 포함시킨다 해도 무사시에 대한 견고한 믿음에는
변함이 없었다.

그래서 결투에는 아무 걱정이 없었지만, 오쓰가 오지 않은 것
은 그에게 단순히 실망감을 안겨준 정도가 아니라 왠지 오쓰의
신상에 변고라도 생긴 것 같은 초조함으로 다가왔다.

오쓰는 5조 대교에서 오스기お杉를 따라 나서며 헤어질 때 분명히 말했다.

"기회를 봐서 이따금 가라스마루 님 댁으로 갈 테니…… 너는 당분간 그 댁에 부탁해서 그곳에 머물도록 해."

분명히 그렇게 말했다.

그런데 그날로부터 오늘로 아흐레째, 그 사이에 있는 정월 초사흘에도, 나나쿠사七草 날(봄의 대표직인 일곱 가지 나물인 미나리·냉이·떡쑥·별꽃·광대나물·순무·무를 음력 1월 7일에 만병을 예방하기 위해 죽에 넣어서 먹는 날)에도 오쓰는 한 번도 오지 않았다.

'어떻게 된 거야?'

조타로의 불안은 이미 2, 3일 전부터 계속되고 있었다. 그래도 오늘 아침에 이곳에 올 때까지는 일말의 희망을 품고 있었지만…….

"……."

조타로는 멍하니 들판의 한가운데를 바라보고 있었다. 모닥불 연기를 둘러싸고 있는 요시오카의 문하생들은 멀리서 구경꾼 수천 명의 시선을 받으며 무시무시한 표정으로 모여 있었지만 아직 세이주로가 나타나지 않은 탓인지 왠지 모르게 기세가 오르지 않았다.

"이상하네. 팻말에는 분명히 결투 장소가 렌다이 사 들판이라고 되어 있었는데, 여긴가?"

다들 딱히 의심스러워하지 않는 것을 조타로만 문득 의심이 들었다. 그때 그의 양옆을 스쳐 지나가는 인파 속에서 누군가 그를 건방지게 불렀다.

"어이. 야, 거기 가는 꼬마."

돌아보니 낯익은 얼굴이었다. 그는 여드레 전인 설날 아침에 5조 대교의 기슭에서 아케미朱実와 이야기하고 있던 무사시를 향해 무시하듯이 큰 소리로 웃으며 가 버린 사사키 고지로佐々木小次郎였다.

4

"왜요, 아저씨?"

한 번 본 적이 있기에 조타로는 친근하게 대답했다.

고지로는 그에게로 다가왔다. 뭔가 말하기 전에 먼저 발끝부터 머리끝까지 쭉 훑어보는 것이 이 사내의 버릇이었다.

"우리 언젠가 5조에서 만난 적이 있지?"

"아저씨도 기억하고 있군요?"

"넌 그때 웬 여자와 함께 있었던 것 같은데?"

"아, 오쓰 님이요?"

"그녀 이름이 오쓰구나. 무사시와는 연고가 있는 사람이니?"

"그럼요."

"사촌지간이냐?"

"아뇨."

"누이동생?"

"아뇨."

"그럼, 뭔데?"

"좋아하는 사람이요."

"누가?"

"오쓰 님이 우리 스승님을요."

"연인이구나?"

"……그럴걸요?"

"그런데 무사시가 너의 스승이라고 했느냐?"

"예!"

조타로는 자랑스럽다는 듯 분명하게 고개를 끄덕였다.

"허허, 그래서 오늘도 여기에 온 것이구나? 그런데 세이주로도 무사시도 아직 모습을 보이지 않아서 구경꾼들이 조바심을 내는데 넌 알지 않니? 무사시가 벌써 숙소를 나섰겠지?"

"몰라요. 나도 지금 찾고 있는 중이에요."

뒤에서 두세 명이 이쪽으로 달려오는 발소리가 들렸다. 고지로의 매를 닮은 눈이 바로 그쪽을 돌아보았다.

"거기 계신 분은 사사키 고지로 님이 아니십니까?"

"오, 우에다 료헤이."

"어찌 된 일입니까?"

료헤이는 고지로의 곁으로 다가와서 포박하듯이 그의 손을 잡았다.

"연말부터 말도 없이 도장에 오시지 않아서 젊은 사부님이 어찌 된 일이냐며 입버릇처럼 말씀하셨습니다."

"다른 날엔 가지 않아도 오늘 여기에 왔으니 그걸로 되지 않았는가."

"자, 어쨌든 저쪽으로 가시지요."

료헤이와 다른 문하생들은 공손하게 그를 둘러싸고 자기들이 진을 치고 있는 들판 한가운데로 끌고 가듯이 데리고 갔다.

등에 칼을 둘러멘 고지로의 화려한 차림을 멀리서 발견한 구경꾼들이 웅성거리기 시작했다.

"무사시다, 무사시."

"무사시가 왔다."

"호오, 저사람인가?"

"저 사람이다. 미야모토 무사시宮本武蔵가."

"흐음…… 대단한 멋쟁이군. 그런데 약해 보이지 않는데?"

조타로는 주위의 어른들이 진지한 표정으로 고지로를 무사시로 착각하자 발끈해서 오해를 바로잡아주려고 말했다.

"아니에요. 아니라구요. 무사시 님은 저런 사람이 아니에요.

저렇게 가부키歌舞伎(음악과 무용, 기예가 어우러진 일본의 전통 연극)에나 나오는 광대 같은 모습을 하고 있지 않아요!"

그의 말이 들리지 않는 곳에 있는 구경꾼들도 아무래도 무사시가 아닌 듯했는지 고개를 갸웃거리기 시작했다.

"이상한데?"

들판의 한가운데로 간 고지로는 마흔 명쯤 되는 요시오카의 문하생들 앞에서 예의 오만한 태도로 사람들을 내려다보며 뭔가 연설을 하고 있는 듯했다.

"……."

우에다 료헤이 이하 미이케 주로자에몬御池十郎左衛門, 오타구로 효스케太田黑兵助, 난포 요이치베에南保余一兵衛, 고바시 구란도小橋蔵人 등과 같은 십검이라 불리는 사람들은 고지로의 연설이 마음에 들지 않는다는 표정으로 입을 꾹 다문 채 부지런히 움직이는 그의 입을 무서운 눈초리로 바라보고 있었다.

5

사사키 고지로는 문하생들을 향해 일장 연설을 하며 이런 말을 했다.

"아직 여기에 무사시와 세이주로가 오지 않았다는 것은 요시오카 가문의 입장에선 천우신조라 할 것이오. 그대들은 서로 잘 나누어서 세이주로 님이 이곳에 도착하기 전에 도장으로 발길을 돌려 돌아갈 수 있도록 하시오."

그 말만으로도 요시오카 쪽 사람들을 격앙시키기에 충분했건만 고지로는 한술 더 떴다.

"내 말은 세이주로 님에게 더없는 도움이 될 것이오. 이 말 이상으로 도움이 되는 것은 어디에도 없을 것이오. 나는 요시오카 가문을 위해 하늘이 내려준 예언자요. 분명히 예언하건대 무사시와 결투를 벌인다면 세이주로 님은 미안하지만 필히 패할 것이오. 무사시라는 자에게 반드시 목숨을 잃을 것이오."

요시오카 가문의 사람이라면 이 말을 결코 좋은 표정으로 듣고 있을 수가 없을 것이다. 우에다 료헤이와 같은 이는 얼굴이 흙빛이 되어 고지로를 노려보고 있었다.

십검 중 한 사람인 미이케 주로자에몬은 더 이상 참을 수 없었는지 또 무슨 말인가를 하려는 고지로의 가슴팍으로 자신의 가슴을 쑥 들이대며 말했다.

"귀하는 지금 무슨 말을 하는 것이오?"

오른손 팔꿈치를 얼굴과 얼굴 사이로 들어 올린 것은 두 말할 필요도 없이 이아이居合(앉은 자세에서 재빨리 칼을 뽑아 적을 베는 검술) 자세로 여차하면 칼을 뽑아 공격하겠다는 의지의 표현이었다.

고지로는 입가에 미소를 지으며 그를 바라보았다. 키가 훌쩍 크기 때문인지 볼에 팬 보조개조차 거만하게 사람을 내려다보는 것처럼 보였다.

"내 말이 거슬리는가?"

"당연하지."

"그렇다면 실례했네."

고지로는 가볍게 받아넘기고 말을 이었다.

"그럼, 나는 돕지 않도록 하겠소. 마음대로들 하랄 수밖에 없겠군."

"아무도 귀하에게 도움을 청할 사람은 없소."

"그렇지 않을 거요. 게마毛馬 제방에서 나를 4조 도장으로 맞아들이고 그렇게 내 기분을 맞춰주지 않았소? 그대들도 그렇고 세이주로 님도."

"그건 그저 손님에 대한 예를 갖췄을 뿐이오. ……잘난 체가 심하군."

"하하하. 그만둡시다. 여기서 그대들과 언쟁을 벌여봐야 쓸데없는 짓일 터. 하지만 내 예언을 무시했다간 나중에 피눈물을 흘리며 후회하게 될 거요. 내가 보건대 세이주로 님에게는 9푼 9리까지 승산이 없소. 지난 정월 초하룻날 아침 5조 대교의 난간에 서 있는 무사시라는 사내를 보는 순간 나는 깨달았소. 그 다리 기슭에 그대들이 세운 결투 팻말이 나에게는 요시오카 가문의 쇠망을 스스로 예언하는 위패처럼 보였던 것이오. ……하지만 인간의 성쇠를 정작 그 당사자는 모르는 것이 세상에 흔한 일인지도 모르지."

"다, 닥쳐라. 너는 오늘 결투에서 요시오카 가문에 악담을 하러 온 것이구나!"

"남의 호의를 순순히 받아들이지 못하는 것이 원래 쇠락하는 자의 쓸데없는 근성일 터. 마음대로 생각하시오. 내일이랄 것도 없이 당장 한 시진 후에는 깨닫게 될 터이니."

"말 다 했느냐!"

험악하기 그지없는 목소리가 침과 함께 고지로에게 쏟아졌다. 마흔 명에 달하는 요시오카의 제자들이 분노에 차서 한 걸음씩 움직이자 살기가 새카맣게 들판을 뒤덮을 정도였다.

하지만 고지로는 이미 예상하고 있었다. 그는 재빨리 뒤로 물러나며 싸움을 걸어온다면 피하지 않겠다는 혈기를 감추지 않았다. 상황이 이렇게 되자 그가 기껏 호의를 갖고 했던 말도 의심하고 싶어질 정도였다.

나쁘게 해석하면 이곳에 모인 군중심리를 이용하여 무사시와 세이주로의 대결을 보러 온 사람들의 관심을 자신이 가로챌 속셈으로 일부러 그렇게 행동하는 것이 아닌가 싶을 정도로 그 순간 고지로의 눈은 호전적이었다.

멀리서 그 모습을 바라보던 군중들이 술렁이기 시작했을 때였다.

혼잡한 인파를 뚫고 새끼 원숭이 한 마리가 들판을 향해 마치 공이 굴러가듯 뛰어갔다. 그 새끼 원숭이의 앞에는 젊은 여자가 역시 구르듯이 빠른 속도로 달려가는 모습이 보였다.

아케미였다.

요시오카의 문하생들과 고지로 사이에 자칫하면 피라도 볼 것 같은 험악한 분위기가 뒤에서 갑자기 들려온 아케미의 고함 소리에 깨져버렸다.

"고지로 님, 고지로 님. ······무사시 님은 어디 계십니까! 무사시 님은 안 계시나요?"

"응?"

고지로가 뒤를 돌아보았다.

요시오카 쪽의 우에다 료헤이와 다른 사람들도 돌아보았다.

"아니, 아케미잖아?"

잠깐이었지만 모든 사람의 눈이 의아한 듯 그녀와 새끼 원숭이에게 쏠렸다.

고지로는 나무라듯 말했다.

"아케미, 네가 왜 여기에 왔어? 와서는 안 된다고 했을 텐데!"

"내 몸이에요. 내 몸 가지고 내가 오는데 오면 안 되나요?"

"안 돼!"

고지로는 아케미의 어깨를 가볍게 툭 쳤다.

"돌아가."

고지로의 말을 아케미는 가쁜 숨을 내쉬며 고개를 가로저어 거절했다.

"싫어요. 나는 당신에게 신세를 지긴 했지만, 당신의 여자가 아니에요. 그런데……."

아케미는 갑자기 말문이 막힌 듯 흐느껴 울었다. 그녀의 구슬픈 오열에 사내들의 격해졌던 감정이 물을 뒤집어쓴 듯 사그라들었다. 그러나 아케미의 다음 말에 사내들의 낯빛은 그 어느 때보다도 더 험상궂게 일그러졌다.

"그런데 어떻게 당신은 나를 즈즈야数珠屋의 2층에 묶어놓을 수가 있죠? 내가 무사시 님을 걱정하자 당신은 날 증오하듯이 괴롭히지 않았나요? ……게다가 ……게다가 오늘 결투에선 반드시 무사시가 죽을 것이다, 나도 요시오카 세이주로와의 의리가 있기 때문에 만약 세이주로가 밀리기라도 한다면 그를 도와 무사시를 벨 수밖에 없다. ……그렇게 말하고 어젯밤부터 눈물로 밤을 지새운 나를 즈즈야의 2층에 묶어놓고 당신만 오늘 아침에 나가 버리지 않았나요?"

"아케미, 제정신이야? 이 많은 사람들 앞에서 이 벌건 대낮에

도대체 무슨 소리를 하는 거야?"

"말할 거예요. 난 제정신이 아니라구요. 무사시 님은 내 마음속에 간직한 사람이에요. ……그가 고통 속에 죽게 생겼는데 어떻게 가만히 있을 수 있겠어요? 즈즈야의 2층에서 크게 소리를 질렀더니 근처에 있던 사람이 와서 날 풀어준 덕에 이리로 달려온 거예요. 난 무사시 님을 꼭 만나야 해요. ……무사시 님을 내놓으세요. 무사시 님은 어디 계시죠?"

"……."

고지로는 혀를 차더니 그녀의 무시무시한 요설에 할 말을 잃은 듯 입을 다물어버렸다.

흥분해 있는 것은 분명하지만 아케미의 말에 거짓은 없어 보였다. 그녀의 말이 거짓이 아니라면 고지로라는 사내는 이 여자를 따뜻하게 보살펴주는 척하면서 한편으로는 이 여자의 몸과 마음을 학대하면서 즐기고 있는 것은 아닌가 하고 의심을 사기에 충분했다.

그것을 사람들 앞에서, 게다가 이런 장소에서 거리낌 없이 폭로하자 고지로도 거북한 것은 물론이고 부글부글 화가 치밀어서 그녀의 얼굴을 그저 가만히 노려보기만 했다.

그때였다. 세이주로를 늘 따라다니며 시중을 드는 젊은 종자인 다미하치民八라는 사내가 길가의 가로수 사이에서 이쪽을 향해 사슴처럼 달려오면서 팔을 치켜들고 소리쳤다.

"크, 큰일 났습니다! 여러분! 이리, 이리로 오세요. 젊은 사부님이 무사시에게 당했습니다. 당했다구요!"

7

다미하치의 절규는 모두의 얼굴에서 핏기를 빼앗아갔다. 발밑의 땅이 갑자기 푹 꺼진 것처럼 놀라서 이구동성으로 외쳤다.

"뭐, 뭐라고?"

"젊은 사부님이 무사시에게?"

"어, 어디서?"

"어느새……."

"다미하치, 정말이냐?"

상기된 목소리가 여기저기에서 어지럽게 튀어나왔다. 그러나 이곳에 들러 준비를 하고 가겠다던 세이주로가 이곳에는 모습을 보이지도 않고, 무사시와 이미 승부를 가렸다는 다미하치의 보고는 도저히 믿을 수가 없었다.

"빨리, 빨리요!"

다미하치는 분명치 않은 말로 횡설수설하듯 말하고는 숨도 돌리지 않고 다시 왔던 길로 고꾸라질 듯이 달려갔다.

반신반의했지만 거짓말이나 착각이라고는 생각하지 않았다.

우에다 료헤이와 미이케 주로자에몬 등 마흔 명에 달하는 문하생들은 마치 들불 사이를 뚫고 달려가는 짐승 같은 속도로 다미하치의 뒤를 쫓아 풀 먼지를 뒤집어쓰면서 가도의 가로수 쪽으로 나왔다. 그 단바 가도를 북쪽으로 5정쯤 달려가자 가로수 오른편으로 초봄의 햇살을 받으며 메마른 들판이 드넓게 펼쳐져 있었다.

아무 일도 없다는 듯이 지저귀던 개똥지빠귀와 때까치가 하늘로 푸드득 날아올랐다. 다미하치는 풀 속으로 미친 듯이 뛰어들어갔다. 그리고 옛날 무덤 터처럼 흙이 타원형으로 봉긋하게 솟아 있는 곳까지 쉬지 않고 달려갔다.

"젊은 사부님, 젊은 사부님!"

그는 다시 한 번 있는 힘껏 소리를 지르더니 땅바닥에 무릎을 꿇었다.

"앗?"

"아, 아!"

"젊은 사부님이다."

눈앞에 닥친 사실 앞에 뒤따라 달려오던 사람들은 모두 못이 박힌 듯 그 자리에 우뚝 서버렸다. 그곳엔 쪽빛 꽃으로 물들인 고소데小袖(통소매의 평상복)의 소매를 가죽 다스키襷(양어깨에서 양겨드랑이에 걸쳐 X자 모양으로 엇매어 일본 옷의 옷소매를 걷어매는 끈)로 묶어 올리고 이마에서 머리 뒤쪽으로 하얀 천을 동여

맨 무사가 풀 속에 얼굴을 묻은 채 쓰러져 있었다.

"젊은 사부님!"

"세이주로 님!"

"정신 차리십시오."

"저희들입니다."

"문하생들입니다."

세이주로를 안아 일으키자 목뼈가 부러진 듯 그의 머리가 옆으로 축 늘어졌다.

하얀 머리띠에는 피 한 방울 묻어 있지 않았다. 소매에도, 하카마袴(일본 옷의 겉에 입는 주름 잡힌 하의)에도, 주위의 풀밭에도 핏자국은 보이지 않았다. 그러나 눈썹이며 눈은 고통스럽게 감겨 있었고, 그의 입술은 포돗빛을 띠고 있었다.

"숨은…… 숨은 쉬고 있느냐?"

"희미하게."

"어이, 누, 누가 빨리 젊은 사부님을……."

"업을까?"

"그래."

그들 중 한 명이 뒤로 돌아앉아 세이주로의 오른손을 어깨에 걸치고 일어서려고 했다.

"아악!"

세이주로가 고통스러워하며 비명을 질렀다.

"문짝, 문짝을 가져오자."

서너 명의 문하생이 그렇게 말하면서 가로수 길을 달려가는가 싶더니 이윽고 근처 민가에서 덧문 하나를 뜯어서 들고 왔다.

그들은 세이주로의 몸을 문짝 위에 눕혔다. 숨이 다시 돌아오자 세이주로는 고통을 참지 못하고 발버둥을 쳤다. 문하생들은 어쩔 수 없이 허리끈을 풀어서 그의 몸을 문짝에 붙들어 맨 후에 네 귀퉁이를 들고 마치 장례를 치르듯 암담하게 걸음을 옮기기 시작했다.

세이주로는 문짝이 부서질 정도로 발버둥을 치면서 소리를 질렀다.

"무사시는…… 무사시는 벌써 떠났느냐. ……으윽. 오른쪽 어깨뼈가 부러진 듯하다. ……으윽, 견딜 수가 없다. 누가 오른팔을 어깨에서 잘라줘. ……잘라, 누가 내 팔을 잘라라!"

세이주로는 허공을 향해 끊임없이 울부짖었다.

8

문짝의 네 귀퉁이를 들고 걸어가는 문하생들은 부상자가 너무 고통스러워하자 그가 사부라 불리는 사람이기에 차마 보고 있지 못하고 저도 모르게 눈길을 돌려버렸다.

"미이케 님, 우에다 님!"

그들은 걸음을 주저하면서 뒤를 돌아보며 고참들에게 말했다.

"저렇게 고통스러워하시면서 팔을 자르라고 하시는데 차라리 잘라드리는 게 고통이 덜하지 않겠습니까?"

"바보 같은 소리!"

료헤이도, 주로자에몬도 딱 잘라 부정했다.

"아무리 아파도 아프기만 하면 생명에는 지장이 없지만, 팔을 잘라서 출혈이 멎지 않는다면 그때는 어떻게 될지 아무도 모른다. 어쨌든 빨리 도장으로 모시고 가서 무사시의 목검에 얼마나 타격을 입었는지, 젊은 사부님이 맞았다고 하시는 오른쪽 어깨뼈를 꼼꼼히 살펴봐야 한다. 그러고 나서 팔을 잘라야 한다면 지혈이나 치료 준비를 완벽하게 해놓은 다음이 아니면 잘라서는 안 된다. ……그렇지, 누가 먼저 가서 도장에 의원을 불러놓아라."

말이 끝나기가 무섭게 두세 명의 문하생들이 그 준비를 하기 위해 도장으로 먼저 달려갔다.

가도 쪽을 보니 소나무 가로수 사이마다 뉴규인 들판에서 몰려온 사람들이 개미떼처럼 늘어서서 이쪽을 바라보고 있었다. 그 또한 화가 나는 요인 중 하나였다. 우에다 료헤이는 침통한 표정으로 문짝 뒤에서 묵묵히 따라오는 문하생들에게 말했다.

"너희들은 먼저 가서 저 사람들을 쫓아버려라. 젊은 사부님의 이런 모습을 저들의 구경거리로 만들 수는 없다."

"넵!"

문하생들이 울분을 풀 데를 찾았다는 듯 떼를 지어서 성난 얼굴로 달려오자 사람들은 메뚜기 떼가 흩어지듯이 먼지를 일으키며 도망치기 시작했다.

"다미하치!"

료헤이는 주인을 실은 문짝 옆에 붙어서 울며 따라오는 다미하치를 불렀다.

"이리로 잠깐 오너라."

그는 다미하치에게도 괜히 울화가 치밀어 질책하듯 말했다.

"왜, 왜 그러십니까?"

다미하치는 우에다 료헤이의 무서운 눈초리에 긴장한 듯 입술을 바르르 떨었다.

"너는 4조 도장을 나설 때부터 젊은 사부님을 줄곧 모시고 다녔느냐?"

"예. 그, 그렇습니다."

"젊은 사부님은 어디서 결투 준비를 하셨느냐?"

"렌다이 사 들판에 오셔서 하셨습니다."

"우리가 뉴규인 들판에서 기다리고 있는 것을 젊은 사부님께 말씀드리지 않았을 리가 없는데, 어째서 이리로 곧장 오신 것이냐?"

"저도 그 이유를 전혀 모르겠습니다."

"무사시는 먼저 와 있었느냐, 아니면 젊은 사부님보다 나중에 왔느냐?"

"먼저 와서 저기 무덤 앞에 서 있었습니다."

"혼자였느냐?"

"예, 혼자였습니다."

"결투는 어땠느냐? 너는 그냥 보고만 있었느냐?"

"젊은 사부님이 제게 '만일 무사시에게 패하거든 내 뼈는 네가 거두어 가거라. 뉴규인 들판에는 새벽부터 문하생들이 나와 기다리고 있겠지만, 무사시와의 결투가 판가름 날 때까지 그들에게 알려서는 안 된다. 무사가 패배를 당하는 것은 언제든 반드시 치를 일이다. 비겁한 짓을 해서 이기고 싶진 않다. 절대로 끼어 들어서도 안 된다.'고 말씀하시고 무사시 앞으로 나아가셨습니다."

"흐음, 그리고?"

"무사시가 웃고 있는 얼굴이 젊은 사부님의 등 너머로 얼핏 보였습니다. 두 사람이 뭐라고 조용히 인사를 나누고 있구나 하고 생각하는 순간 날카로운 고함 소리가 들판에 울리더니 젊은 사부님의 목검이 허공으로 날아올랐습니다. 그런데 그 순간에는 이미 이 넓은 들판에 감색 머리띠 아래로 살찍이 부스스하게 일어난 무사시의 모습밖에 보이지 않았습니다."

9

태풍이 쓸고 지나간 듯 가로수 길에는 구경꾼들의 그림자조차 보이지 않았다.

신음하는 세이주로를 문짝 위에 싣고 가는 행렬은 패퇴해서 고향 산천으로 쫓겨 가는 병마처럼 부상자의 고통에 유의하면서 맥없이 발길을 옮기고 있었다.

"으응?"

앞에서 문짝을 들고 가던 사람이 걸음을 우뚝 멈추더니 자기 목덜미로 손을 가져갔다. 뒤에서 따라오던 사람은 하늘을 올려다보았다.

문짝 위로 마른 솔잎이 우수수 떨어졌던 것이다. 올려다보니 가로수 우듬지에 새끼 원숭이 한 마리가 멍한 눈으로 아래를 내려다보면서 일부러 희롱하듯 고약한 몸짓을 하고 있었다.

"아야!"

위를 올려다보던 사람들 중 한 명의 얼굴에 솔방울이 날아왔다.

"저, 빌어먹을 놈이!"

그가 단검을 던졌다. 단검은 촘촘한 솔잎 사이를 뚫고 지나갔다.

그때, 어디선가 휘파람 소리가 들렸다. 새끼 원숭이는 공중제비를 한 바퀴 돌더니 가로수 뒤편으로 훌쩍 뛰어내렸다. 그리고 그곳에 서 있던 사사키 고지로의 가슴에서 어깨 위로 깡총 뛰어 올랐다.

"……아!"

문짝을 둘러싸고 있던 요시오카의 문하생들은 그제야 고지로 와 아케미를 보았다는 듯 흠칫 놀라는 표정이었다.

"……."

들것 위에 누워 있는 부상자를 물끄러미 바라보는 고지로의 표정에는 조소하는 듯한 기색이 전혀 없었다. 오히려 경건한 태 도로 패자의 고통스러워하는 신음 소리에 미간을 찌푸리고 있 었다. 하지만 요시오카의 문하생들은 앞서 그가 했던 말을 떠올 리고는 빈정거리러 왔다고 생각하는 듯했다.

우에다 료헤이인지 누군가가 문짝을 든 자들을 재촉했다.

"원숭이다. 사람이 아닌 놈의 짓이니 상대하지 말고 어서 가자."

"기다리시오."

고지로가 뛰어오는가 싶더니 느닷없이 문짝 위의 세이주로에 게 말을 걸었다.

"어찌 된 일입니까? 세이주로 님. 무사시 놈에게 당했군요. 맞 은 곳은 어디죠? 흐음, 오른쪽 어깨가? 아아, 안 돼. 자루에 든 자 갈처럼 뼈가 완전히 박살났군. 그런데 이렇게 누워서 흔들리며 가는 건 좋지 않아요. 몸속에 고여 있는 피가 장기로 들어가고, 머리로도 거꾸로 흘러갈지 모른단 말이오."

그는 주위에 있는 문하생들을 향해 예의 고압적인 자세로 말을 이었다.

"문짝을 내려놓게. 뭘 망설이고 있는가? 어서 내려놔. 괜찮으니까, 어서 내려놓게."

그리고 다시 빈사 상태가 된 세이주로에게 말했다.

"세이주로 님, 일어날 수 있겠소? 아니, 일어나지 못할 것도 없지. 가벼운 부상이고, 고작 오른팔 하나가 아니오. 왼팔을 흔들며 걸으면 걸을 수 있을 것이오. 겐포拳法 선생님의 장자인 세이주로라는 사람이 교토의 대로를 문짝에 실려 돌아갔다는 소문이라도 돌면 당신은 어쨌든 돌아가신 선친의 이름에 먹칠을 하는 것이오. 이보다 더 큰 불효가 어디 있겠소?"

세이주로는 그렇게 말하는 고지로의 얼굴을 눈도 깜박이지 않고 물끄러미 바라보다가 갑자기 벌떡 일어났다. 그의 오른팔은 왼팔에 비해 한 자나 더 길어진 듯 그의 어깨 밑으로 축 늘어져서 흡사 남의 팔처럼 덜렁거렸다.

"미이케, 미이케."

"예……."

"잘라라."

"뭐, 뭘 말입니까?"

"바보 같은 놈, 아까부터 말하지 않았더냐, 내 오른팔 말이다."

"……하지만."

"에잇, 한심한 놈. 우에다, 네가 해라. 어서 잘라."

"예. ……예."

그러자 고지로가 말했다.

"저라도 괜찮다면."

"아, 부탁하오."

고지로는 세이주로의 곁으로 다가가 그의 축 늘어져 있는 오른팔의 손끝을 잡고 들어 올리더니 단검을 뽑아들었다. 그리고 기괴한 비명 소리가 주위 사람들의 귀에 들려온 순간 핏줄기가 솟구치며 어깻죽지에서 잘려나간 팔이 땅바닥에 떨어졌다.

10

몸의 중심을 잃은 듯 세이주로는 조금 비틀거렸다. 문하생들이 그를 부축하면서 상처를 눌렀다.

"걷겠다. 난 걸어서 돌아가겠다!"

세이주로는 죽은 사람이 절규하는 듯한 표정으로 소리쳤다.

문하생들에게 둘러싸인 채 그는 열 걸음쯤 걸었다. 그가 지나간 자리에는 피가 검게 대지로 스며든 자국이 남았다.

"……사부님."

"젊은 사부님."

문하생들은 병풍처럼 세이주로의 몸을 에워싼 채 멈춰 섰다. 그리고 걱정스럽다는 듯 말했다.

"문짝에 누워서 갔다면 훨씬 편하게 갔을 텐데, 고지로 놈이 주제넘게 쓸데없는 말을……."

문하생들은 고지로의 무책임한 언사에 모두들 분개했다.

"걸어가겠다!"

세이주로는 잠시 호흡을 가다듬고 나서 다시 스무 걸음쯤 걸었다. 다리로 걷는 것이 아니라 의지로 걸어가고 있었다.

그러나 그 의지의 힘은 오래 지속되지 않았다. 대략 반 정쯤 가더니 문하생들의 품속으로 털썩 쓰러지고 말았다.

"이런, 어서 의원을 불러라."

당황한 사람들이 더는 고집을 부릴 힘이 없는 세이주로를 시체 다루듯 둘러업고 정신없이 내달렸다.

고지로는 그 모습을 멀리서 배웅하고 나서 가로수 아래 우두커니 서 있는 아케미를 돌아보며 말했다.

"아케미, 보고 있었어? 너한테는 통쾌했겠군."

아케미는 창백한 표정으로 그렇게 말하는 고지로의 태연하게 웃는 얼굴을 증오하듯이 노려보았다.

"네가 자나 깨나 입버릇처럼 저주하던 세이주로야. 분명 막혔던 속이 뻥 뚫린 것처럼 후련했을 테지. ……아케미, 네가 잃은 순결은 저것으로 멋지게 복수한 셈이 아닌가?"

"······."

아케미는 고지로라는 인간이 그 순간 세이주로보다 훨씬 더 증오스럽고, 무섭고, 혐오스러운 인간으로 보였다.

세이주로는 자신을 욕 보였다. 그러나 세이주로는 악인이 아니다. 악인이라고 할 정도로 속이 시커먼 인간이 아니다.

그에 비하면 고지로는 악인이다. 세상 사람들이 정의하는 악인의 전형은 아니지만, 남의 행복을 함께 기뻐해주지는 못할망정 남의 재화災禍나 고통을 방관하며 자신의 쾌락으로 삼는 변태적인 인간이다. 그런 인간이 도적질이나 사기꾼 같은 유형의 악인보다 훨씬 질이 나쁘고, 방심할 수 없는 악인이 아닐까?

"돌아가자."

고지로가 새끼 원숭이를 어깨에 태우고 말했다. 아케미는 이 사내에게서 도망치고 싶었다. 그러나 이상하게도 도망칠 수 없을 것 같은 느낌에 도망칠 용기가 나지 않았다.

"······무사시를 찾아봐야 이젠 소용없어. 여태 이 근처에 있을 리가 없으니까."

고지로는 혼잣말을 하면서 앞장서서 걸어갔다.

'왜 이 악당에게서 벗어나지 못할까? 왜 지금 이 기회에 도망치지 못할까?'

아케미는 자신의 어리석음을 자책하면서도 고지로의 뒤를 따라서 갈 수밖에 없었다.

고지로의 어깨에 앉아 있는 새끼 원숭이가 그 어깨 위에서 뒤로 돌아앉더니 하얀 이빨을 드러내며 그녀를 보고 끽끽 웃었다.

"……."

아케미는 새끼 원숭이와 자신이 같은 운명이라는 생각이 들었다. 그리고 문득 그렇게 무참한 몰골이 되어버린 세이주로가 가여웠다. 무사시는 또 별개의 존재이지만, 그녀는 세이주로나 고지로에게 각기 다른 애증을 느끼며 이 무렵 남성이라는 손재에 대해 복잡하게 생각하기 시작했다.

11

'이겼다.'

무사시는 마음속으로 자신을 향해 개가를 올렸다.

'요시오카 세이주로에게 내가 이겼어. 무로마치室町 이래 교류京流의 종가, 그 명문가의 후예를 내가 쓰러뜨렸어.'

그런데 그의 마음은 전혀 기쁘지 않았다. 그는 고개를 숙인 채 들판을 걷고 있었다.

휘익, 작은 새가 물고기처럼 배를 보이며 땅을 스치듯 낮게 날아간다. 무사시는 마른 풀과 마른 잎 속에 잠기듯 한 걸음 한 걸음 걸음을 옮겼다.

승리 후에 찾아오는 공허함이라는 것은 현명한 사람들의 세속적인 감상이다. 수련 중인 무사에게는 없는 말이다. 하지만 무사시는 참을 수 없는 공허함에 사로잡혀 끝없이 펼쳐진 들판을 홀로 걷고 있었다.

'……?'

문득 그는 뒤를 돌아다보았다.

세이주로와 결투를 벌인 렌다이 사 들판의 언덕 위에 있는 소나무가 덩그러니 저편으로 보였다.

'단 일격이었다. 생명에는 지장이 없겠지만.'

그는 그곳에 내팽개쳐두고 온 적의 용태가 갑자기 걱정되었다. 손에 들고 있는 목검의 날을 새삼 살펴보았지만 피는 묻어 있지 않았다.

오늘 아침, 이 목검을 차고 결투 장소에 도착하기 전까지는 필시 적은 많은 일행을 데리고 왔을 것이고, 형세가 불리해질 것에 대비해 비겁한 계책도 세워놓았을 것이라고 생각했다. 당연히 사지로 들어간다는 각오를 한 것은 물론이요, 죽음을 맞은 뒤 흉한 얼굴을 보이지 않으려고 이도 소금으로 깨끗이 닦고 머리까지 감고 나왔다.

그런데 막상 세이주로를 보자 무사시는 자신이 상상하던 인물과는 전혀 다른 사람이어서 의심까지 들었다.

'이자가 정말 겐포의 아들이란 말인가?'

무사시의 눈에 비친 세이주로는 교류 제일의 검술가로는 도저히 보이지 않았다. 소위 선이 가는 도시적인 귀공자였다.

시종 한 명을 데리고 왔을 뿐, 그 외의 일행은 아무도 없는 듯했다. 서로 이름을 대고 맞서는 순간 무사시는 후회했다.

'이 결투는 하지 말았어야 했다.'

무사시는 늘 자기보다 뛰어난 상대를 찾고 있었다. 그런데 지금 눈앞에 있는 상대를 보니 1년이나 실력을 닦고 나서 상대할 정도로 대단한 적이 아니라는 것을 한눈에도 알 수 있었다.

게다가 세이주로의 눈에선 자신감이라곤 전혀 찾아볼 수 없었다. 아무리 미숙한 상대라도 결투에 임하게 되면 맹수와 같은 투쟁심이 생기기 마련인데 세이주로에게는 눈뿐만 아니라 온몸에 생기가 없었다.

'오늘 아침에 이곳에는 왜 온 것인가. 저렇게 자신 없는 마음가짐으로. 차라리 약속을 파기하는 편이 나았을 텐데.'

그렇게 생각하자 무사시는 적인 세이주로가 측은해졌다. 그는 명문가 중의 명문가의 후손이다. 선친에게 물려받은 1,000명이 넘는 문하생들이 사부로 모시고는 있지만, 그들은 선대의 유산이지 그의 실력으로 이룬 것이 아니다.

무사시는 어떤 구실을 붙여서라도 목검을 물리는 것이 서로를 위해 좋겠다고 생각했다. 그러나 그럴 기회가 없었다.

"……몹쓸 짓을 했구나."

무사시는 다시 한 번 키가 훌쩍 큰 소나무가 솟아 있는 언덕을 돌아보며 자기가 세이주로에게 입힌 상처가 하루빨리 낫기를 마음속으로 빌었다.

12

어쨌든 세이주로와의 결투는 끝났다. 언제까지나 승패에 연연하는 것은 무사다운 자세가 아니다. 단지 미련일 뿐이다.

그렇게 마음을 다지고 무사시가 걸음을 재촉했을 때였다.

이 마른 들판에서 무엇을 찾고 있는지 풀숲에 쪼그리고 앉아 흙을 파헤치고 있던 노파가 그의 발소리에 고개를 들더니 깜짝 놀란 듯 눈이 동그래졌다.

"어마?"

노파는 마른 풀잎과 같은 옅은 색의 민무늬 옷을 입고 있었다. 솜이 도톰하게 들어간 겨울옷이었는데 허리끈만 보라색이었다. 속복俗服을 입고 있었지만, 동그란 머리에는 두건을 두르고 나이도 일흔은 되어 보이는 그녀는 어딘가 기품이 느껴지는 아담한 체구였다.

"……?"

무사시도 실은 조금 놀란 듯했다. 길도 없는 풀숲에서 들판과 같은 색의 옷을 입고 있는 연로한 노파를 조금만 부주의했다간 하마터면 밟을 수도 있었기 때문이다.

"할머니, 뭘 캐고 계세요?"

사람이 그리웠던 무사시는 부드러운 어조로 말을 걸었다.

"……."

노파는 눈앞에 웅크리고 앉은 무사시의 얼굴을 보더니 몸을 떨기 시작했다. 남천 열매를 꿰어놓은 듯한 산호 염주가 소매 안쪽의 팔목에 감겨 있는 것이 얼핏 보였다. 그리고 그 손에는 풀뿌리를 파서 캐낸 어린 쑥부쟁이와 머위 줄기 같은 나물들이 담긴 작은 소쿠리가 들려 있었다.

그 손가락 끝이며 붉은 염주가 바들바들 떨고 있는 것을 본 무사시는 이 노파가 무엇을 그렇게 두려워하는지 의아했다. 무사시는 노파가 혹시 자신을 산적으로 오해하는 것이 아닐까 싶어서 일부러 더욱 친근하게 말했다.

"오오, 벌써 이렇게 푸른 나물이 돋았나요? 봄은 봄이군요. 미나리도 캐셨고, 냉이랑 떡쑥도 있네요. 아아, 할머닌 나물을 캐고 계셨군요?"

무사시가 곁으로 다가가 소쿠리 안을 들여다보자 노파는 아연실색하더니 소쿠리를 내던지고 저편으로 달아나며 누군가를 불렀다.

"고에쓰光悅야!"

"……."

무사시는 어안이 벙벙한 듯 노파의 작은 몸이 달아나는 쪽을 그저 바라보고만 있었다.

무심히 보면 평평한 들판에 지나지 않았지만 그 속에도 완만한 기복이 있었다. 노파의 모습이 들판의 낮은 지대로 사라졌다.

사람의 이름을 부른 것으로 보아 그곳에는 누군가 노파의 일행이 있음이 틀림없다. 그러고 보니 희미한 연기가 그 부근에서 피어오르고 있었다.

"할머니가 애써서 캔 것일 텐데……."

무사시는 발밑에 흩어져 있는 푸른 나물들을 주워 소쿠리에 담았다. 그리고 어디까지나 친절을 베풀 요량으로 노파를 쫓아갔다.

노파의 모습은 금방 찾을 수 있었다. 역시 혼자가 아니었다. 노파 말고도 두 사람이 더 있었다.

세 사람은 가족처럼 보였다. 그들은 북풍을 피하기 위해 완만한 경사 아래의 양지 바른 곳을 골라 짐승의 털로 짠 양탄자를 깔고 다기와 주전자, 그리고 솥 등을 걸어놓고 푸른 하늘과 대지를 다실로 삼아 자연 풍광을 바라보면서 풍류를 즐기고 있었다.

살아 있는 달인

1

세 명 중 한 명은 하인이고 다른 한 명은 비구니 행색을 한 노모의 아들인 듯했다.

아들이라고는 하지만 이미 마흔일곱이나 여덟은 되어 보이는 사람으로 교토 귀족을 본떠 구운 인형을 그대로 키워놓은 듯 허여멀건 피부에 볼에도 배에도 살집이 있는 때깔 좋은 풍채의 사내였다. 방금 전에 그의 노모가 고에쓰라고 부른 것으로 보아 이 사내의 이름은 고에쓰가 틀림없다.

고에쓰라 하면 지금 교토의 혼아미本阿弥 네거리에, 천하에 이름을 떨치고 있는 동명의 인물이 살고 있다.

가가加賀의 다이나곤大納言(우다이진右大臣 다음의 정부 고관으로, 다이죠칸太政官의 차관)인 도시이에利家로부터 200석가량의 원조를 받고 있어서 사람들의 부러움을 사고 있었다. 교토의 번

화가에 살면서 200석의 원조를 받는다면 그것만으로도 호화로운 생활을 할 수 있다. 게다가 도쿠가와 이에야스德川家康로부터는 특별대우를 받고 있었고, 벼슬아치며 귀족들의 집에도 자유롭게 드나들고 있었기 때문에 천하의 제후도 이 일개 조닌町人(일본 에도 시대의 경제 번영을 토대로 17세기에 등장하여 빠르게 성장한 사회 계층이다. 도시에 거주했으며 대부분 상인과 수공업자들이었다)의 집 앞에서는 괜히 주눅이 들어서 말 위에서 가게를 내려다보며 지나가기가 어려울 정도였다.

혼아미 네거리에 살고 있어서 사람들에게 혼아미 고에쓰라고 불리고 있지만, 본명은 지로사부로次郎三朗이며 본업은 칼의 감정과 연마, 다듬기였다. 그의 가문은 이 세 가지 일을 업으로 삼아 아시카가足利 시절의 초기부터 무로마치 시대까지 번창했고, 이마가와今川, 오다織田, 도요토미豊臣에 이르기까지 대대로 집권자들의 총애를 받아온 유서 깊은 가문이기도 했다.

게다가 고에쓰는 그림도 잘 그렸고, 도자기뿐 아니라 공예에도 능했다. 특히 서예는 그가 가장 자신 있어 하는 분야이기도 했다. 우선 오토코야마하치만男山八幡에 사는 쇼카도 쇼죠松花堂昭乗, 가라스마루 미쓰히로烏丸光広, 고노에 노부타다近衛信尹 등 당대의 명필가로 꼽히며 세상 사람들로부터 삼묘원三貓院 풍이라고 불리는 서체의 창시자를 고에쓰라고 할 정도였다.

하지만 고에쓰 자신은 그런 평가조차 자신을 온전히 평가하는 것이라고 받아들이지 않았는데 항간에는 이런 이야기조차 전해지고 있었다.

어느 날, 고에쓰가 평소 친한 고노에의 집을 찾아갔다.

고노에는 우지노쵸자사키氏長者前 간파쿠関白(일왕을 보좌하여 정무를 총리하던 중직)라는 가문의 귀공자이고, 현직은 사다이진左大臣(다이죠칸의 장관)이라는 위엄 있는 고관이었다. 그는 세상 물정에 어두운 사람은 아닌 듯 확실히는 모르지만 조선정략朝鮮征略(임진왜란)이 발발하자 "이번 전쟁을 히데요시 개인의 업이라고만은 할 수 없다. 국가의 흥망이 달린 일이니만큼 나도 나라를 위해 좌시하고 있을 수 없다."며 당시의 일왕에게 주상하여 원정遠征에 종군하겠다고 고집을 부렸다는 특이한 일면도 있었다.

또 히데요시가 그 말을 듣고 "천하에 크게 무익한 자가 바로 그와 같은 자."라고 갈파했지만, 그렇게 비웃은 히데요시의 조선정략 자체가 훗날 천하 최대의 무익한 일이었다고 세상 사람들로부터 비난을 받은 것은 아이러니한 일이다.

그건 그렇고 고에쓰가 고노에를 방문했을 때 두 사람은 평소와 다름없이 서도書道 이야기로 꽃을 피웠다.

"고에쓰, 자넨 지금 서도에 있어서 천하의 명필로 세 사람을 꼽는다면 누구를 꼽겠나?"

고노에가 묻자 고에쓰는 기다렸다는 듯이 즉각 대답했다.

"우선 두 번째가 자네이고, 그다음은 하치만의 다키모토보滝本坊에 사는 쇼죠가 아닐까 싶네."

고노에는 좀 납득이 가지 않는다는 표정으로 다시 물었다.

"우선 두 번째가 나라고 했는데, 그럼 첫 번째는 누구인가?"

그러자 고에쓰는 웃지도 않고 고노에의 눈을 바라보며 말했다.

"바로 날세."

이것이 혼아미 고에쓰라는 사람이다. 하지만 지금, 무사시 앞에 하인을 데리고 있는 모자가 그 혼아미 네거리의 고에쓰인지 아닌지는 알 수 없었다. 그 가족이란 사람을 봐도 그렇고, 하인도 한 명밖에 데리고 있지 않은 데다 옷이며 주변에 벌여놓은 다기 등속도 너무나 소박한 느낌을 지울 수 없었다.

2

고에쓰는 손에 붓을 쥐고 있었다. 무릎 위에는 흰 종이가 한 장 놓여 있었는데, 거기에는 그가 아까부터 정성스레 그리고 있던 메마른 들판을 흐르는 시냇물이 미완인 채로 남아 있었다. 주변에 흩어져 있는 종이에도 습작이라도 했는지 죄다 같은 시내의 물줄기만 그려져 있었다.

고에쓰는 고개를 휙 돌리더니 무슨 일이냐고 묻듯이 하인 뒤에서 겁에 질려 떨고 있는 모친과 그곳에 우뚝 서 있는 무사시를 조용한 시선으로 번갈아보았다.

무사시는 그의 온화한 눈동자와 마주쳤을 때 자신의 마음도 온화해지는 느낌을 받았다. 그러나 친근함과는 거리가 좀 있는 모습이다. 자기 주변에서는 찾아볼 수 없는 유형의 인간임에도 불구하고 무사시에게는 너무나 절절한 그리움을 느끼게 하는 눈동자였다. 풍만한 뱃살처럼 그의 눈은 속이 깊은 눈빛을 담고 어느새 무사시를 향해 오랜 친구를 대하듯 싱글싱글 웃음을 짓고 있었다.

"무사님. 제 모친께서 무슨 실수라도 하셨는지요? 자식인 제 나이가 벌써 마흔여덟이니 그에 비춰 모친의 연세도 참작해주시기 바랍니다. 몸은 건강하십니다만 근래 들어 눈이 침침하다고 하십니다. 모친의 실수는 제가 거듭 사죄드리겠습니다. 용서해주십시오."

그가 무릎에 놓여 있던 종이와 손에 든 붓을 양탄자 위에 내려놓고 공손히 절을 하려고 하는 바람에 무사시는 자신이 그런 이유로 노모를 뒤쫓아온 것이 아니라는 사실을 명백하게 밝혀야만 했다.

"이런……."

무사시도 황급히 무릎을 꿇고 고에쓰를 말렸다.

"자제분 되십니까?"

"예."

"사죄는 오히려 제가 해야 합니다. 무슨 일로 놀라셨는지는 저도 잘 모르겠습니다만, 저를 보시더니 모친께서 이 소쿠리를 버리고 달아나셨습니다. 그곳엔 모친께서 힘들여 캔 봄나물들이 쏟아져 있었습니다. 이 메마른 들판에서 이렇게 많은 봄나물을 캐신 모친의 정성을 생각하니, 제가 모친을 놀라게 한 이유는 모르지만 죄송한 마음이 들어서 이렇게 나물을 소쿠리에 주워 담아서 여기까지 가져온 것입니다. 부디 손을 거두어주십시오."

"아아, 그렇습니까?"

고에쓰는 그제야 모든 것을 이해했다는 듯 구김살 없이 웃으면서 노모를 돌아보며 말했다.

"들으셨지요? 어머님께서 아무래도 오해를 하신 듯합니다."

그러자 그의 어머니는 마음이 놓인 듯 숨어 있던 하인의 등 뒤에서 한 걸음 나서며 말했다.

"고에쓰야, 그럼 저 무사님은 우리에게 위해를 가하려고 하는 분이 아니란 말이구나?"

"위해는커녕 어머님께서 버리고 온 소쿠리를 이분이 여기까지 가지고 오셨습니다. 이 메마른 들판에서 나물을 찾아서 캔 어머님의 정성을 생각해서 일부러 여기까지 가져다주실 만큼 젊은 무인치고는 마음이 어진 분입니다."

"그것도 모르고 미안하게……."

노모는 미안해하고 있는 무사시에게 손목에 찬 염주에 얼굴이 닿을 정도로 허리를 숙여 사과했다. 그러고 나서 두려움도 가셨는지 미소를 지으면서 아들인 고에쓰에게 말했다.

"지금 생각하면 정말 미안한 일이지만 이 무사님을 처음 봤을 때 어쩐 일인지 피비린내가 나는 것 같더구나. 그래서 그만 온몸에 소름이 돋을 정도로 두려움을 느낀 거란다. 지금 이렇게 보니 전혀 그렇지 않은 분인데 말이다."

노모가 무심코 한 말에 무사시는 가슴 한쪽이 덜컥 내려앉았다. 그는 다른 사람에게 자신이 어떤 모습으로 보이는지 깨달은 것만 같았다.

3

'피비린내 나는 사람.'

꾸밈이 없는 고에쓰의 노모는 자신을 가리켜 그렇게 말했다. 자신의 몸에 밴 냄새라는 것은 그 누구도 스스로는 알 수 없는 것이 분명하지만, 무사시는 그 말을 듣고 갑자기 자신의 몸에 들러붙어 있는 요기妖氣와 피비린내를 깨달았다. 그리고 노모의 맑은 감각에 일찍이 느끼지 못했던 수치를 느꼈다.

"무사 수련생님."

고에쓰는 그것을 간파했다. 형형하게 빛나고 있는 기괴한 눈빛이며 기름기가 없는 살벌한 머리칼, 온몸에 시퍼렇게 날이 서 있는 듯한 청년에게서 그는 어쩐지 사랑스러운 모습을 찾아낸 듯했다.

"바쁘시지 않으면 잠시 쉬었다 가시지 않겠습니까? 참으로 조용한 곳입니다. 가만히 앉아만 있어도 기분이 좋아지고, 마음이 저 푸른 하늘로 녹아들어가는 것 같습니다."

노모도 함께 권했다.

"나물을 좀 더 캐서 나물죽을 끓일 테니 드시고 가시지요. 괜찮으시면 차도 한 잔 드시면서……."

이 모자 사이에 있다 보니 무사시는 자신의 몸에 돋은 살기라는 가시가 뽑혀 나간 듯 마음이 편안해졌다. 남이라는 생각이 들지 않는 따뜻함이었다.

무사시는 다른 때와는 다르게 짚신을 벗고 양탄자 위에 앉았다.

허물없이 그들의 이야기를 듣다 보니 이름이 묘슈妙秀인 노모는 교토에서도 모르는 사람이 없을 정도로 현명한 부인이고, 아들인 고에쓰도 혼아미 네거리에 사는 유명한 예림藝林의 명장名匠인 혼아미 고에쓰라는 것을 알게 되었다.

무릇 칼을 찬 사람 중에 혼아미 가문의 명성을 모르는 이는 없다. 하지만 무사시는 이 고에쓰라는 사람이나 고에쓰의 어머니인 묘슈라는 사람을 바로 그 유명한 사람들과는 연결지어서 생각할 수 없었다. 이 모자가 그런 유서 깊은 가문의 사람들이라는 말을 듣고도 여전히 이 드넓은 들판에서 우연히 만난 평범한 사람으로만 보일 뿐이었고, 또 그런 이유로 기껏 느끼게 된 그리움이나 친근함을 한순간에 버리고 싶지 않았다.

묘슈는 차 솥의 물이 끓기를 기다리면서 아들에게 물었다.

"서 청년의 나이가 몇 살로 보이느냐?"

"글쎄요, 스물대여섯쯤 되어 보입니다만."

고에쓰가 무사시를 보며 대답하자 무사시가 고개를 저으며 말했다.

"아닙니다. 스물두 살입니다."

그러자 묘슈는 적잖이 놀란 듯 새삼스레 보며 말했다.

"아직도 그렇게 젊으신가? 스물둘이라면 내 손자라고 해도 되겠군."

그러고 나서 또 그녀는 무사시에게 고향이 어딘지, 부모님은 살아 계시는지, 검술은 누구에게 배웠는지 따위를 끊임없이 물었다.

다정한 노모로부터 손자 취급을 받자 무사시는 동심이 발동하여 말투까지 저절로 어린아이처럼 바뀌었다.

항상 혹독하고 엄한 수련의 길에서 자신을 강철처럼 단단하게 단련시키는 일 외에는 생명을 유지시킨 적이 없는 무사시였다. 그런데 지금 묘슈와 이렇게 이야기를 나누고 있으니 그냥 그 자리에서 뒹굴며 응석이라도 부리고 싶은 마음이, 오랫동안 비바람을 맞으며 잊고 있었던 마음이 느닷없이 되살아났다.

하지만 무사시는 그럴 수 없었다.

묘슈와 고에쓰는 물론이고 이 한 장의 양탄자 위에 놓여 있는 것들은 찻잔 하나까지도 모두 푸른 하늘에 녹아들어 자연과 하나가 된 듯했다. 들판을 날아다니는 새처럼 그들은 유유히 자연을 즐기고 있었지만, 무사시만이 외톨이처럼 덩그마니 떨어져 있는 모습은 자연과는 전혀 다른 존재로밖에 보이지 않았다.

4

뭔가 이야기를 나누고 있는 동안은 무사시도 이 양탄자 위에 있는 사람들과 서로 융화되어 위안을 받았다.

하지만 묘슈가 차를 끓이느라 말을 하지 않고 고에쓰도 붓을 잡고 돌아앉자 무사시는 누구와 이야기를 나누지도 못하고, 또 무엇을 즐겨야 하는지도 모른 채 그저 지루하고 외로울 뿐이었다.

'뭐가 재미있어서 이 모자는 아직 봄도 이르건만 이렇게 메마른 들판을 찾은 것일까?'

무사시는 이 모자의 생활을 도무지 이해할 수 없었다.

나물을 캐는 것이 목적이라면 날이 좀 더 따뜻해져서 사람들로 붐빌 무렵이나 돼야 갖가지 봄나물도 싹을 틔울 것이고, 꽃도 피어 있을 것이다. 또 차를 즐기는 것이 목적이라면 일부러 솥이며 찻잔 등속을 가지고 오는 불편함을 겪지 않아도 된다. 분명 혼아미 가라고도 불리는 그들의 집에는 훌륭한 다실이 있을 데니 말이다.

'그림을 그리기 위해서인가?'

무사시는 그렇게 생각하면서 고에쓰의 넓은 등을 바라보았다.

몸을 옆으로 약간 틀어서 고에쓰가 종이에 그리고 있는 것을 엿보니 이번에도 역시 시냇물뿐이었다.

이곳에서 조금 떨어진 마른 풀밭에는 굽이굽이 가느다란 시냇물이 흐르고 있었다. 고에쓰는 그 냇물의 모습을 선으로 표현하기 위해 여념이 없는 모습이었다. 고에쓰는 뭔가 떠오를 때마다 먹으로 종이 위에 형상화해보고 여의치 않은지 다시 그리기를 수십 번씩 되풀이하며 물의 형태를 온전히 담아낼 때까지 지치지도 않고 그림을 그렸다.

'아, 그림도 그리 쉬운 게 아니구나.'

무사시는 무료함도 잊은 채 넋을 놓고 바라보고 있었다.

'적을 검 끝에 두고 무아無我의 상태가 되었을 때 자신과 천지가 하나가 된 듯한 기분, 아니 그런 기분조차 사라졌을 때 검은 적을 베어버린다. 고에쓰 님은 아직 저 물을 적으로 보고 있기 때문에 그리지 못하는 것이리라. 그냥 자신이 저 물이 되면 될 것을.'

무사시는 무슨 일이든 검을 떠나서는 생각할 수 없었다.

검을 통해 그림을 생각해도 막연하지만 그 정도쯤은 이해할 수 있다. 하지만 여전히 이해할 수 없는 것은 묘슈나 고에쓰가 아무리 봐도 즐거워하고 있다는 것이다. 모자로서 말없이 서로 등을 지고 있지만 그 모습이 어디를 봐도 오늘이라는 하루를 온전히 즐기며 싫증을 내지 않는 모습이라는 것이 참으로 신기할 따름이었다.

'한가한 사람들이라 그럴 테지.'

무사시는 단순하게 생각했다.

'이 험난한 시절에도 그림을 그리거나 차를 끓이는, 이런 사람들도 있구나. ……나와는 무관한 세상의 사람들이다. 선대의 재산을 소중히 간직하고, 세상 밖에서 노니는 일민逸民(학문과 덕행이 있으면서도 세상에 나서지 아니하고 묻혀 지내는 사람)이라는 사람들이겠지.'

무료함은 이윽고 나른함을 불러왔다. 게으른 마음을 금기로 경계하고 있는 무사시는 불쑥 그렇게 깨닫자 잠시라도 더는 이런 곳에 있어서는 안 되겠다는 생각이 들었다.

"실례가 많았습니다."

무사시는 벗어놓은 짚신에 발을 넣었다. 생각지도 않게 시간을 허비했다는 듯 그의 행동이 갑자기 어색해 보였다.

"……아니, 어딜 가시게?"

묘슈는 의외라는 듯 말했다. 고에쓰도 조용히 돌아보며 말했다.

"모처럼 어머님께서 변변치는 않지만 차를 대접해드리려고 정성껏 찻물을 준비하고 계시니, 괜찮으시면 소금만 더 기다리시지요. 방금 전에 무사님이 어머님께 하신 말씀을 들으니 무사님은 오늘 아침 렌다이 사 들판에서 요시오카 가문의 적자와 결투를 벌인 분이시더군요. 싸우고 나서 마시는 차 한 잔만큼 좋은 것이 없다고 가가의 다이나곤 님도, 그리고 이에야스 공도 자주 말씀하셨지요. 차는 마음의 수양입니다. 차만큼 마음을 수양시켜주는 것은 없습니다. 저는 동動은 정靜에서 비롯된다고 생각합니다. ……자, 이야기나 좀 더 나누시지요. 저도 함께하겠습니다."

5

거리는 꽤 떨어져 있지만, 역시 이 들판과 이어진 렌다이 사 들판에서 오늘 아침에 자신과 요시오카 세이주로가 결투를 벌인 사실을 고에쓰도 알고 있었다는 것인가?

그 사실을 알면서도 그런 일은 다른 세상의 소란쯤으로 여기고 이렇게 조용히 있었단 말인가?

무사시는 다시 한 번 고에쓰 모자의 모습을 보며 자리에 앉았다.

"그럼, 호의를 생각해서 잠시 있다 가겠습니다."

고에쓰가 기뻐하며 말했다.

"변변치는 않습니다."

그는 벼루상자의 뚜껑을 덮어서 종이가 날리지 않도록 그 위에 올려놓았다.

고에쓰의 손에 들려 벼루상자가 움직였을 때 황금과 백금, 나전으로 둘러싸인 묵직한 상자의 뚜껑이 비단벌레처럼 찬연하게 빛을 발하며 눈을 찌르자 무사시는 저도 모르게 몸을 뻗고 벼루상자를 내려다보았다.

바닥에 놓인 벼루상자의 금은박 무늬는 결코 눈이 부실 만큼 현란하지는 않았다. 호화로운 모모야마桃山 성을 축소시켜놓은 듯 아름답지만, 그 위에는 천 년도 더 된 듯한 짙은 냄새의 그을음이 묻어 있었다.

"……."

무사시는 질리지도 않는지 뚫어져라 벼루상자를 보고 있었다.

끝없이 펼쳐진 푸른 하늘보다도, 사방으로 펼쳐진 들판의 자연보다도, 무사시에게는 이 작은 공예품이 가장 미려하게 보였다. 보고 있는 것만으로도 위안을 받았다.

"제가 소일거리로 만든 것인데 마음에 드십니까?"

고에쓰의 말에 무사시는 놀란 기색을 보이며 물었다.

"오, 공예도 하십니까?"

고에쓰는 가만히 미소만 지었다. 수공예의 아름다움을 자연의 아름다움보다 고귀하게 바라보는 무사시를 보면서 고에쓰는 마음속으로 '이 청년도 촌뜨기군.' 하고 조금은 비웃고 있는 듯한 기색이었다.

그렇게 자기를 낮춰 보고 있는 줄도 모르고 무사시는 여전히 눈길을 떼지 못했다.

"참으로 멋집니다."

고에쓰가 다시 말했다.

"방금 제가 소일거리로 만들었다고 했지만, 그 구도로 배치되어 있는 와카和歌(일본에서 옛날부터 내려온 정형의 노래. 31음을 정형으로 하는 단가를 이르는데, 넓은 뜻으로는 중국에서 온 한시에 대해 일본 고유의 시를 이르기도 한다) 문자는 고노에 삼묘원 님의 작품이고, 또 글을 쓴 것도 그분입니다. 그러니까 실은 두 사람의 합작품이라 해야겠지요."

"고노에 삼묘원이라면 바로 그 간파쿠 가문의?"

"그렇습니다. 류잔龍山 공의 아드님이신 노부타다 공입니다."

"제 이모부가 고노에 가에서 오랫동안 일을 하고 계십니다만."

"그래요? 존함이 어떻게 되시는지요?"

"마쓰오 가나메松尾要人라고 합니다."

"오, 가나메 님이라면 잘 알고 있습니다. 고노에 가에 갈 때마다 신세를 지고 있고, 또 가나메 님도 종종 저희 집에 오시기도 합니다."

"아, 그렇습니까?"

"어머님."

고에쓰는 그것을 어머니에게도 다시 말하고 덧붙였다.

"인연이란 것이 참으로 묘합니다."

"그렇구나. 그럼 이 청년은 가나메 님의 조카가 되시겠구먼."

묘슈는 그렇게 말하면서 화롯가에서 일어나 무사시와 아들 앞으로 오더니 우아하게 다도의 예를 취했다.

이미 일흔에 가까운 노모였지만 다도의 예법이 몸에 깊이 배어 있었다. 자연스러운 행동거지며 섬세하게 움직이는 손가락 끝까지 모든 동작이 참으로 여성스럽고 우아하면서도 아름다웠다.

야인野人인 무사시는 고에쓰를 따라 정좌하고 앉아 있었다. 그 거북살스런 무릎 앞에 과자를 담은 나무 접시가 놓였다. 과자는 보잘것없는 만주饅頭였지만, 그 아래에는 이 메마른 들판에서는 볼 수 없는 푸른 나뭇잎이 깔려 있었다.

6

검에 형形과 예법이 있듯 차에도 예법이 있다고 알고 있는 무사시는 묘슈의 동작을 지그시 바라보며 생각했다.

'훌륭하구나. 빈틈이 없다.'

그는 역시 검을 기준으로 해석했다.

달인이 검을 들고 서 있는 모습을 보면 마치 이 세상 사람이 아닌 듯한 생각이 든다. 그 장엄한 모습을 무사시는 지금 차를 끓여 내놓고 있는 일흔 노모의 모습에서도 보았다.

'도와 예의 진수. 무슨 일이든 경지에 이르면 같은 것으로 보이는구나.'

무사시는 생각에 골똘히 잠겨 있었다.

그런데 정신을 차리고 보니 작은 비단보에 얹어서 무릎 앞에 놓인 찻잔을 어떻게 들고, 어떻게 마셔야 되는지 몰라 무사시는 당황스러웠다. 다도의 자리에 앉아본 적이 없었던 것이다.

아이들이 길바닥의 흙으로 아무렇게나 빚은 것처럼 투박해 보이는 찻잔이었다. 그러나 그 찻잔에 든 짙은 녹색의 거품은 하늘보다도 고요하고 깊은 빛깔이었다.

"……."

고에쓰는 어떻게 하고 있는지 돌아보니 벌써 과자를 먹고 있었다. 추운 밤에 따뜻한 물건이라도 품듯이 양손으로 찻잔을 들고 두 번인가 세 번에 걸쳐 나누어 마신다.

"고에쓰 님."

무사시가 결국 고에쓰에게 말했다.

"저는 무골이라 실은 차 같은 걸 대접받은 적이 없어서 마시는 법도, 예법도 모릅니다."

그러자 묘슈가 손자를 타이르듯 다정하게 바라보며 말했다.

"차를 안다, 모른다는 그 따위 잘난 척하는 말은 없네. 무골이라면 무골답게 마시면 되는 게야."

"그렇습니까?"

"예법이 다도는 아니네, 예법은 마음가짐일 뿐. 자네가 하는 검도 그렇지 않은가?"

"예, 그렇습니다."

"마음가짐에 얽매여서는 차 맛을 제대로 음미할 수 없네. 검에 비유하자면 몸이 경직되어 마음과 칼의 합일을 이루지 못하는 것이라 할 수 있겠지."

"예."

무사시는 저도 모르게 고개를 숙이고 다음 말에 귀를 기울이고 있었지만, 묘슈는 "호호호." 하고 웃음으로 얼버무리더니 이렇게 덧붙이고 만다.

"내가 검에 대해 뭘 안다고 그만 쓸데없이 주절거렸구면. 아무것도 모르면서 말일세."

"그럼, 잘 마시겠습니다."

무사시는 무릎이 아파서 꿇고 있던 다리를 풀고 책상다리로 고쳐 앉았다. 그러고는 밥공기의 숭늉을 마시듯 꿀꺽 마시고 찻잔을 내려놓았다.

'쓰다.'

인사치레로도 맛있다고는 말할 수 없을 것 같았다.

"한 잔 더 마시겠나?"

"아니, 괜찮습니다."

뭐가 맛있다는 건지, 왜 이런 걸 심각한 체 맛의 아취니 뭐니 하며 예법을 따지는 건지.

무사시는 이해할 수 없었다. 그러나 그는 처음부터 이 모자에게 가졌던 의문과 함께 다도에 대해서도 경멸하고 싶은 마음은 없었다. 다도가 자신이 느낀 것이 전부라면 히가시 산東山 시대의 유구한 문화(무로마치室町 시대 중기의 문화를 가리키는 말)를 거치며 이토록 발달했을 리가 없다. 또 히데요시나 이에야스 같은 인물이 다도의 융성을 지지했을 까닭도 없다.

야규 세키슈사이柳生石舟齋도 노후에는 다도에 심취했다. 생각해보면 다쿠안沢庵도 자주 차에 대해 이야기했다.

무사시는 비단보 위에 놓인 찻잔을 다시 한 번 물끄러미 내려다보았다.

7

세키슈사이를 생각하면서 앞에 놓인 찻잔을 바라보던 무사시는 문득 그때 세키슈사이에게 받은 작약 가지를 떠올렸다. 백작약 꽃이 아닌 가지의 절단면을 보고 그때 받은 강한 전율을.

'어어?'

신음 소리가 입 밖으로 튀어나오지 않았을까 싶을 정도로 무사시는 그 찻잔에서 전해져오는 어떤 울림에 가슴이 세차게 뛰었다.

손을 뻗어 가슴에 품듯이 찻잔을 무릎 위에 올려놓고 보았다.

'……?'

무사시는 지금까지와는 전혀 다른 사람처럼 강렬한 눈빛으로 찻잔의 바닥과 빗살을 세심하게 살폈다.

'세키슈사이가 자른 작약 가지의 단면과 이 찻잔의 흙으로 빚어놓은 빗살의 예리함…… 흠, 모두 다 비범한 자의 솜씨다.'

늑골이 부풀어 오르는 것처럼 숨이 막혔다. 무엇 때문인지는 그로서도 설명할 수 없었다. 다만 비범한 실력을 지닌 명장의 역량이 거기에 깃들어 있다고밖에 할 수 없었다. 말로는 표현할 수 없는 무언의 언어가 가슴속으로 설절하게 파고들었다. 무사시는 그것을 받아들이는 감수성이 남보다 훨씬 풍부했다.

'이것을 만든 사람은 누굴까?'

손에 들자 다시는 놓을 수 없을 것 같은 촉감이다.

무사시는 물어보지 않을 수가 없었다.

"고에쓰 님, 방금 전에도 말씀드렸다시피 저는 도기에는 문외한입니다만, 이 찻잔은 매우 훌륭한 장인이 만든 듯합니다."

"어째서 말입니까?"

고에쓰의 음성은 그의 얼굴처럼 부드러웠다. 입술은 두툼하지만, 여자처럼 애교가 넘칠 때가 있다. 눈초리는 약간 처졌지만 물고기처럼 가늘고 길게 째져서 위엄이 있으면서도 이따금 야유를 하듯 주름이 잡힌다.

"이유야 잘 모르겠지만, 문득 그런 느낌이 들었습니다."

"어느 부분에서 무엇을 느끼셨는지, 그것을 말씀해주시지요."

고에쓰가 심술궂게 말했다.

"글쎄요……."

무사시는 잠시 생각하더니 말을 이었다.

"그럼, 다 말씀드릴 수는 없겠지만 말씀드리겠습니다. 여기 주걱으로 단숨에 빚은 듯 보이는 흙 자국입니다."

"흐음!"

고에쓰도 예술가로서의 천성을 지니고 있었다. 그는 무사시가 예술을 이해하는 수준이 낮은 자라고 조금은 얕잡아보고 있었다. 그런데 의외로 대충 흘려들을 수 없는 말을 하자 여자처럼 부드럽고 두툼한 그의 입술이 순식간에 경직되었다.

"무사시 님은 주걱 자국을 어떻게 생각하십니까?"

"날카롭습니다."

"그뿐입니까?"

"아니, 훨씬 더 복잡합니다. 이것을 만든 사람은 배포가 굉장히 크신 분인 듯합니다."

"그리고?"

"칼로 말하면 소슈모노相州物(소슈相州의 도공刀工 오카자키 고로 마사무네岡崎五郎正宗 일파가 만든 도검류의 총칭)처럼 무엇이든 벨 수 있겠지요. 하지만 마음이 포근해지는 향기로 감싸는 것을 잊지 않았습니다. 또 이 찻잔의 전체적인 모양으로 말씀드리자면, 매우 소박하게 보이지만 기품이랄까, 어딘지 왕후와 같은 고귀한 품격을 지니고 있고, 사람을 사람으로 생각하지 않는 면모도 있습니다."

"흠⋯⋯과연."

"그래서 저는 이것을 만든 사람은 인간으로서도 그 속을 가늠하기 어려운 인물이라고 생각합니다. 그러나 어쨌든 명망 있는 명장임에는 틀림없습니다. ⋯⋯실례인 줄은 알지만 여쭙겠습니다. 대체 이 찻잔을 구운 사람이 누굽니까?"

그러자 고에쓰는 부박한 술잔 귀퉁이 같은 입술을 벌리고 침을 튀기면서 말했다.

"하하하, 접니다. 제가 장난삼아 구운 것입니다."

고에쓰도 꽤나 짓궂었다.

무사시에게 비평할 대로 비평하게 해놓고 그 찻잔을 만든 당사자가 실은 자기라고 털어놓은 것이다. 상대가 놀림을 당했다는 불쾌감이 들지 않게 하는 것이 더 교활하다고 할 수도 있지만, 마흔여덟 살인 고에쓰와 스물두 살인 무사시의 나이 차이라는 것은 역시 싸움이 되지 않았다. 무사시는 자신이 시험을 당하고 있다고는 전혀 생각하지 못하고 진심으로 감탄했다.

'이 사람은 이런 도기까지 직접 빚는구나. 이 찻잔을 만든 이가 이 사람일 줄은 꿈에도 생각하지 못했는데.'

무사시는 고에쓰의 다재다능한 재주에, 아니 그 재주보다 소박한 찻잔 같은 모습을 하고 있지만 실은 그 속에 감추고 있는 인간적인 깊이가 어쩐지 무서웠다.

그가 자부하고 있는 검의 이론으로 이 인물의 깊이를 가늠해보려고도 했지만, 자신의 척도로 재기에는 역부족이라는 것을 깨닫고 솔직히 존경심마저 느꼈다.

그렇게 느낀 순간 무사시는 이미 약자였다. 상대에게 고개를 숙일 수밖에 없는 성격이다. 이번에도 자신의 미숙함을 깨달은 그는 어른 앞에서 수치심을 갖게 된 일개 미성년자에 지나지 않았다.

"무사님도 도기를 좋아하시는 것 같은데, 안목이 상당하십니다."

고에쓰가 말하자 무사시는 겸손하게 대답했다.

"아닙니다. 저는 그쪽 분야는 전혀 모릅니다. 그저 추측일 뿐입니다. 실례를 범했다면 용서해주십시오."

"그도 그럴 테지요. 좋은 찻잔을 하나 굽는 데도 평생이 걸리는 법이니까요. 하지만 무사님에게는 예술을 이해하는 감수성이 있습니다. 꽤나 날카로운 감수성이 말입니다. 역시 검을 다루면서 자연스럽게 길러진 안목이겠죠."

고에쓰 역시 내심 무사시를 인정하고 있었다. 그러나 어른이라 함은 감탄을 해도 말로는 칭찬하지 않는 법이다.

무사시는 시간이 흐르는 것도 잊고 있었다. 그러는 동안 하인이 나물을 더 캐오자 묘슈는 죽을 끓이고, 나물 뿌리를 삶아서 역시 고에쓰가 직접 만든 듯한 작은 접시에 담고 향료가 든 병을 열자 소박한 들녘에서의 식사가 마련되었다.

음식도 무사시에게는 너무 심심해서 맛있다고는 생각할 수 없었다. 그의 육체는 좀 더 진한 맛이나 기름기를 원하고 있었다.

하지만 그는 순순히 나물이며 무의 심심한 맛을 음미하려 했다. 고에쓰나 묘슈에게서도 분명 배울 점이 있다는 것을 알고 있었기 때문이다.

그런데 언제 요시오카 쪽 사람들이 사부의 복수를 하려고 이쪽으로 쫓아올지 알 수 없었다. 무사시는 불안한 마음에 이따금 들판을 이리저리 둘러보았다.

"잘 먹었습니다. 길을 서두르는 건 아니지만 승부를 겨룬 상대편 문하생들이 오면 폐를 끼칠지 모릅니다. 언제 또 인연이 닿으면 다시 뵐 수 있겠지요."

묘슈는 일어서서 무사시를 배웅했다.

"혼아미 네거리를 지날 일이 있으면 한 번 들러주시게."

뒤에 있던 고에쓰도 말했다.

"무사시 님, 다음에는 집으로 한 번 오시지요. 천천히 이야기를 나눕시다."

"예, 찾아뵙겠습니다."

언제 올지 모른다고 생각한 요시오카 쪽 사람들은 들판 어디에도 보이지 않았다. 무사시는 다시 뒤를 돌아보며 고에쓰 모자가 노닐고 있는 양탄자 위의 세상을 바라보았다. 자신이 걸어가는 길은 오직 한 줄기 좁고 험난한 길이라는 생각이 들었다. 고에쓰가 즐기고 있는 밝고 드넓은 세상에는 도저히 미치지 못할 것 같았다.

"……."

무사시는 묵묵히 들판 끝을 향해 전과 다름없이 고개를 숙인 채 걸어갔다.

밤길

/

"뭔 꼴이여, 요시오카의 2대째라는 자가. 내가 기분이 좋아서 술을 마시고 있네. 묵은 체증이 다 내려간 듯 후련하구먼."

변두리의 소 치는 마을에 있는 선술집이었다. 토방 안에는 장작불 연기와 음식을 삶는 김으로 어둑어둑했지만, 밖은 붉게 물든 하늘에 불이라도 난 듯 길까지 붉게 물들어 있고, 주렴이 흔들릴 때마다 도 사東寺의 탑 위에 앉아 있는 저녁 까마귀들이 검은 불티처럼 저 멀리 보였다.

"자, 마시자고."

술판을 사이에 두고 장사치 서너 명이 마주 앉아 있었다. 또 혼자 묵묵히 밥을 먹고 있는 행각승도 있고, 팽이를 돌려가며 술내기를 하고 있는 노동자 한 무리까지 좁은 토방이 사람들로 가득했다.

미야모토 무사시

"주인장, 너무 어두워서 술이 코로 들어가겠어!"

누군가 이렇게 소리쳤다.

"예, 예. 지금 바로 불을 지피겠습니다."

한쪽 구석에 있는 화로에서 장작불이 활활 타올랐다. 밖이 어두워질수록 안은 붉게 도드라졌다.

"생각만 해도 분통이 터지는구먼. 재작년부터 숯이며 생선 값까지 외상이 얼만데. 그 도장에서 갖다 쓰니까 웬만한 양으로는 턱도 없고. 섣달그믐날에는 돈을 주겠지 싶어서 찾아갔더니 문하생 놈들이 지들 사정만 장황하게 늘어놓고 결국엔 우릴 문밖으로 내쫓기까지 하더군."

"그만 화 풀어. 우리들의 울분은 렌다이 사의 결투로 다 퉁치자구. 놈들한테 앙갚음한 셈 치면 되지 않겠나."

"그러니까 말이야. 지금은 화가 풀렸지만 정말이지 너무 고소하고 통쾌하네."

"그런데 소문을 듣자니 요시오카 세이주로가 너무 맥없이 패했다더군."

"세이주로가 약한 게 아니라 무사시라는 사내가 엄청나게 강한 모양이야."

"어쨌든 단 일격에 세이주로는 왼팔인가 오른팔인가를 잃었다던데. 게다가 그게 목검이었다니 대단하지 않은가?"

"자네가 직접 본 겐가?"

"나는 보지 못했지만 직접 가서 본 사람들의 이야기를 들으니 그렇다는 거야. 세이주로는 문짝에 실려 돌아갔는데, 목숨만은 건진 모양이지만 평생 외팔이로 살게 됐어."

"앞으로 어떻게 될까?"

"문하생들은 무슨 수를 써서라도 무사시를 잡아 죽이지 않으면 도장에 요시오카류라는 이름은 걸어둘 수 없다며 흥분해 있는 모양이지만 세이주로조차 당해내지 못한 상대 아닌가. 동생인 덴시치로伝七郎 외에는 무사시와 대적할 만한 자가 없다며 지금 그 덴시치로를 찾아다니고 있다더군."

"덴시치로라면 세이주로의 동생 말인가?"

"그자는 형보다 실력이 훨씬 뛰어난 모양인데, 천방지축이어서 돈이 있는 동안에는 도장에 나타나지도 않고 아버지인 겐포의 명성과 연고를 이용해서 사방팔방으로 무위도식하듯 놀러만 다니는 망나니라네."

"그 형에 그 동생이군. 겐포 스승님 같은 훌륭한 분의 핏줄에서 어째 하나같이 그런 인간들만 나왔을까?"

"그러니까 핏줄만으로 훌륭한 인간은 될 수 없다는 증거지."

화로의 장작불이 다시 어두워지기 시작했다. 아까부터 그 옆에 앉아서 벽에 기댄 채 졸고 있는 남자가 있었다. 술도 꽤 마신 터라 술집 주인은 그냥 내버려두고 있었지만 화로에 장작을 넣을 때마다 사내의 머리카락이며 무릎에 불똥이 자꾸 튀어서 어쩔 수 없이 그에게 말했다.

"손님, 옷에 불이 붙을지 모르니 의자를 조금 뒤로 물리시지요."

그러자 사내는 술과 불기운으로 충혈된 눈을 느릿느릿 뜨더니 중얼거렸다.

"음, 으음. 알아. 알고 있다고. 내버려둬."

사내는 팔짱을 풀지도, 일어나지도 않았다. 숙취가 심한지 몹시 울적해 보였다. 힘줄이 솟은, 술버릇이 고약해 보이는 그 얼굴을 살펴보니 바로 혼이덴 마타하치本位田又八였다.

2

렌다이 사 들판을 소용돌이치게 한 사건은 이곳뿐 아니라 도처에서 화제가 되었다.

무사시의 이름이 유명해질수록 혼이덴 마타하치는 자신이 비참하게 느껴져 견딜 수가 없었다. 자기도 어엿한 사내로서 뭔가를 이루기 전까지는 무사시와 관련된 것은 이야기조차 듣고 싶지 않았지만 귀를 막아도 저렇게 사람들이 모였다 하면 어디서나 화제가 되었기 때문에 그의 울적한 마음은 술로도 달랠 수 없는 듯했다.

"주인장, 한 잔 더 주게. 찬술이라도 좋으니 거기 큰 됫박에다 말이야……."

"손님, 괜찮겠습니까? 안색이 좀……."

"시끄러워. 난 원래 얼굴이 창백해지는 체질이야."

벌써 이 됫박으로 몇 잔째인지, 마신 사람보다 주인이 잊어버릴 지경이었다. 그는 술을 단숨에 들이켰다. 그리고 다시 묵묵히 벽에 기대 팔짱을 끼었다. 술을 그만큼이나 마시고 발밑에선 불꽃이 피어오르고 있는데도 얼굴은 전혀 벌게지지 않았다.

'두고 봐라. 나도 머지않아 꼭 보여주고 말 테다. 사람이 검으로만 성공하란 법은 없어. 부자가 되든, 출세를 하든, 건달이 되든, 그 길에서 최고가 되면 되잖아? 나나 무사시나 아직 스물둘이다. 세상에 일찍 이름을 떨친 놈치고 대성한 사람은 드물어. 천재다 뭐다 해서 으스대봤자 서른 언저리면 이미 비실비실해져서 애늙은이 같은 꼴이라고.'

무사시를 칭찬하는 말은 듣고 싶지 않다고 생각하면서 속으로는 그런 반감을 곱씹고 있었다. 오사카大阪에서 이번 소문을 듣자마자 곧장 교토로 온 것도 별다른 목적이 있어서가 아니었다. 그저 무사시가 신경 쓰여서 그 후의 상황을 보러 온 것에 지나지 않았다.

'지금은 녀석이 기고만장해 있겠지만 조만간 쓴맛을 보게 될 거야. 요시오카 쪽에도 인물은 있으니까. 십검도 있고, 동생 덴시치로도 있어.'

마타하치는 무사시의 명성이 일패도지하는 날을 내심 기다리면서 자신은 요행을 바라고 있었다.

"아아, 목말라……."

그는 불 옆에서 벽을 짚고 힘겹게 일어섰다. 다른 손님들이 모두 고개를 돌려 그를 쳐다보았다. 마타하치는 구석에 있는 큼지막한 물통에 머리를 처박듯이 국자로 물을 떠 마시고, 국자를 내던지더니 그대로 입구의 주렴을 젖히고 밖으로 비틀거리며 나갔다.

기가 막힌다는 표정으로 멍하니 보고 있던 선술집 주인은 마타하치가 주렴 밖으로 사라지자 정신을 차린 듯 쫓아나갔다.

"이보시오, 손님! 아직 계산을 하지 않았소."

다른 손님들도 주렴 사이로 모두 얼굴을 내밀고 구경했다. 마타하치는 비틀거리며 그 자리에 멈춰 서면서 물었다.

"뭐?"

"손님, 깜빡 잊으신 모양입니다."

"잊은 게 없는데?"

"술값을…… 헤헤헤…… 술값을 아직 내지 않았습니다."

"아, 계산 말인가?"

"예, 죄송하지만."

"돈이 없어."

"예?"

"난처하게 됐군. 돈이 없네. 얼마 전까진 있었는데."

"그럼, 넌 처음부터 한 푼도 없이 처마신 게로구나!"

"……뭐, 뭐라고?"

마타하치는 품속이며 허리춤을 이리저리 뒤지더니 인롱印籠을 꺼내 그것을 선술집 주인장의 얼굴을 향해 던지면서 말했다.

"나도 칼을 찬 무사다. 아직까지 남의 술을 마시고 그냥 내뺄 정도로 타락하진 않았어. 술값으론 과분하겠지만 받아둬라. 거스름돈은 필요 없다."

3

술값 대신이라고 내던진 것이 인롱인 줄은 아무도 몰랐다. 그것에 얼굴을 맞은 술집 주인이 비명을 지르면서 양손으로 얼굴을 감싸자 주렴 안에서 구경하던 사람들이 마타하치의 행위에 분노했다.

"저런 못된 놈."

"술 처먹고 그냥 도망간다."

그들은 욕을 퍼부으며 일제히 밖으로 나왔다.

"잡아라!"

다들 취기가 어느 정도 오른 상태다. 술을 마시는 사람일수록 술과 관련해서 잘못을 저지르는 사람을 더 강하게 비난하게 마련이다.

"버릇이 된다. 이놈, 돈을 내고 가거라!"

그들은 마타하치를 둘러쌌다.

"너 같은 놈이 그런 식으로 1년 내내 공짜 술을 마시며 술집을 망하게 하는 거다. 돈이 없으면 우리한테 머리통이나 한 대씩 맞아라."

사람들이 씩씩거리며 몰매를 주겠다고 하자 마타하치는 칼자루를 잡고 방어 태세를 취하며 말했다.

"뭐라고? 날 패겠다고? 재미있겠군. 어디 한번 때려봐라. 네놈들은 내가 누군 줄 아느냐?"

"거지보다도 자존심이 없고, 도둑보다도 못한 쓰레기 낭인이 아니고 뭐냐?"

"터진 입이라고 잘도 지껄이는구나."

마타하치는 미간을 찌푸리며 주위를 노려보면서 말했다.

"내 이름을 듣고 놀라지나 마라."

"누가 놀란단 말이냐!"

"사사키 고지로가 바로 이 몸이다. 이토 잇토사이伊藤一刀齊의 제자이자 가네마키류鐘巻流의 달인, 고지로를 모르느냐?"

"웃기고 있네. 들은풍월이 있다고 헛소리하지 말고, 돈이나 내놓거라. 술값 말이다!"

한 사람이 손을 내밀며 다그치자 마타하치는 대답 대신 칼을 뽑았다.

"인롱으로 부족하다면 이것도 주마!"

그러고는 순식간에 그의 손목을 베어버렸다. 으악, 천지를 뒤흔드는 비명 소리에 설마 하고 우습게보던 선술집 손님들은 마치 자기 피가 솟구친 것 같은 착각에 사로잡혀 머리와 엉덩이를 부딪혀가며 혼비백산 도망치기 시작했다.

"저놈이 칼을 뽑았다!"

마타하치는 칼을 휘두르면서 눈을 번뜩이며 소리쳤다.

"방금 뭐라 지껄였느냐! 이 버러지 같은 놈들, 돌아오너라. 사사키 고지로의 솜씨를 보여주마. 게 섰거라! 그 머리를 놓고 가거라."

초저녁의 어스름 속에서 마타하치는 혼자 칼을 휘두르고 있었다. 나는 사사키 고지로다, 라며 허세를 부리고 있었지만 주위엔 이미 아무도 없었고, 어두워져가는 밤하늘에서는 까마귀의 울음소리도 들리지 않았다.

"……."

누가 간지럼이라도 태웠는지 마타하치는 허공을 향해 하얀 이를 드러내며 웃었다. 그러나 그의 얼굴은 당장이라도 울음을 터뜨릴 것처럼 쓸쓸해 보였다. 그는 위태로운 손놀림으로 칼을 다시 칼집에 꽂고 비틀비틀 걸음을 옮겼다.

그가 선술집 주인의 얼굴에 던진 인롱은 주인이 도망가 버리는 바람에 길바닥에 떨어진 채 별빛 아래에서 반짝이고 있었다.

흑단나무에 파란 조개 상감만 한 것으로 그리 비싸 보이지는 않았지만, 밤길에 버려져 있으니 그 파란 조개 모양의 빛이 흡사 반딧불 무리가 내려앉은 듯 요염하게 반짝이고 있었다.

"어라?"

잠시 뒤에 선술집에서 나온 행각승이 그것을 주워들었다. 그는 발길을 서두르고 있었지만 일부러 다시 선술집 처마 밑으로 돌아가서 새어나오는 불빛에 인롱을 비춰보면서 그 모양과 주머니를 졸라매는 끈을 유심히 살펴보았다.

"앗? 이건 나리의 인롱이다. 후시미伏見 성의 공사장에서 무참히 죽음을 당한 구사나기 덴키草薙天鬼 님이 갖고 계시던 건데⋯⋯. 그래, 여기 인롱 바닥에도 덴키라고 조그맣게 새겨져 있어."

행각승은 놓치면 안 된다는 듯 급히 마타하치를 쫓아갔다.

4

"사사키 님, 사사키 님."

뒤에서 누가 부르는 건 알았지만, 취한 마타하치의 귀에 들어

오지 않는 것을 보면 자기 이름이 아니라는 증거였다.

9조에서 호리 강堀川 방면으로 걸어가는 마타하치는 자기 몸을 지탱하기도 힘에 겨운 모습이었다.

행각승은 빠른 걸음으로 쫓아와 뒤에서 마타하치의 칼끝을 붙잡고 말했다.

"고지로 님, 잠시 말씀 좀 나누시지요."

마타하치는 딸꾹질을 하듯 놀라서 뒤를 돌아보았다.

"나 말인가?"

"당신은 사사키 고지로 님이 아닙니까?"

행각승의 눈동자에는 험악한 빛이 감돌고 있었다. 마타하치는 취기가 가신 표정으로 말했다.

"내가 고지로인데…… 무엇 때문에 그러나?"

"여쭙고 싶은 것이 있습니다."

"뭐…… 뭐를?"

"이 인롱은 어디에서 손에 넣으셨습니까?"

"인롱?"

마타하치는 취기가 완전히 가셨다. 후시미 성의 공사장에서 맞아 죽은 무사 수련생의 얼굴이 문득 눈가를 스쳤다.

"어디에서 손에 넣었는지, 그것을 여쭙고 싶습니다. 고지로 님, 이 인롱을 어떻게 지니게 되었습니까?"

행각승은 단도직입적으로 캐물었다. 나이는 스물여섯이나 일곱쯤 되어 보이는 사내로 나이를 봐도 그저 절간이나 떠돌아다니며 극락왕생을 기원하는 어쭙잖은 인물은 아닌 듯했다.

"당신 대체 누구야?"

마타하치는 진지한 얼굴로 상대를 탐색하듯 물었다.

"그건 중요하지 않습니다. 그보다 인롱의 출처를 말씀해주시지요."

"원래부터 내 것인데, 출처 따위가 어딨어?"

"거짓말 마!"

행각승의 말투가 갑자기 바뀌었다.

"사실대로 말해. 경우에 따라서는 돌이킬 수 없는 실수가 될 수도 있다."

"사실이라니까."

"도저히 사실대로 털어놓지 않는군."

"털어놓으라니, 무슨 소리냐!"

마타하치도 강하게 나갔다.

"이 가짜 고지로야!"

행각승이 짚고 있던 넉 자 두세 치의 떡갈나무 지팡이가 말보다 빨리 바람을 휙 갈랐다. 본능은 뒤로 물러났지만 몸에는 아직 술기운이 남아 있었다.

"윽!"

마타하치는 두세 간間(1간은 약 1.8미터)이나 비틀거리며 뒷걸음질 치다가 엉덩방아를 찧더니 일어나자마자 뒤로 돌아서 도망치기 시작했다. 그 재빠른 몸놀림에 행각승은 당황했다. 술에 취한 상대라 그렇게 기민하게 움직일 수 없다고 얕잡아보고 있었던 것이다.

"이놈!"

행각승은 황급히 쫓아가면서 떡갈나무 지팡이를 바람에 실어 마타하치에게 던졌다.

마타하치는 목을 움츠렸다. 지팡이가 바람 소리를 내며 귓가를 스쳐 지나갔다. 마타하치는 위험을 느끼고 더 빨리 도망쳤다.

행각승도 빗나간 지팡이를 주워들고 날아가듯 쫓아갔다. 그러고는 거리를 가늠하더니 다시 한 번 지팡이를 어둠 속으로 던졌다.

그러나 마타하치는 이번에도 그 지팡이 끝에서 간신히 위험한 상황을 피했다. 취기는 이제 완전히 사라지고 없었다.

5

마타하치는 타는 듯이 목이 말랐다. 아무리 도망을 쳐도 행각승의 발소리가 뒤에서 들리는 것 같았다. 어느새 6조인지 5조인지 분간이 되지 않는 근처 마을까지 왔다. 마타하치는 가슴을 두드리며 중얼거렸다.

"휴우, 큰일 날 뻔했다. ⋯⋯이제 쫓아오지 않겠지?"

그곳에서 좁은 골목을 살피는 모습은 도망갈 길을 찾는 것이 아니라 우물을 찾는 듯했다. 그리고 곧 우물을 찾았는지 마타하치는 골목 안으로 들어갔다. 빈민가에 있는 공동 우물이었다.

두레박으로 물을 퍼서 끌어올린 마타하치는 벌컥벌컥 물을 들이마시고는 두레박을 내려놓고 그 물로 얼굴의 땀을 씻었다.

"그 중놈은 대체 뭐지?"

한숨 돌린 마타하치는 뒤를 돌아보자 께름칙한 기분이 되살아났다.

돈이 들어 있는 자줏빛 가죽 염낭과 주조류中條流 목록, 그리고 인롱, 이렇게 세 가지는 작년 여름 후시미 성의 공사장에서 사람들에게 맞아 죽은 턱이 없는 무사 수련생의 주검에서 빼낸 것이었다. 그중에서 돈은 이미 다 써버렸고, 수중에 남아 있는 것은 주조류의 인가 목록과 그 인롱뿐이었다.

"그 중놈이 인롱은 자기 주인 것이라고 했는데, 그럼 그놈이 죽은 무사 수련생의 시종이란 말인가?"

세상 참 좁구나 싶었다. 마타하치는 내내 쫓기고 있는 듯한 기분이었다. 떳떳하지 못한 마음으로 음지를 헤매다 보니 온갖 우연이 귀신의 그림자처럼 따라다녔다.

"지팡이인지 봉인지 모르겠지만 아무튼 굉장한 게 날아왔어. 그것에 머리라도 한 대 맞았더라면 끝장이었겠지. 어쨌든 방심하면 안 되겠어."

마타하치는 죽은 사람의 돈을 다 써버린 것이 계속 양심에 걸렸다. 나쁜 짓을 했다는 생각이 들 때마다 뙤약볕 아래에서 그 턱없는 무사 수련생이 눈에 어른거려서 견딜 수가 없었다.

'돈을 벌면 무조건 제일 먼저 돌려드리겠소. 출세하면 비석도 세워드리고, 공양도 하겠소.'

그렇게 그는 마음속으로 끊임없이 죽은 사람에게 사죄했다.

'그래, 이것도 품속에 지니고 있다간 어떤 의심을 살지 몰라. 차라리 버리는 게 낫지 않을까?'

그는 주조류의 인가 목록을 옷 위에서 만져보며 생각했다. 허리에 찬 복대 속에서 늘 불룩하게 솟아 있는 것이 그 두루마리였다. 가지고 다니기에도 여간 거추장스럽지 않았다.

하지만 마타하치는 이내 아깝다는 생각도 들었다. 돈은 이미 다 써버렸고, 몸에 지니고 있는 재산이라고는 그 두루마리 하나밖에 없다. 이것을 밑천으로 삼아 출세는 못할지라도 밥벌이는 할 수 있지 않을까 하는 요행을 바라는 마음이, 그 때문에 아카카베 야소마赤壁八十馬에게 감쪽같이 사기를 당하고도 여전히 남아 있었다.

목록에 있는 사사키 고지로라는 이름을 사칭하고 다닌 뒤로는 손해를 보는 일보다 득을 보는 일이 많았다. 이름이 없는 작은 도장이나 검술을 좋아하는 조닌 등에게 보여주면 큰 존경을 받을 뿐 아니라 아무 말 하지 않아도 하룻밤 유숙과 한 끼 식사를 대접받았다. 지난 정월의 절반가량은 그 두루마리 덕에 먹고 살았다고 해도 과언이 아니다.

'버릴 것까지야 없지. 내가 점점 소심해지는가 보구나. 그 소심함이 어쩌면 출세를 가로막고 있는 건지도 몰라. 무사시처럼 담대해지자. 천하를 움켜쥔 놈을 보라구.'

그렇게 마음은 먹었지만, 당장 오늘 밤을 보낼 잠자리조차 없었다. 진흙과 풀로 지어 다 쓰러져가는 빈민가의 집이라도 그곳에 사는 사람들에게는 추위와 밤이슬을 피할 집이 있다고 생각하니 마타하치는 그들이 너무나 부러웠다.

두 명의 고지로

/

마타하치의 야비한 눈은 부근의 집들을 엿보고 다녔다. 어느 집이나 찢어지게 가난했지만 그곳에는 냄비 하나를 마주하고 앉은 부부가 있었고, 노모를 둘러싸고 부업으로 밤일을 하고 있는 오누이도 있었다. 그들은 물질적으로는 한없이 부족한 대신 히데요시나 이에야스의 가정에서는 볼 수 없는 것을 서로 나누고 있는 듯했다. 그것은 가난할수록 한층 깊어지는 혈육의 정이었다. 그렇게 오가는 정만으로도 이 빈민굴은 아귀의 소굴로 변하지 않고 인간의 훈훈함을 지니고 있었다.

'내게도 어머니가 계신데, 어머닌 어떻게 지내고 계실까?'

마타하치는 갑자기 어머니가 생각났다. 작년 말, 우연히 만나 이레 정도 함께 지내고 시답잖은 모자간의 고집 때문에 마타하치는 노모를 버리고 떠나버렸다.

'내가 몹쓸 짓을 했지. 불쌍한 어머니……. 아무리 좋아하는 여자를 만나봐도 어머니만큼 진심으로 나를 사랑해주는 여자는 없었어.'

이제 얼마 남지 않았다. 마타하치는 기요미즈 사清水寺의 관음당에 가 볼 생각이었다. 그곳 차양 아래라면 잠을 잘 수도 있다. 또 어쩌면 어머니를 만날지도 모른다는 헛된 바람도 가져 본다.

어머니 오스기는 신심이 두터운 사람이다. 신불을 가리지 않고 그 능력을 절대적으로 믿고 있었다. 아니, 믿고 있을 뿐만 아니라 그 어떤 것보다도 의지하고 있었다. 언젠가 오사카에서 이레 남짓 마타하치와 함께 다닐 때도 둘 사이에 불화가 생긴 원인 중 하나가 거기에 있었다. 오스기가 신사나 불당만 찾아다니며 시간을 보내는 것이 마타하치를 지겹게 만들었고, 결국 마타하치는 어머니와 긴 여행을 다닐 수 없다는 권태를 느꼈다.

그 무렵 마타하치는 오스기에게서 종종 이런 말을 들었다.

"누가 뭐라 해도 기요미즈 사의 관세음보살님만큼 영험하신 부처님은 없다. 그곳에 기도를 드렸더니 삼칠일쯤 되는 날에 바로 그 무사시 놈을 딱 마주치게 해주시더구나. 그것도 불당 앞에서 말이다. 너도 기요미즈 사의 관세음보살님만은 믿어야 한다."

그러고 나서 또 봄이 되면 첫 참배를 가서 앞으로도 혼이덴가를 잘 보살펴달라고 기원하라고 몇 번이나 마타하치에게 말했다.

그래서 마타하치는 혹시 그곳에 어머니가 있을지 모른다고 생각했던 것이다. 그러고 보면 그의 생각도 헛된 것만은 아닐지도 모른다.

6조의 보몬坊門 거리(교토의 구획으로 2조 대로 이남의 동서로 뻗은 좁은 길 중 마을의 중앙을 지나는 길)에서 5조 쪽으로 걸어가자 마을인데도 지나가는 개에 걸려 넘어질 정도로 어두웠다. 실제로 들개가 많은 곳이기도 하다.

그는 아까부터 그 들개가 짖어대는 소리에 둘러싸여 있었다. 돌을 던져서 잠잠해질 놈들이 아니었다. 그러나 마타하치도 어느덧 들개들이 짖어대는 소리에는 익숙해졌는지, 들개가 아무리 송곳니를 드러내고 쫓아와도 아무렇지 않은 듯 태평하게 걸을 수 있었다.

그런데 마타하치가 5조에서 가까운 솔밭 부근에 이르자 갑자기 개 짖는 소리의 방향이 바뀌었다. 그의 앞뒤에서 줄곧 따라오던 놈들도 다른 무리들과 합세하더니 가로수 중 한 그루의 소나무를 에워싸고는 요란하게 허공을 향해 짖어대기 시작했다.

어둠 속에서 우글거리는 개들의 그림자는 개보다 늑대에 가까웠다. 그것이 셀 수 없을 정도로 많았다. 그중에는 발톱을 세우고 소나무의 대여섯 자 위까지 뛰어오르며 으르렁거리는 무서운 놈도 있었다.

"……응?"

나무 위를 올려다본 마타하치는 깜짝 놀랐다. 우듬지 위로 얼핏 사람 그림자가 보였다. 별빛에 의지해서 보니 여자인 듯 아름답고 고운 소맷자락과 하얀 얼굴이 가느다란 솔잎 사이에서 떨고 있었다.

2

개에 쫓겨 나무 위로 도망쳐 올라갔는지, 아니면 나무 위에 숨은 탓에 개들이 수상히 여기고 그 아래를 에워싼 것인지는 분명치 않지만, 어느 쪽이든 우듬지 위에서 떨고 있는 것은 젊은 여자가 틀림없었다.

"훠이! 이놈들. 저리 가라!"

마타하치는 개들을 향해 주먹을 휘둘렀다.

"이놈들이!"

두세 번 돌도 던졌다.

네발짐승 흉내를 내며 으르렁거리면 어떤 개도 달아난다는 말을 들은 적이 있는 마타하치는 짐승처럼 네발로 기며 으르렁거렸다. 그러나 이곳의 개들에게는 아무런 효과가 없었다.

그도 그럴 것이 개들은 서너 마리가 아니었다. 마치 깊은 물속에서 무리를 지어 몰려다니는 물고기 떼처럼 셀 수 없을 정도로 많은 개들이 떨고 있는 나무 위의 여자를 향해서 꼬리를 흔들고, 송곳니를 번뜩이며 나무껍질이 다 벗겨질 정도로 맹렬하게 짖어대고 있었다. 마타하치가 멀리서 아무리 네발짐승 흉내를 내봤자 이 맹견 무리에는 아무 위협이 되지 못했다.

"이놈의 개새끼들!"

마타하치는 화가 치밀어서 벌떡 일어섰다. 칼을 찬 무사가 젊은 여자 앞에서 네발짐승 흉내를 낸 것이 갑자기 수치스러웠기 때문이다.

"깨갱."

개 한 마리가 심상치 않은 비명을 지르자 모든 개가 마타하치 쪽으로 눈길을 돌렸다. 그리고 그의 손에 들려 있는 칼과 그 아래에 쓰러져 있는 동료의 시체를 보자 개들은 우르르 한데 모여 뼈가 앙상한 등골을 곤두세웠다.

"이래도 덤빌 테냐!"

칼을 휘두르며 개들이 모여 있는 곳으로 뛰어들자 개들은 그의 얼굴에 모래를 튀기며 어둠 속으로 뿔뿔이 흩어졌다.

"이보시오, 내려오시오! 어서 내려오시오!"

하늘을 향해 소리치자 소나무 우듬지 사이에서 딸랑딸랑 아름다운 방울 소리가 들렸다.

"어? 아케미잖아? 아케미!"

소맷자락의 방울 소리가 귀에 익었다. 물론 방울을 허리끈이나 소매에 달고 다니는 여자가 아케미만은 아니었지만 어렴풋이 보이는 하얀 얼굴의 윤곽도 어딘가 닮은 듯한 느낌이 들었다.

"누, 누구?"

역시 아케미의 목소리였다. 그녀는 몹시 놀란 듯했다.

"마타하치야. 모르겠어?"

"예? 마타하치 님이라고요?"

"그런 곳에서 대체 뭘 하고 있는 거야? 개 따위를 무서워할 네가 아닌데."

"개가 무서워서 숨은 게 아니에요."

"그럼 왜? 어쨌든 내려와."

"하지만……."

아케미는 나무 위에서 조용한 어둠 속을 이리저리 둘러보았다.

"마타하치 님, 어서 자리를 피하세요. 그 사람이 찾으러 온 것 같으니까요."

"그 사람이라니, 누구를 말하는 거야?"

"그건 지금 말할 수 없어요. 아주 무서운 사람이에요. 전 작년 말부터 그 남자가 친절한 사람인 줄 알고 신세를 졌는데, 점점 저에게 가혹한 짓을 했어요. ……그래서 오늘 밤에 빈틈을 노려 6조에 있는 즈즈야의 2층에서 도망쳐 나왔는데, 그 사람이 바로 알아채고 쫓아온 것 같아요."

"오코お甲를 말하는 거야?"

"어머니 얘기가 아니에요."

"그럼, 기온 도지祇園藤次?"

"그런 사람이 뭐가 무섭겠어요? ……앗, 온 것 같아요. 마타하치 님, 거기에 서 있으면 나도 발각되고, 마타하치 님도 봉변을 당할지 몰라요. 어서 숨어요!"

"뭐, 그놈이 왔다고?"

마타하치는 우물쭈물하며 결단을 내리지 못했다.

3

여자의 눈은 남자를 움직인다. 여자의 눈을 의식하면 남자는 분수에도 맞지 않게 돈을 쓰거나 영웅처럼 행동하고 싶어 한다. 방금 전, 보는 사람이 아무도 없는 줄 알고 네발짐승 흉내를 내고 나서 느꼈던 수치심이 아직 마타하치의 마음을 점령하고 있었다.

그래서 아케미가 나무 위에서 봉변을 당할지도 모르니 빨리 몸을 피하라고 아무리 경고해도 남자인 자기가 큰일이라도 난 듯 허겁지겁 어둠 속으로 꽁무니를 빼고 숨는 추태를, 비록 애인이 아닐지라도 아케미에게는 보일 수가 없었다.

"앗! 누구냐?"

이렇게 외친 것은 벌써 그곳으로 재빨리 달려온 사내이기도 했고, 또 그를 보고 놀라 뒤로 물러선 마타하치의 외침이기도 했다.

아케미가 걱정하던 무서운 사내라는 자가 마침내 이곳에 나타난 것이다. 마타하치가 들고 있는 칼에는 개의 피가 묻어 있었다. 그것을 본 사내는 마타하치 앞에 선 순간부터 그를 예사로운 자가 아니라고 생각한 듯 노려보며 다시 한 번 소리쳤다.

"누구냐, 넌!"

"……."

아케미가 너무 무서워하는 바람에 마타하치도 처음에는 움찔했지만, 상대를 자세히 살펴보니 키가 크고 늠름한 체격이긴 해도 나이는 자기와 큰 차이가 없어 보였다. 또 머리는 마에가미前髮(관례 전의 사내아이가 이마에 앞머리를 땋아 올리는 것)를 했고, 옷은 어린애들이나 입을 법한 유치찬란한 고소데였다.

'뭐야, 이 애송이는.'

언뜻 보기에도 매우 유약한 차림새였다.

마타하치는 콧방귀를 뀌며 마음을 놓았다. 이런 상대라면 얼마든지 상대할 수 있다고 생각했다. 저녁에 만났던 행각승 같은 인간이라면 께름칙했지만, 이제 갓 스물이나 넘겼을까 싶은, 게다가 마에가미에 유치찬란한 옷을 입고 흐물흐물 나약해 보이는 자에게 설마 질 거라고는 생각할 수 없었다.

'이놈이 아케미를 괴롭히고 있는 놈이구나. 새파란 놈이 건방지게. 무슨 이유인지는 아직 듣지 못했지만, 어쨌든 아케미를 쫓아다니며 괴롭히고 있는 것만은 틀림없다. 좋아, 따끔한 맛을 보여주마.'

마타하치가 그렇게 생각하며 여유 있는 태도로 잠자코 있자 마에가미의 젊은 무사가 다시 한 번 입을 열었다.

"넌 누구냐?"

겉모습과는 어울리지 않는 사나운 목소리였다. 특히 세 번째 일갈은 주위의 어둠을 떨쳐낼 정도로 우렁찼다. 그러나 이미 겉모습만으로 상대를 얕잡아보고 있던 마타하치가 비웃듯이 말했다.

"나 말이냐? 난 인간이다."

굳이 웃을 필요까지는 없는 이 상황에서 마타하치는 일부러 히죽 웃어 보이기까지 했다.

아니나 다를까 사내의 얼굴이 벌겋게 달아오르는 듯했다.

"이름도 없느냐? 이름도 없는 인간이라고 스스로를 비하하는 것이냐?"

사내가 격분해서 소리쳤지만 마타하치는 여유를 부리며 대꾸했다.

"너같이 태생도 모르는 놈에게 알려줄 이름은 없다."

"닥쳐라!"

사내는 등에 칼몸만 해도 석 자나 되어 보이는 장검을 비스듬하게 매고 있었다. 어깨 너머로 보이는 칼자루와 함께 사내의 몸이 앞으로 약간 기울어졌다.

"그쪽과의 결투는 나중에 결판을 내겠다. 나는 이 나무 위에 숨어 있는 여자를 내려오게 해서 요 앞 즈즈야여관에 데려다 놓고 올 테니 그때까지 기다려라."

"쓸데없는 소리 마라. 그렇게는 못하겠다."

"뭐라고?"

"이 아이는 전에 내 아내였던 여자의 딸이다. 지금은 헤어진 처지지만 곤경에 처한 것을 보고 모른 체할 수는 없다. 나를 무시하고 손가락 하나라도 건드렸단 봐라, 그 즉시 베어버릴 테다."

4

마타하치는 방금 전의 개들은 아니지만 위협하면 바로 꼬리를 내리고 달아날 것이라고 생각했다.

"재미있군."

그러나 상대는 마타하치의 예상과는 달리 매우 호전적인 태도를 보였다.

"보아하니 너도 무사 나부랭이쯤은 되겠군. 한동안 너처럼 기골이 좋은 인간을 만나지 못해서 등에 매고 있는 모노호시자오物干竿가 밤마다 울고 있던 참이다. 이 전가의 보도가 내 손에 넘어온 뒤로 아직 피를 실컷 맛본 적이 없어서 조금 녹도 슬었으니 네놈의 뼈로 날이나 갈아야겠다. 그러니 행여나 도망갈 생각은 마라."

물러나려야 물러날 수 없도록 상대는 주도면밀하게 말로 먼저 구속해버렸다. 그러나 선견지명 따위는 없는 마타하치는 여전히 상대를 얕보며 말했다.

"허세는 집어치워라. 다시 생각할 기회는 지금뿐이다. 목숨만은 살려줄 테니 더 늦기 전에 빨리 달아나는 게 좋을 게다."

"오히려 내가 하고 싶은 말이다. 그런데 방금 전에 나 같은 놈한테는 들려줄 이름이 없다고 거드름을 피웠는데, 그대의 존명을 알려주지 않겠나? 상대의 이름 정도는 알아두는 것이 승부를 겨루기 전의 예의이기도 하고."

"좋아, 들려주도록 하지. 듣고 나서 놀라지나 마라."

"놀라지 않도록 마음을 차분히 가라앉히고 있을 테니 걱정 마라. 그럼 먼저 검의 유파는?"

그런 말을 나불대는 인간치고 강한 놈이 없었다며 마타하치는 상대를 더욱 얕잡아보고 우쭐해서 대답했다.

"도다 뉴도 세이겐富田入道勢源의 분파로서 주조류의 인가를 받았다."

"뭐, 주조류라고?"

고지로는 조금 놀랐다.

여기서 강하게 나가지 않으면 거짓말이 탄로 날지 모른다고 생각한 듯 마타하치는 말을 계속 이었다.

"그러면 이번엔 그쪽 유파를 알려주지 않겠나. 그것이 승부의 예의라고 하니."

상대방의 말을 그대로 흉내 내서 되받아칠 심산이었다. 그러자 고지로가 말했다.

"아니, 내 유파와 이름은 나중에 말하겠다. 그런데 그쪽 주조류는 대체 누구를 사부로 모셨는가?"

바보 같은 질문이라는 듯 마타하치는 말이 떨어지자마자 대답했다.

"가네마키 지사이鐘巻自齊 사부님이시다."

"응?"

고지로는 더욱 놀랐다.

"그럼, 이토 잇토사이를 아는가?"

"알다마다."

마타하치는 흡족했다. 벌써 효과가 나타난 증거라고 본 것이다. 상대는 필시 칼을 빼 들고 싸우기 전에 어떻게든 타협의 실마리를 찾으려는 것이 틀림없다고 생각했다.

그렇게 생각한 그는 자진해서 말했다.

"무엇을 더 감추겠나. 그 이토 야고로 잇토사이가 나에게는 사형이 되시는 분이다. 즉, 지사이 사부님 문하의 동문 사이인데 그것이 어쨌다는 것이냐?"

"그럼, 거듭 묻겠지만 그러는 그대는?"

"사시키 고지로."

"뭐?"

"사시키 고지로라고 한다."

마타하치는 친절하게도 두 번이나 말했다. 이쯤 되니 고지로도 놀라움을 넘어 아연해지고 말았다.

5

"흐음."

이윽고 고지로는 그렇게 신음 소리를 내면서 보조개가 패도록 미소를 지었다. 말똥말똥 거리낌 없는 눈으로 자신을 쳐다보는 상대를 마타하치는 되쏘아보았다.

"왜 그렇게 내 얼굴을 빤히 쳐다보느냐? 내 이름을 듣고 놀랐느냐?"

"정말 놀랍군."

"돌아가라!"

마타하치가 턱짓을 하고 칼자루를 앞으로 밀어 올리며 말했다.

"하하하, 하하하하……."

그러자 고지로는 배를 잡고 웃기 시작했다. 웃음은 영원히 멈출 것 같지 않았다.

"세상을 돌아다니다 보면 별의별 인간을 다 만나게 되지만, 일찍이 이렇게 놀란 적은 없다. ……그런데 사사키 고지로 님, 그대에게 묻겠는데 그렇다면 나는 누구라고 생각하나?"

"뭐라고?"

"내가 대체 누구냐고 당신한테 묻고 있는 것이야."

"내가 어떻게 알아?"

"아니지 아니야. 잘 알고 있을 텐데. 조금은 집요한 듯하지만 다시 한 번 묻고 싶군. 당신의 이름이 뭐라고 했지?"

"귀가 먹었느냐? 나는 사사키 고지로라는 사람이다."

"그럼 나는?"

"인간이겠지."

"물론 인간임엔 틀림없지. 그런데 나라는 인간의 이름은?"

"이 자식이, 나를 놀리는 거냐?"

"천만에. 나는 그 어떤 때보다도 진지하다. 이 이상 진지할 수가 없지. ……고지로 선생, 내가 누구지?"

"시끄럽다. 네 가슴에 물어봐라."

"그렇다면 내가 물어봐놓고 조금 우습긴 하지만 나도 이름을 말하겠다."

"그래, 말해봐라."

"하지만 놀라지 마라."

"헛소린 그만하고."

"난 간류 사사키 고지로다."

"뭐……?"

"조상 대대로 이와쿠니岩国에서 살았고, 성은 사사키라 하며 이름은 고지로라고 부친으로부터 받았다. 또 검명을 간류라고도 부르는 사람은 이렇게 말하는 나인데, 언제 사사키 고지로가 세상에 둘이나 생긴 거지?"

"……어? ……그, 그럼?"

"세상을 돌아다니는 동안 별의별 사람을 다 만나봤지만 일찍이 사사키 고지로라고 하는 사람을 만난 것은 태어나서 내 앞의 사사키 고지로가 처음이군."

"……."

"정말 기이한 인연이야. 처음 뵙겠소. 허면 귀하가 사사키 고지로 님이시오?"

"……."

"어찌 그러시오? 갑자기 떨고 계시는 것 같은데."

"……."

"우리 친하게 지내봅시다."

고지로가 발이 땅에 박힌 듯 멍하니 서서 새파랗게 질려 있는 마타하치에게 다가가 어깨를 툭 치자 마타하치는 몸을 부르르 떨며 비명을 질렀다.

"악!"

다음 말은 고지로의 입에서 나왔는데, 마치 창과 같이 마타하치의 심장을 꿰뚫었다.

"달아나면 베겠다."

한 발짝 뛰자 두 간쯤 거리가 벌어진 듯했지만, 그렇게 도망가는 마타하치의 그림자를 향해 고지로의 어깨 너머에 있던 장검인 모노호시자오가 번쩍 하고 어둠 속에서 은빛을 그렸다. 그리고 고지로는 더 이상 칼을 쓰지 않았다.

마타하치는 바람에 날리는 낙엽 위의 벌레처럼 땅바닥을 세바퀴 정도 데굴데굴 구르다 그대로 뻗어버렸다.

6

석 자나 되는 흰 칼날이 등 뒤의 칼집으로 빨려 들어간 순간 날카로운 쇳소리가 울렸다.

"철컹!"

고지로는 이미 호흡이 없는 마타하치에게는 눈길도 주지 않았다.

"아케미!"

그는 나무 아래로 다가가서 아케미를 부르며 우듬지를 올려다보았다.

"아케미, 내려와. ……이제 그런 짓은 하지 않을 테니 내려와. ……네 양모의 남편이었다는 사내를 그만 베어버렸다. 내려와서 수습해줘."

나무 위에서는 아무 소리도 들리지 않았다. 울창한 솔잎은 짙은 어둠에 싸여 있었다. 고지로는 참다못해 나무 위로 기어 올라갔다.

"……?"

아케미가 없었다. 기회를 보다 나무에서 내려와 달아난 모양이다.

"……."

고지로는 우듬지에 앉아 한동안 가만히 있었다. 윙윙 소리를 내며 부는 솔바람 속에서 도망간 작은 새의 행방을 더듬고 있는 모습이었다.

'그녀는 왜 날 이렇게 무서워할까?'

고지로는 이해할 수 없었다. 자신이 줄 수 있는 사랑을 그녀에게는 다 쏟았다고 생각했기 때문이다. 사랑을 표현하는 방법이 조금 지나쳤다는 사실은 스스로도 인정하고 있다. 그러나 그 방법이 보통 사람들과는 다르다는 사실은 깨닫지 못했다.

고지로가 여자를 사랑하는 방식이 다른 사람과 어떻게 다른지를 알기 위해서는 그의 검에 드러난 성격, 다시 말해서 검을 다룰 때 나타나는 성질을 주의 깊게 관찰하면 어느 정도 알 수 있다.

본래 고지로는 어린 시절 가네마키 지사이 아래에서 가르침을 받을 때부터 이미 귀재나 기린아라는 말을 들을 정도로 보통 사람과는 검을 다루는 성질이 전혀 달랐다.

그것을 한마디로 표현한다면 '집요함'이었다. 그의 검은 실로 '집요함'에 선천적인 특색이 있었다. 상대가 자기보다 뛰어난 실력자일수록 그 집요함이 더욱 노골적으로 드러난다.

물론 이 시대의 검은 검술로서 수단을 가리지 않았기 때문에 아무리 집요해도 그것을 추잡하다거나 비겁하다고 말하는 사람은 없었다.

'저 자식한테 걸렸다간 방법이 없어.'

그렇게 두려워하는 사람은 있어도 그의 검을 비겁하다고 말하는 사람은 없다.

예를 들어 그가 소년이었을 때 평소 그를 미워하던 사형들에게 목검으로 두들겨 맞고 기절한 적이 있었다. 조금 심했다고 후회한 사형이 그의 입에 물을 머금게 하고 그를 돌보았는데, 정신을 차린 고지로가 갑자기 벌떡 일어나더니 그를 그의 목검으로 때려죽인 일도 있었다.

또 고지로는 한 번 진 상대를 절대 잊지 않았다. 어두운 밤이건 변소에 있을 때건 잠이 들었을 때건 가리지 않고 빈틈을 노렸다. 이 또한 당시의 사람들은 결투를 반드시 정식 절차를 밟아서 정당하게 해야 한다고는 생각하고 있지 않았기 때문에 동문들은 고지로를 한 대라도 때리면 그와 원수가 되는 것과 같다며 그런 그의 집요함을 탓하지 않았다.

그리고 그는 어느 순간부터 자신을 천재라고 스스로 말하곤 했다. 그러나 그것은 그의 불손한 오만이 아니었다. 사부인 지사이와 사형인 잇토사이도 그의 천재성을 인정한 것은 사실이었다.

고향인 이와쿠니로 돌아온 이후로는 긴타이錦帶 다리에서 매일 제비를 베는 수련을 하며 독자적으로 검을 연구했다. 그러자 사람들은 그를 '이와쿠니의 기린아'라고 칭송했고, 그도 그렇게 자부하고 있었다.

그러나 그와 같은 집요함이 여자를 사랑할 때 어떤 형태로 나타날지는 아무도 모른다. 고지로 자신도 검과 사랑은 전혀 별개의 것이라 생각하고 있었기 때문에 아케미가 자신이 싫어서 도망친 사실을 도저히 이해할 수 없다는 표정이었다.

7

문득 정신을 차리고 보니 나무 아래에서 사람의 그림자가 움직이고 있었다. 그는 고지로가 우듬지 위에 있는 것을 모르는 듯했다.

"……어? 누가 쓰러져 있네?"

마타하치에게 다가간 그가 허리를 굽혀 마타하치의 얼굴을 살피는가 싶더니 우듬지 위까지 똑똑히 들리는 큰 소리로 말하고는 깜짝 놀라는 모습이었다.

"앗, 그놈이다."

그는 손에 나무지팡이를 든 행각승이었다. 그는 무슨 생각인지 황급히 등에 멘 봇짐을 내렸다.

"거 참, 칼에 베인 것 같지도 않고, 몸은 아직 따뜻한데, 왜 이놈이 여기서 정신을 잃고 있는 거지?"

행각승은 중얼거리면서 마타하치의 몸을 더듬어보더니 이윽고 허리에 감고 있던 가는 삼노끈을 풀어서 마타하치의 양손을 뒤로 돌려 칭칭 묶었다.

기절한 마타하치는 아무 저항도 하지 않았다. 행각승은 그런 다음에 마타하치의 등을 무릎으로 누르면서 기합을 넣으며 명치 부근을 눌렀다.

"으음."

마타하치가 신음 소리를 내자 행각승은 그를 마치 쌀가마니처럼 나무 아래로 질질 끌고 갔다.

"일어나라, 어서 일어나!"

행각승은 소리치며 마타하치를 발로 찼다. 지옥의 문턱까지 갔다 온 마타하치는 아직 정신이 완전히 돌아오지 않았는지 비몽사몽간에 몸을 벌떡 일으켰다.

"그렇지, 그렇게 하고 있어라."

행각승은 만족한 표정으로 마타하치의 몸과 다리를 소나무에 붙들어 맸다.

"……어?"

마타하치는 그제야 놀란 듯 외마디 신음을 토했다. 자기를 묶은 자가 고지로가 아니라 행각승이라는 사실이 의외인 듯했다.

"이 가짜 고지로야. 그렇게 잽싸게 도망가서 애를 먹여? 하지만 이젠 어림도 없다."

행각승은 그렇게 말하고는 천천히 마타하치를 고문하기 시작했다.

우선 첫 징계로 그의 뺨을 세차게 후려쳤다. 그리고 그 손으로 다시 이마를 강하게 밀치자 마타하치의 뒤통수가 나무줄기에 부딪혀 쿵 하고 둔탁한 소리가 났다.

"그 인롱을 어디에서 손에 넣었는지 바른대로 대라. 어서 말하지 못하겠느냐!"

"……"

"말하지 못할까!"

행각승이 마타하치의 코를 강하게 비틀어 쥐고 머리를 좌우로 거칠게 흔들어대자 마타하치는 기묘한 비명을 질렀다.

"하, 할……"

말하겠다는 뜻인 것 같아 행각승은 코에서 손을 뗐다.

"말하겠느냐?"

"말하겠습니다."

마타하치가 눈에서 눈물을 흘리며 이번에는 명료하게 대답했다. 이런 고문을 당하지 않더라도 마타하치는 더 이상 그 일을 숨길 용기가 없었다.

"실은 작년 여름의 일이었는데……"

마타하치는 자기가 후시미 성의 공사장에서 일할 때 만난 '턱이 없는 무사 수련생'의 죽음에 대해 상세히 이야기했다.

"……우발적으로 그만 죽은 그 사람에게서 돈주머니와 주조류의 인가 목록, 그리고 그 인롱을 가지고 도망쳤습니다. 돈은 다 써버렸고, 인가 목록은 아직 품속에 지니고 있습니다. 목숨만 살려주신다면 지금은 가진 돈이 없지만 훗날 벌어서 꼭 갚겠습니다. ……예, 증서를 써서 드릴 수도 있습니다."

그렇게 남김없이 모두 털어놓자 마타하치는 작년부터 마음속에 맺혀 있던 고름이 단번에 터져 나온 것처럼 갑자기 마음이 편해지고 두려움도 사라져버린 듯했다.

8

마타하치의 이야기를 다 듣고 나서 행각승이 말했다.

"네 말에 거짓은 없겠지?"

마타하치는 천천히 고개를 숙이며 대답했다.

"없습니다."

행각승은 잠시 입을 다물고 있는가 싶더니 허리춤에서 작은 칼을 빼 그의 얼굴 앞으로 쑥 내밀었다.

"날 벨 생각이오?"

"그래, 목숨을 거두겠다."

"모든 걸 솔직하게 말하지 않았소? 인롱은 이미 주었고, 인가 목록도 지금 돌려주겠소. 그리고 돈도 지금은 줄 수 없지만 훗날 반드시 갚겠다는데 어째서 나를 죽이려는 거요?"

"네가 거짓을 말하지 않은 것은 잘 안다. 하지만 나는 조슈上州 시모니타下仁田 사람으로 후시미 성의 공사장에서 사람들에게 죽음을 당한 구사나기 덴키 님의 시종이다. 즉, 무사 수련에 나선 그분의 종자인 이치노미야 겐파치一ノ宮源八라 한다."

그런 말이 죽음에 직면해 있는 마타하치의 귀에 들어올 리 없었다. 그는 꼼짝 못하게 결박당한 자신의 처지를 통탄하며 어떻게든 죽음만은 모면하고 싶은 생각뿐이었다.

"사과하겠소. 내가 잘못했소. 난 추호도 나쁜 마음으로 그분의 주검에서 물건을 훔친 것이 아니오. 그분이 죽기 직전에 나한테 부탁한다고 했기 때문에 처음엔 그 유언에 따라 고인의 유족에게 전해줄 생각이었소. 그런데 돈이 궁해지니 그만 맡아둔 돈에 손을 댄 것이 잘못이었소. 몇 번이든 사죄할 테니 용서해주시오. 어떤 식으로든 사죄할 테니까……."

"아니, 사과하지 마라."

행각승은 억지로 감정을 억누르고 있는 듯 고개를 흔들었다.

"당시의 자세한 사정은 후시미에서 이미 조사해본 터라 네가 정직한 사람이라는 것은 알고 있다. 하지만 나는 고향에 있는 덴키 님의 유족들에게 뭔가 위로가 될 만한 것을 가지고 가지 않으면 돌아갈 수 없는 사정이 있다. 거기에는 여러 이유가 있지만 주된 이유는 덴키 님을 죽인 범인이 없다는 점이다. 그 때문에 나도 난처한 상황이다."

"내가…… 내가 죽인 것이 아니오. ……이보시오, 이봐. 그리 생각하면 곤란하지."

"알아, 나도 안다고. 그 사실은 나도 잘 알고 있지만 멀리 조슈에 있는 구사나기 가의 유족들은 덴키 님이 성 공사장에서 토공이니 석공 따위에게 죽임을 당하신 사실은 모르고 있고, 또 자칫 그 사실이 소문으로 돌아 친지나 세상에 알려지기라도 하면 곤란하단 말이다. 그러니 너한테는 안된 일이지만 네가 덴키 님을 죽인 범인이 되고, 내가 주인의 원수를 갚고자 범인인 너를 죽여야겠다는 것이다. 내 부탁을 들어주겠는가?"

그야말로 터무니없는 부탁이었다. 그 말을 들은 마타하치는 더욱 몸부림을 쳤다.

"마, 말도 안 되는 소리. 싫다, 싫어. 나는 아직 죽고 싶지 않아!"

"당연히 그렇겠지만, 아까 너는 9조의 선술집에서 술값도 치르지 못할 정도로 제 몸 하나 건사하며 살기에도 벅차 보였다. 주린 배를 안고 이 각박한 세상을 떠돌며 치욕을 당하느니 차라리 깨끗하게 생을 마감하는 것이 낫지 않을까? 그리고 또 돈이라면 내가 갖고 있는 돈에서 몇 푼이라도 너의 조의금으로 내 이것을 마음에 걸리는 늙은 부모라도 있다면 그 부모에게 전해줄 것이며, 불공을 드려 너의 명복을 빌 것이고, 조상을 모신 절에 묻히기를 바란다면 꼭 그렇게 해주겠다."

"당치도 않다. 난 돈 따위는 필요 없다. 그저 목숨이 아까울 뿐!
……싫어, 날 살려주시오!"

"안됐지만, 이렇게 시시콜콜 사정 이야기를 다 하고 부탁한 이상 너는 필히 내 주인의 원수가 될 수밖에 없다. 그 목을 가지고 조슈로 돌아가서 덴키 님의 유족과 세상에 그렇게 이야기를 꾸밀 생각이다. 마타하치 님, 이것이 전생의 약속이라 생각하고 그만 단념하시지요."

겐파치는 그렇게 말하며 칼을 고쳐 잡았다.

9

"잠깐, 잠깐 멈춰라, 겐파치!"

그때 누군가가 소리쳤다.

그것이 마타하치의 입에서 나온 소리였다면 자신이 억지를 부리고 있다는 사실을 잘 알고 있는 겐파치는 목적을 달성하기 위해서라도 이를 악물고 무시해버렸을 것이다.

"응?"

그는 어두운 하늘을 올려다보며 잘못 들은 건 아닌가 의심하듯 나뭇가지를 흔드는 바람 소리에 귀를 기울였다. 그러자 그 하늘에서 다시 목소리가 들렸다.

"쓸데없는 살생을 하지 마라, 겐파치."

"앗, 누구냐?"

"고지로다."

"뭐라고?"

또다시 고지로라 자칭하는 인간이 이번엔 하늘에서 내려오려고 한다. 도깨비치고는 너무나 인간적인 목소리였다. 도대체 가짜 고지로가 몇 명이란 말인가.

겐파치는 이제 그런 수는 먹히지 않는다는 듯 나무 아래에서 훌쩍 물러서서 칼끝을 하늘로 겨누며 말했다.

"단지 고지로라고만 하면 알 수 없다. 어디의 무슨 고지로냐?"

"간류 사사키 고지로다."

"어리석은 놈."

행각승은 비웃으며 말했다.

"가짜 행세는 더 이상 먹히지 않는다. 지금도 여기서 가짜 고지로가 곤욕을 치르고 있는 것이 보이지 않느냐? ……하하하, 이제 알겠군. 너도 여기 있는 마타하치와 한패냐?"

"나는 진짜다. 겐파치, 내가 지금 그쪽으로 뛰어내릴 건데, 너는 내가 내려가면 날 두 쪽으로 베어버리려고 하겠지?"

"그렇다, 가짜 고지로. 몇 명이라도 내려오너라. 다 베어버릴 것이다."

"베인다면 가짜 고지로일 터. 그러나 진짜 고지로는 그럴 일이 없다. ……내려가겠다, 겐파치."

"……."

"알겠느냐? 네 머리 위로 뛰어내릴 테니 어디 한 번 멋지게 베어보아라. 하지만 날 공중에서 베지 못하면 내 등에 있는 모노호시자오가 네 몸통을 대나무 쪼개듯 쪼개버릴지도 모른다."

"앗, 잠깐만. 고지로 님, 잠깐만 기다려주십시오. ……그 목소리, 기억이 납니다. 또 모노호시자오라는 명검을 지니고 있다면 사사키 고지로 님이 분명합니다."

"이제야 믿겠느냐?"

"그런데 어찌 그런 곳에 계십니까?"

"그건 나중에 얘기해주겠다."

겐파치는 황급히 목을 움츠렸다. 고지로가 펄럭펄럭 옷사락으로 바람을 일으키면서 흩날리는 솔잎과 함께 위를 쳐다보고 있는 그의 얼굴을 넘어서 뒤편으로 내려왔다.

진짜 사사키 고지로를 눈앞에서 보게 되자 겐파치는 오히려 미심쩍은 기분이 들었다. 이 사람과 자신의 주인인 구사나기 덴키는 동문수학한 사이이다. 그래서 고지로가 조슈의 가네마키 지사이 밑에 있을 때는 몇 번 본 적이 있었다.

그런데 그 무렵의 고지로는 지금처럼 저렇게 아름다운 젊은 이가 아니었다. 이목구비에는 어렸을 때부터 말을 듣지 않던 기질이 그대로 드러나 있고 늠름하게 자라긴 했지만, 사부인 지사이가 화려한 것을 싫어하는 사람이었기 때문에 그곳에서 물을 긷는 아이였던 고지로도 본래는 순박하고 피부가 새까만 시골 소년에 지나지 않았다.

'몰라보겠구나.'

겐파치는 넋을 잃고 바라보고 있었다.

고지로는 나무뿌리에 앉아서 겐파치에게도 자리에 앉으라고 권했다.

"거기에 앉아."

그러고 나서 두 사람 사이에 오간 이야기로 고지로는 사부의 조카이자 동문이기도 한 구사나기 덴키가 자신에게 건넬 주조류의 인가 목록을 가지고 유랑을 하다 후시미 성의 공사장에서 오사카 쪽 간첩으로 오인을 받아 비참하게 죽임을 당한 경위를 알게 되었다.

또 그 사건으로 인해 세상에 두 명의 고지로가 생긴 것을 알게 되자 진짜 고지로는 손뼉을 치며 유쾌해했다.

10

"남의 이름이나 팔고 다니는 저런 나약한 인간은 죽여봐야 아무 의미도 없다. 벌을 주겠다면 다른 좋은 방법이 있어. 그리고 구사나기 가의 유족이나 고향 사람들에 대한 체면 문제라면 억지로 원수를 만들어서 일을 꾸미지 않더라도 조만간 내가 조슈 방면으로 갔을 때 사자의 체면이 충분히 설 수 있도록 해명하고, 공양도 할 테니까 그것도 나에게 맡겨놓아라. 겐파치, 어떤가?"

고지로의 말에 겐파치는 순순히 따랐다.

"그렇게까지 말씀해주시는데 제가 무슨 이견이 있겠습니까?"

"그럼 난 이만 가야겠으니, 너도 고향으로 돌아가라."

"예? 이대로 말입니까?"

"그래. 실은 난 지금부터 아케미라는 여자를 찾으러 가야 해. 마음이 좀 급해서 말이야."

"아, 잠깐만 기다려주십시오. 중요한 걸 깜빡 잊고 있었습니다."

"뭔데?"

"사부님이신 가네마키 지사이 님께서 조카인 덴키 님께 부탁해서 고지로 님께 전해달라고 하신 주조류의 인가 목록입니다."

"흠, 그것인가?"

"이 가짜 고지로인 마타하치라는 자가 돌아가신 덴키 님의 품속에서 빼내 지금 가지고 있다고 했습니다. 그것은 지사이 사부님께서 고지로 님께 내리신 물건입니다. 생각해보면 이렇게 뵙게 된 것도 지사이 사부님과 덴키 님의 혼백이 인도해주신 것인지도 모르겠습니다. 모쪼록 인가 목록을 이 자리에서 받아주십시오."

겐파치는 그렇게 말하고 마타하치의 품속에 손을 집어넣었다.

돌아가는 상황이 어쩌면 목숨은 건질 수 있을 것 같은 분위기로 흐르자 마타하치는 겐파치가 복대에서 두루마리를 꺼내 가도 아까운 기분이 전혀 들지 않았다. 오히려 몸도 마음도 홀가분해진 듯했다.

"이것입니다."

겐파치가 망자를 대신해서 인가 목록을 고지로에게 건네자 고지로는 공손히 받아서 감격의 눈물을 흘리기는커녕 필요 없다며 손도 내밀지 않았다.

겐파치는 의외라는 표정으로 물었다.

"예? 어째서?"

"필요 없어."

"이유가 무엇인지요?"

"이제 나에겐 그런 것이 필요 없다고 생각하니까."

"당치도 않은 말씀을 하십니다. 지사이 사부님께서는 많은 문하생들 중에서 주조류의 인가를 받을 사람은 고지로 님이거나 이토 잇토사이 님, 이렇게 두 분 외에는 없다고 하시며 생전에 이미 마음속으로 정해놓고 계셨습니다. 그리고 사부님이 임종하실 때 이 두루마리를 조카인 덴키 님께 맡기시며 고지로 님에게 전하라고 말씀하신 것은 잇토사이 님은 이미 독자적인 일파를 세우고 잇토류一刀流라 칭하고 계시기에 비록 사제이긴 하나 고지로 님에게 인가 목록을 내리시게 된 것이라고 봅니다. ……사부님의 은혜를 모르시겠습니까?"

"은혜는 은혜, 그러나 나에게는 나만의 포부가 있네."

"뭐라고요?"

"겐파치, 오해는 말게."

"괜한 참견 같지만 사부님께 무례라는 생각은 안 드십니까?"

"그런 게 아니야. 솔직히 말하면 난 사부님보다 더 뛰어난 기품을 타고났다고 생각하네. 그래서 사부님보다도 더 위대해질 생각이야. 말년을 그런 촌구석에 파묻혀서 삶을 끝내는 무사가 되고 싶지는 않아."

"진심으로 하시는 말씀입니까?"

"물론이지."

고지로는 자신의 포부를 말하는 데 무엇을 꺼리겠냐는 태도였다.

"사부님께서 내게 인가를 내리셨지만 지금 내 실력은 이미 사부님을 넘어섰다고 나는 믿고 있네. 게다가 주조류라는 유파의 이름도 촌스러워서 전도유망한 젊은이에겐 오히려 방해만 될 뿐이야. 사형인 야고로가 잇토류를 세웠으니 나도 앞으로 유파를 세워 간류巖流라 칭할까 하네. ……겐파치, 나의 포부가 그러하니 그런 것은 나에게 필요 없어. 고향으로 가지고 돌아가서 절의 과거장過去帳(절에서 죽은 사람들의 속명·법명·죽은 날짜 따위를 기록해두는 장부)과 함께 넣어두도록 하게."

11

겸양 따위는 털끝만큼도 없는 말투였다. 참으로 기고만장하고 오만한 사내가 아닌가.

겐파치는 증오에 찬 눈으로 고지로의 얇은 입술을 가만히 노려보고 있었다.

"하지만 겐파치, 구사나기 가문의 유족들에게는 잘 말해주게. 언제 한번 아즈마노쿠니東国에 내려가면 그때 찾아뵙겠다고."

마지막 말은 이렇게 정중하게 끝맺고 고지로는 싱긋 웃었다.

오만한 자가 의식적으로 공손한 척하며 하는 말만큼 가증스럽고 밉살스러운 것도 없다. 겐파치는 울화가 치밀어 돌아가신 사부에 대한 불손을 힐책하려고 했지만 어리석은 짓이라고 자조하며 봇짐 곁으로 가서 인가 목록을 그 속에 넣었다.

"안녕히 가시오."

겐파치는 한마디 툭 던지고 어둠 저편으로 사라졌다. 고지로는 그의 뒷모습을 바라보다 웃음을 터뜨렸다.

"하하하, 촌놈이 단단히 화가 난 모양이군."

그러고 나서 이번엔 맥없이 나무줄기에 묶여 있는 마타하치를 향해 말했다.

"어이, 가짜."

"……."

"이 가짜야, 대답하지 못할까!"

"예."

"네 이름이 뭐냐?"

"혼이덴 마타하치입니다."

"낭인이냐?"

"예……."

"자존심도 없는 놈. 사부님이 주신 인가조차 거부한 나를 보고
좀 배워라. 그 정도 기개도 없으면 일류일파一流一派의 개조開
祖가 될 수는 없다고 생각했기 때문이다. 그런데 넌 남의 이름
을 사칭하고, 남의 인가를 훔쳐서 뻔뻔하게 고개를 들고 다니
니 비열하기 짝이 없구나. 범의 가죽을 뒤집어써도 고양이는 고
양이에 지나지 않아. 결국엔 이런 꼴을 당하기 마련이다. 조금은
느낀 바가 있느냐?"

"앞으로 조심하겠습니다."

"목숨만은 살려주마. 그러나 혹시 모르니 그 밧줄은 네 힘으로
풀 때까지 그대로 두겠다."

말을 마치고 고지로는 무슨 생각을 했는지 단검으로 나무껍
질을 벗기기 시작했다. 마타하치의 머리 위로 소나무 껍질이 떨
어져서 옷 안으로 들어갔다.

"아, 먹통을 가지고 오지 않았구나."

고지로가 중얼거리자 마타하치가 주눅 든 목소리로 말했다.

"먹통이 필요하시면 제 허리춤에 있을 겁니다."

"그래? 그럼 좀 빌리도록 하겠다."

고지로는 붓을 내려놓고 자신이 쓴 것을 읽어보았다.

간류, 이 말은 방금 문득 떠오른 글자다. 지금까지는 언덕〔岸〕

의 버드나무(柳), 이와쿠니의 긴타이 다리에서 제비를 베는 수련을 한 기억으로 검호劍号를 간류라고 했지만, 그것을 유파의 이름으로 하는 편이 훨씬 어울리는 듯했다.

"그래, 이제부터 유파를 간류라고 하자. 잇토사이의 잇토류보다 훨씬 낫다."

밤이 이슥한 시간이었다. 그는 먹통의 붓을 들고 종이 한 장의 크기로 벗겨낸 나무의 흰 속살에 이렇게 적었다.

> 이자는 본인의 이름을 사칭하고, 본인의 검명을 훔쳐 각지를 활보하며 다니다 붙잡히니 그 면모를 세상에 알리는 바이다.
> 본인의 이름, 본인의 유파는 세상에 오직 하나뿐이다.
>
> 간류 사사키 고지로

"됐다!"

먹물같이 새까만 솔바람이 솔숲 사이를 한바탕 휩쓸고 지나갔다. 고지로의 기민한 젊음이 머릿속에서 이내 활동 목표의 변화를 감지했다. 지금, 그런 포부에 들끓는가 싶더니 어두운 솔바람 속에서 날카로운 눈빛을 번뜩였다.

"응?"

고지로는 아케미의 그림자라도 발견했는지 갑자기 어딘가로 전력을 다해 뛰어갔다.

동생 덴시치로

1

가마나 수레 같은 탈것들은 오래전부터 일부 계층에서는 사용되고 있었지만, 가고駕라고 불리는 가마가 서민들의 교통수단으로 상용화되어 거리에 보이기 시작한 것은 얼마 되지 않았다. 대나무 손잡이가 네 개 달려 있는 소쿠리 안에 사람이 타면 앞뒤에 있는 사람들이 "영차, 영차." 하며 마치 짐을 나르듯 장단을 맞춰가며 지고 간다.

가마꾼들이 빠른 속도로 달리면 소쿠리가 얕기 때문에 타고 있는 사람은 굴러 떨어지지 않도록 앞뒤의 대나무 손잡이를 양손으로 꼭 잡고는 가마꾼들의 구령에 맞춰 끊임없이 몸을 들썩이며 가야 한다.

지금, 그 가마 한 채가 서너 개의 제등을 든 일고여덟 명의 사람들과 한 무리가 되어 솔밭 사이의 가도를 도사 쪽으로 바람같이 달려오는 모습이 보였다.

한밤중이 되면 이 길가에는 그와 같이 빠른 가마나 말채찍 소리가 종종 울려 퍼진다. 교토와 오사카를 잇는 교통의 동맥인 요도 강淀川의 배편이 끊기기 때문에 화급을 다투는 일이 생기면 밤새 육로를 이용해서 와야 하는 탓일 것이다.

"영차, 영차."

"어엿차."

"휴……."

"조금만 더."

"6조다."

이들도 30~40리 거리의 가까운 곳에서 온 것으로는 보이지 않았다. 가마꾼들이며 가마를 따라 뛰어오는 자들 모두 물 먹은 솜처럼 녹초가 되어 심장을 토해내듯 거친 숨을 몰아쉬고 있었다.

"여기가 6조인가?"

"6조의 솔밭이야."

"거의 다 왔군."

들고 있는 제등에는 오사카의 기루에서 사용하는 다유太夫(노, 가부키 등의 상급 연예인 혹은 최고급 기녀를 지칭하는 말)의 문양이 달려 있었다. 그러나 가마에는 소쿠리가 터질 듯한 거구의 사내가 타고 있었는데, 가마를 따라 뛰어오다 녹초가 된 자들도 모두 건장한 청년들이었다.

"도련님, 4조가 이제 코앞입니다."

한 사람이 가마를 향해 말했지만 가마에 탄 거구의 사내는 까딱까딱 고개를 움직이며 기분 좋게 자고 있었다.

"앗, 떨어지겠다."

옆에서 따라가던 자가 가마 밖에서 그의 봄을 받치자 그는 갑자기 커다란 눈을 뜨고 말했다.

"아아, 목이 마르다. 술을 다오. 대통의 술을 가져오너라."

모두들 잠깐이라도 쉬고 싶던 참이었다.

"잠시 가마를 내려라."

그 말이 떨어지기가 무섭게 가마꾼들은 내팽개치듯이 가마를 땅에 내려놓았다.

"휴우."

가마꾼들도 주위의 젊은이들도 일제히 손수건을 꺼내 땀으로 흥건하게 젖은 가슴과 얼굴을 닦았다.

"덴시치로 님, 술이 얼마 없습니다."

가마로 대통의 술을 건네자 덴시치로는 그것을 받아들고 단숨에 들이켰다.

"아아, 시원하다! 이가 다 시리군."

덴시치로는 그제야 잠이 깬 듯 큰 소리로 중얼거렸다. 그리고 머리를 밖으로 불쑥 내밀고 하늘의 별을 올려다보았다.

"아직 날이 새지 않았구나. ……굉장히 빨리 왔군."

"형님께서는 이제나저제나 하고 일각이 여삼추처럼 기다리고 계실 겁니다."

"내가 도착할 때까지 형님이 부디 목숨을 부지하고 있어야 될 텐데……."

"의원 말로는 무사할 거라고 했지만, 극도로 흥분한 상태라 때때로 상처에서 출혈이 있는데 좋지 않은 듯합니다."

"음, 충격이 클 거야."

입을 벌리고 대통을 기울였지만 더 이상 술은 없었다.

"무사시, 이놈!"

요시오카 덴시치로는 대통을 땅바닥에 내팽개치며 거칠게 말했다.

"서둘러라!"

$$2$$

덴시치로는 술도 세지만 화도 잘 내는 성격이었다. 하지만 더 센 것은 그의 완력이었는데, 요시오카의 둘째아들이라고 하면 세상 사람들이 다 인정할 정도였다. 형과는 정반대 성격이고, 부친인 겐포가 살아 있을 때부터 역량은 아버지를 능가했다는 사실은 지금의 문하생들도 모두 인정하고 있었다.

"형님은 틀렸소. 차라리 아버지의 뒤를 잇지 말고 얌전히 녹이나 받아먹고 사는 게 나을 게요."

덴시치로는 세이주로의 면전에 대고 이런 말까지 한 적이 있었다. 그래서 형과는 사이가 좋지 않았다. 그래도 겐포가 살아 있을 때는 형제가 도장에서 열심히 수련을 쌓았지만, 부친의 죽음을 계기로 덴시치로는 형의 도장에서 거의 칼을 잡지 않았다.

지난해, 친구 두세 명과 이세伊勢로 유람을 갔다 돌아오는 길에 야마토의 야규 세키슈사이를 방문할 것이라고 말하고 떠났지만, 말뿐이었지 교토로 돌아오지도 않고 소식도 전혀 없었다.

그러나 1년이나 돌아오지 않는다고 해서 누구 하나 그가 배를 곯고 있을 것이라고는 걱정하지 않았다. 술을 퍼 마시며 기고만장해서 형님의 험담이나 하고 있을 것이고, 자기는 손 하나 까딱하지 않고 세상을 우습게 여기며 때때로 부친의 이름을 내세우기만 해도 밥 굶을 일 없이 잘 지낼 것이라는, 덴시치로에겐 고지식한 사람이 보기에는 너무나 이상한 생활력이 있었기 때문이다.

최근에는 효고兵庫의 미카게御影 부근에 있는 누군가의 별장에 머물고 있다는 소문이 돌았지만, 아무도 신경 쓰지 않던 차에 무사시와의 렌다이 사 사건이 일어났던 것이다.

빈사 상태의 세이주로가 동생을 만나고 싶다고 한 것은 문하생들의 가슴을 아프게 했지만, 그렇지 않아도 문하생들은 대책을 상의하며 이 치욕을 씻어줄 사람은 덴시치로밖에 없다고 모두 그를 떠올리고 있던 참이었다.

미카게 부근이라는 것 외에는 아무것도 몰랐지만 그날 즉시 문하생 중에서 대여섯 명이 효고 쪽으로 출발했고, 간신히 덴시치로를 찾아 가마에 태운 것이었다.

평소 사이가 좋지 않은 형이라 해도 요시오카의 이름을 걸고 나선 결투에서 형이 빈사 상태에 빠지는 중상을 입은 채 패배라는 치욕을 당하고, 생사의 갈림길에서 동생을 만나고 싶다는 말을 전해들은 덴시치로는 두말없이 가마에 몸을 실었다.

"서둘러라, 서둘러."

그러고는 너무나 재촉하는 바람에 가마꾼들의 어깨가 배겨내지 못해서 여기까지 오는 동안 서너 번이나 가마꾼들을 교체할 정도였다.

덴시치로는 그렇게 재촉하면서도 역참에 들를 때면 매번 술을 사오게 해서 대통에 채웠다. 너무 격앙되어 있는 감정을 진정시키기 위한 것인지는 모르지만 평소에도 말술인 편이다. 게다가 요도 강변과 논밭의 차가운 바람을 맞으며 가마가 달리고 있었기 때문에 아무리 술을 마셔도 취하지 않는 듯한 기분일 것이다.

공교롭게도 대통의 술이 또 바닥을 드러내자 덴시치로는 초조한 듯 서두르라며 소리를 지르고는 대통을 내던졌다. 그러나 가마꾼이며 문하생 들은 무엇에 정신이 팔렸는지 솔바람이 부는 어둠 저편을 바라보고만 있을 뿐이었다.

"뭐지?"

"개 짖는 소리가 심상치 않은데?"

덴시치로가 아무리 재촉해도 어둠 저편에 빼앗긴 그들의 눈과 귀는 좀처럼 가마로 돌아오지 않았다. 참다못한 덴시치로가 다시 버럭 성을 내며 빨리 가마를 들라고 소리치자 그제야 놀란 듯 뒤를 돌아보며 말했다.

"덴시치로 님, 잠깐만 기다려보십시오. 저게 무슨 일일까요?"

뭐가 무슨 일인지, 다른 일에는 전혀 신경 쓰지 않고 있는 덴시치로에게 문하생들이 물었다.

3

새삼 그렇게 신경 쓸 일도 아니었다. 몇 십 마리인지, 몇 백 마리인지는 모르지만, 어쨌든 수많은 개가 짖어대는 소리였다. 아무리 많아도 개 짖는 소리는 개 짖는 소리일 뿐이었다. 한 마리가 짖으면 다른 개들도 따라 짖는 듯 그 개들이 짖는 소리는 전혀 맞지 않았다. 하물며 근래엔 전쟁이 없어서 인육에 굶주린 들개들이 들판에서 마을로 옮겨와 길가에 무리를 짓고 있는 일이 흔했다.

"가 봐라!"

그런데 덴시치로가 그렇게 말하고는 자신이 앞장서서 그곳으로 뛰어갔다. 그가 직접 가는 것으로 봐서는 개 짖는 소리도 단순한 개 짖는 소리가 아니고, 뭔가 이유가 있는 듯했다. 이어서 문하생들도 뒤질세라 빠른 걸음으로 쫓아갔다.

"앗?"

"어?"

"응? 괴상한 놈이다."

아니나 다를까 상상하지도 못했던 광경이 펼쳐져 있었다.

그곳에는 나무 밑동에 묶여 있는 마타하치와 그 마타하치를 이중삼중으로 새카맣게 둘러싸고 그의 살점이라도 요구하고 있는 듯한 개들로 득시글거렸다.

개에게 이유를 물어보면 복수라고 할지도 모른다. 방금 전에 마타하치의 칼은 주변에 개의 피를 뿌렸고, 그의 몸에는 개의 피 냄새가 배어 있었다.

그렇지 않고 개를 지능이 지극히 낮은 인간으로 친다면 무기력하기 짝이 없는 놈을 가지고 놀면서 재미있어 하고 있는지도 모른다. 또 묘한 꼴로 나무를 등지고 앉아 있는 놈이 도둑인지, 앉은뱅이인지 궁금해서 짖어대고 있는 것인지도 모른다.

들개들은 모두 이리와 흡사했다. 배가 홀쭉하고 등뼈가 뾰족하게 솟아 있는 데다 이빨은 줄로 간 듯 예리했기 때문에 고립무원의 마타하치에게는 행각승이나 고지로보다도 수십 배나 더 큰 공포의 대상이었다.

손과 발을 움직일 수 없는 마타하치는 얼굴과 말로 방어할 수밖에 없었다. 그러나 얼굴은 무기가 되지 못하고, 말은 개에게 통하지 않는다.

그래서 개에게도 통하는 말과 개도 알아볼 수 있는 표정으로 지금까지 악전고투하며 필사적으로 방어하고 있었다.

"크르릉. 크왕. 크악……."

맹수가 으르렁거리는 소리를 내자 개들은 움찔거리며 조금씩 뒷걸음질을 쳤다. 그러나 너무 으르렁거려서 침을 흘리자 얕잡아 보였는지 효과는 금방 사라져버렸다.

목소리가 무기가 되지 못하자 이번에는 얼굴 표정으로 개들을 위협하려고 했다. 마타하치는 입을 쩍 벌리고 개들을 위협했다. 조금 효과가 있는지 개들이 놀라는 기색이었다. 다시 눈을 부릅뜬 채 깜박이지 않고 노려보다가 눈과 코, 그리고 입을 한곳으로 모아 잔뜩 찡그리고는 혀를 길게 빼서 코끝까지 닿게 했다.

마타하치는 그렇게 오만상을 찡그리다가 지쳐버렸고, 개들도 조금 익숙해졌는지 다시 사납게 굴기 시작하자 그는 평생의 지혜를 다 짜내 자기도 개들의 동료이자 같은 생물이라는 친선의 뜻을 나타내려고 마음먹은 것이었다.

"왕왕왕! 컹컹컹!"

마타하치는 개 짖는 소리를 흉내 내서 짖었다.

그런데 그것이 오히려 개들의 경멸과 반감을 샀는지 갑자기 개들이 앞 다투어 그의 얼굴 옆으로 바싹 다가오더니 사납게 짖어대면서 슬금슬금 발끝부터 핥아대기 시작했다. 마타하치는 여기서 약한 모습을 보여서는 안 되겠다 싶어서 목청이 터져라 소리쳤다.

이러고 있는 사이에
법황法皇은
겐레이몬인建礼門院이 기거하는 오하라大原의 한거閑居를
방문하려 하셨지만
음력 2, 3월 무렵은
산바람이 거세고 늦추위도 아직 남아
봉우리의 흰 눈이 사라지지 않았네.

마타하치는 헤이케비와平家琵琶(다이라平 씨 가문의 흥망을 서술한 군담 소설《헤이케 이야기平家物語》에 곡을 붙여 주로 비파를 반주로 하여 부르는 노래)인 〈오하라고코大原御幸〉(다이라 씨 가문이 멸망한 후 오하라로 출가해서 은거한 겐레이몬인을 고시라가와後白河 법황이 은밀히 방문했다는 고사)를 혼신을 다해 소리를 지르며 불렀다. 눈을 질끈 감고 얼굴을 잔뜩 찌푸린 채 자기 목소리에 귀가 멍멍해질 정도로.

4

다행히 그때 덴시치로 일행이 달려왔기 때문에 개들은 뿔뿔이 흩어져서 사방으로 달아났다.

"살려주시오. 밧줄 좀 풀어주시오."

요시오카의 문하생들 중에서는 그의 얼굴을 아는 자가 두세 명 있었다.

"앗, 이놈은 요모기야蓬屋에서 본 놈인데?"

"오코의 서방이다."

"서방? 서방은 없었잖아."

"그건 기온 도지 앞에서만 그랬고, 진짜는 이자가 오코의 기둥서방이었어."

그들이 이러쿵저러쿵 떠들고 있는데 덴시치로가 불쌍하다며 풀어주라고 하자 밧줄을 풀고 어찌 된 영문인지 물어보았다. 그러나 마타하치는 진실을 말하기에는 부끄러웠는지 거짓말로 이야기를 지어냈다.

마타하치는 그들이 요시오카 가문의 사람들임을 알고는 마침 묵은 원한이 떠올라 무사시의 이름을 끌어들였다. 마타하치는 자신과 무사시는 같은 사쿠슈作州 출신인데 무사시가 자신의 약혼녀를 빼앗아 함께 달아나는 바람에 고향 사람들을 대할 면목도 없고, 가문의 명예에 먹칠을 했다…….

어머니 오스기는 그 때문에 연로한 몸임에도 불구하고 무사시와 부정한 약혼녀를 처벌하기 전에는 다시는 고향으로 돌아오지 않겠다며 고향을 떠나 자신과 함께 무사시를 죽일 기회만 노리고 있는 상황이다…….

방금 전에 누군가가 자기를 오코의 서방이니 뭐니 했는데 그건 터무니없는 오해로, 요모기야에서 신세를 진 적은 있지만 오코와는 아무 관계가 없고, 그 증거로 기온 도지와 오코가 정분이 나서 지금은 멀리 타지로 도망친 사실로 부족하나마 증명할 수 있다…….

그러니 자신은 그런 일엔 전혀 관심이 없고, 지금 가장 신경 쓰이는 것은 모친과 원수 무사시의 소식밖에 없다. 이번에 오사카에서 들은 바에 따르면 요시오카의 장남이 그와 결투를 하다 낭패를 당했다기에 그대로 있을 수 없어서 여기까지 왔는데 그만 10여 명의 도적 패거리에 지니고 있던 돈을 몽땅 빼앗기고 말았지만, 자신은 노모가 아직 살아 계시고 원수를 갚아야 할 소중한 몸이라 그자들이 하는 대로 눈을 감고 가만히 있었다는 것이었다.

"참으로 고맙습니다. 무사시는 요시오카 가문이나 저에게는 불구대천의 원수, 그 요시오카 일문의 분들에게 도움을 받게 된 것도 깊은 인연이 아닐까 싶습니다. 보아하니 세이주로 님의 동생 분 같으신데 저도 무사시를 죽이려는 자이고, 귀공도 무사시를 죽이려는 마음이 틀림없지 싶습니다. 누가 먼저 무사시를 죽일지는 모르겠지만, 목적을 달성한 후에 다시 찾아뵙도록 하겠습니다."

거짓말이라도 백퍼센트 거짓말로만은 성립되지 않는 모양이다. 마타하치의 말 속에도 얼마간의 사실은 섞여 있었다.

그러나 누가 먼저 무사시를 죽일지 모르겠다고 한 대목부터는 스스로도 부끄러웠는지 사족을 덧붙였다.

"어머니께서 숙원을 풀기 위해 지금 기요미즈 사의 관음당에서 기원을 드리고 계셔서 지금 그 어머니를 뵈러 갈 생각입니다. 답례는 조만간 4조 도장으로 찾아가서 하도록 하겠습니다. 바쁘실 텐데 저 때문에 지체된 점 송구하기 그지없습니다. 그럼 이만 실례하겠습니다."

그는 거짓이 들통 나기 전에 이렇게 말하고 먼저 서둘러 가 버렸다. 난처한 나머지 생각나는 대로 둘러댔지만, 그로서는 훌륭한 대처였다.

그의 말이 거짓인지 사실인지 의심하고 있는 사이에 자리를 떠난 것이다. 문하생들은 어이없는 얼굴로 멍하니 서 있었고, 덴시치로는 쓴웃음을 지었다.

"뭐야…… 저놈은 대체."

덴시치로는 마타하치가 사라진 쪽을 바라보며 쓸데없이 시간을 허비했다는 듯 혀를 끌끌 찼다.

5

요 며칠이 고비라고 의원이 말한 지 나흘째다. 이 무렵이 최악의 상태였지만, 어제부터는 기분이 조금 나아진 듯했다.

세이주로는 눈을 뜨고 멍하니 생각해보았다.

'아침일까? 밤일까?'

베갯맡의 행등이 꺼지려 하고 있었고, 사람도 없었다. 옆방에서 누군가 코를 고는 소리가 들린다. 간병에 지친 사람들이 허리끈도 풀지 않고 쓰러져 자고 있었다.

'닭이 울고 있구나.'

아직 살아 있는 건가, 하고 새삼스럽게 생각했다.

'수치스럽다.'

세이주로는 이불로 얼굴을 덮었다. 울고 있는지 손가락 끝이 경련을 일으켰다.

'앞으로 무슨 낯으로.'

터져 나오려는 오열을 삼킨다.

세상에 알려진 아버지 겐포의 명성은 너무나 컸다. 부족한 아들은 아버지의 명성과 유산을 짊어지고 가는 것만으로도 힘에 겨웠다. 결국 그로 인해 자신의 몸은 물론 가문까지 부서져버렸다.

'끝이다, 이제 요시오카 가문도.'

베갯맡의 행등이 스르륵 꺼졌다. 방 안으로 새벽빛이 희미하게 비쳐 들어왔다. 아침 서리가 하얗게 내린 렌다이 사 들판에 섰을 때의 일이 다시 떠올랐다.

그때 무사시의 눈빛은 지금 생각해도 소름이 끼쳤다. 어차피 자신은 처음부터 그의 적수가 되지 못했다. 어째서 무사시 앞에 목검을 던지고 가문의 명예만이라도 지킬 생각을 미연에 하지 못했단 말인가!

'자만했어. 아버지의 명성이 내 명성이라도 되는 양. 생각해보면 나는 요시오카 겐포의 자식으로 태어난 것 말고 수련다운 수련은 아무것도 하지 못했어. 난 무사시의 검에 패하기 전에 한 가문의 당주로서, 인간으로서 이미 패배의 전조를 갖추고 있었던 거야. 무사시와의 결투는 예견된 파멸에 마지막 박차를 가한 것에 지나지 않아. 이대로 이 요시오카 도장만이 언제까지나 세상의 격류 밖에서 번영을 누릴 수는 없었던 것을.'

감은 눈썹 위로 눈물이 맺혔다. 주르륵, 그 눈물이 귓가로 흘러 내리자 그의 마음도 흔들렸다.

'나는 왜 렌다이 사 들판에서 죽지 못했을까? 살아 있어봤자 이리 고통스럽기만 한 것을⋯⋯.'

오른팔이 떨어져 나간 상처에서 느껴지는 통증에 눈썹을 찡 그리며 괴로워하던 그는 날이 밝는 것이 두려웠다.

쾅쾅쾅, 그때 문을 두드리는 소리가 멀리서 들렸다. 누군가가 옆방 사람들을 깨우러 왔다.

"뭐, 덴시치로 님이?"

"이제야 도착하셨구나."

황급히 일어서서 마중을 나가는 소리가 들리더니 곧 세이주로의 베갯맡으로 누군가가 달려왔다.

"젊은 사부님, 젊은 사부님, 기뻐하십시오. 방금 덴시치로 님이 타신 가마가 도착했다고 합니다. 곧 이리로 오실 겁니다."

덧문을 열고 화로에 숯을 넣고 방석을 내놓자마자 덴시치로의 목소리가 장지문 밖에서 들려왔다.

"형님이 계신 방이 여긴가?"

세이주로는 오랜만이라고 생각하면서도 동생에게조차 지금의 모습을 보이는 것이 괴로웠다.

"형님!"

세이주로는 들어온 동생을 향해 힘없는 눈을 들고 웃어 보이려고 했지만 웃을 수 없었다.

동생의 몸에서는 술 냄새가 확 풍겼다.

6

"형님, 어떻게 된 일입니까?"

덴시치로의 너무나 건강한 모습이 병자에게는 중압감을 준 듯했다.

"……."

세이주로는 눈을 감고 한동안 아무 말도 하지 않았다.

"형님, 이런 때는 역시 불초한 동생이라도 의지가 될 겁니다. 날 데리러 온 자한테 자세한 이야기를 듣고 짐도 챙기지 못하고 미카게를 떠나는 바람에 도중에 오사카의 기루에서 행장과 술을 준비해서 밤을 꼬박 새워 달려왔습니다. 이제 안심하셔도 됩니다. 이 덴시치로가 온 이상 이제 이 요시오카 도장에는 누가 오든 손가락 하나 건드리지 못할 겁니다."

그리고 차를 가지고 온 문하생에게 큰 소리로 말했다.

"어이, 차는 됐다. 차는 됐으니까, 술을 내오너라."

"예."

문하생이 물러가자 그는 또 소리쳤다.

"야, 누가 와서 장지문 좀 닫아라. 환자가 춥지 않느냐, 멍청한 것들!"

그는 화로 곁에 책상다리를 하고 앉아 말없이 누워 있는 형의 얼굴을 내려다보며 말했다.

"도대체 어떤 식으로 승부를 겨룬 겁니까? 미야모토 무사시란 자는 최근에야 이름이 좀 알려진 자가 아닙니까? 형님 같은 분이 어쩌다 그런 풋내기한테 낭패를 다 당하시고……."

그때 문하생이 장지문 턱에서 말했다.

"덴시치로 님."

"뭐냐?"

"술이 준비되었습니다."

"가지고 와."

"저쪽에 준비해두었으니, 목욕부터 하시고."

"목욕은 하고 싶지 않다. 술은 여기서 마실 테니 이리로 가지고 와."

"예? 병상에서요?"

"괜찮다. 형님과 오랜만에 이야기를 나누고 있지 않느냐. 오랫동안 사이가 좋지 않았지만 이런 때는 역시 형제만 한 것이 없다. 여기서 마시겠다."

결국 술상이 들어왔다. 덴시치로는 두세 잔을 연거푸 마시며 혼잣말로 중얼거렸다.

"술맛 좋다. 몸만 성하면 형님께도 오랜만에 한 잔 올릴 텐데."

세이주로는 눈을 치뜨며 덴시치로를 불렀다.

"동생."

"예."

"머리맡에서 술은 삼가주게."

"왜요?"

"이런저런 언짢은 일들이 생각나서 기분이 좋지 않아."

"언짢은 일이요?"

"돌아가신 아버님이 우리 형제가 술이나 마시고 있는 모습을 보시면 속이 상하실 거야. 너나 나나 술이나 퍼마실 줄 알았지, 좋은 일은 한 번도 한 적이 없잖아?"

"그럼, 나쁜 짓만 하며 살았다는 겁니까?"

"너는 아직 모르겠지만, 나는 지금 골수에 사무치는 반평생의 고배를 맛보고 있는 중이야. 이 병상에서 말이야."

"하하하하, 별 쓸데없는 말씀을 다 하시는군요. 원래 형님은 선이 가늘고 신경질적입니다. 소위 말하는 검객다운 담대함이 없지요. 솔직히 말해서 무사시란 자와 결투를 했다는 것 자체가 잘못된 일입니다. 상대가 어떤 자든 그런 일은 형님의 성격상 맞지 않습니다. 이번 일을 교훈삼아 형님은 앞으로 칼을 잡지 않는 게 좋겠습니다. 그저 요시오카의 2대째 당주로서 조용히 지내시지요. 꼭 결투를 해야겠다고 도전하는 자가 있어서 물러날 수 없는 상황이 오면 제가 나서서 맞서겠습니다. 앞으로는 도장도 제가 맡도록 하겠습니다. 반드시 아버님의 시절보다 몇 배는 더 번창할 수 있게 만들겠습니다. 형님께서 제가 도장을 빼앗으려는 야심을 갖고 있다고 의심만 하지 않는다면 반드시 그렇게 만들어 보이겠습니다."

바닥을 드러낸 술병을 기울이며 덴시치로가 말했다.

"……동생!"

세이주로는 몸을 일으키려고 했지만 한쪽 팔이 없어서 이불도 마음대로 젖힐 수 없었다.

7

"덴시치로……."

이불 속에서 뻗어 나온 손이 덴시치로의 손목을 힘껏 잡았다. 병자가 잡았는데도 건강한 사람이 아플 정도였다.

"어어, 혀, 형님. 술 쏟겠소."

덴시치로는 술잔을 황급히 다른 손으로 바꿔 쥐며 물었다.

"갑자기 왜 이러십니까?"

"네 바람대로 이 도장을 양도하겠다. 하지만 도장을 계승하는 것은 동시에 가명家名을 계승하는 거야."

"알겠습니다. 맡겠습니다."

"그렇게 쉽게 말하지 마. 내 전철을 밟아 또다시 돌아가신 아버님의 이름을 더럽힌다면 차라리 지금 문을 닫는 게 낫다."

"바보 같은 소리 마십시오. 저는 형님과는 다릅니다."

"마음을 고쳐먹고 제대로 할 수 있겠느냐?"

"기다려주십시오. 하지만 술은 못 끊습니다, 술만은."

"좋다, 술 정도는 괜찮겠지. ……내가 실수한 것도 술 때문은 아니니까."

"여자 때문이지요. 여자를 너무 밝히는 것이 형님의 단점입니다. 이제 몸이 회복되면 정식으로 부인을 맞도록 하세요."

"아니, 이번 일을 계기로 나는 검을 완전히 놓았다. 아내를 얻을 마음도 없어. 다만, 도와줘야 할 사람이 한 명 있다. 그 사람이 행복해지는 것을 볼 수 있다면 더 이상 바랄 게 없다. 들판 귀퉁이에 초가나 짓고 평생을 지낼 생각이야."

"예? 도와줘야 할 사람이 누굽니까?"

"그건 됐다. 너한테는 뒷일을 부탁하마. 이렇게 폐인이 된 내게도 미련이겠지만 다소나마 무사로서의 자존심이랄까, 체면이라는 것이 있다. 그것을 죽이고 이렇게 너의 손을 잡고 부탁한다. ……알겠느냐? 너는 내 전철을 절대로 밟지 마라."

"알겠습니다. 형님의 치욕은 이른 시일 내에 반드시 씻어드리겠습니다. 그런데 무사시란 놈은 지금 어디에 머물고 있는지 아십니까?"

"……무사시?"

세이주로는 의외의 말을 들었다는 듯 눈을 동그랗게 뜨며 동생의 얼굴을 바라보았다.

"덴시치로, 너는 내가 그토록 주의를 주었건만 무사시와 맞설 생각이냐?"

"무슨 말씀입니까? 이제 와서 그런 말이 어딨습니까? 저를 부른 것은 그 때문이 아닙니까? 또 저나 문하생들도 무사시가 다른 고장으로 가기 전에 서둘러야 한다고 생각해서 짐도 챙기지 못하고 이렇게 달려오지 않았습니까?"

"너는 크게 잘못 생각하고 있구나."

세이주로는 고개를 가로저었다. 그는 앞일을 내다보고 있는 듯한 눈빛으로 동생에게 명령하듯 말했다.

"그만둬!"

그 말이 덴시치로의 마음을 불쾌하게 한 모양이다. 덴시치로는 얼굴을 들이대며 물었다.

"왜죠?"

동생의 말투에서 피비린내를 느낀 환자의 얼굴이 조금 붉어졌다.

"이길 수 없기 때문이다!"

감정이 격해진 세이주로가 소리를 지르자 덴시치로는 얼굴이 창백해져서 물었다.

"누구한테요?"

"무사시 말이다."

"누가요?"

"알지 않느냐, 너 말이다. 네 실력으로는 어림도 없어."

"바, 바보 같은 소리."

덴시치로는 일부러 크게 웃으며 어깨를 들썩였다. 그리고 형의 손을 뿌리치고 잔에 술을 따랐다.

"여봐라, 술이 떨어졌다. 술을 더 가져와라."

8

그의 말을 듣고 문하생 중 한 명이 주방에서 술을 가지고 갔을 때는 그곳에 이미 덴시치로는 없었다.

"어?"

문하생은 쟁반을 내려놓고 세이주로에게 물었다.

"젊은 사부님, 어떻게 된 겁니까?"

그는 이불 속에 엎드려 있는 세이주로의 모습에 놀란 표정으로 그의 머리맡으로 다가갔다.

"불러와라. ……덴시치로를 불러와. 할 말이 더 있다. 덴시치로를 이리 데려와!"

"예, 알겠습니다."

문하생은 세이주로의 말투가 분명하자 마음을 놓으며 황급히 덴시치로를 찾으러 나갔다.

덴시치로는 금방 찾았다. 그는 오랫동안 찾지 않았던 도장으로 가서 마루에 앉아 있었다. 그의 주위에는 역시 오랜만에 만나는 우에다 료헤이와 난포 요이치베에, 미이케, 오타구로 등의 고참 문하생들이 그를 둘러싸고 앉아 있었다.

"형님은 만나보셨습니까?"

"응, 지금 만나고 왔네."

"기쁘셨겠습니다."

"그리 기쁘지도 않았네. 방에 들어가기 전까지는 나도 가슴이 설레었지만, 형님 얼굴을 대하고 보니 형님도 무뚝뚝하게 말씀이 없고, 나도 하고 싶은 말을 해버리자 금방 예전처럼 말다툼이 벌어지고 말았네."

"예? 말다툼이요? ……그건 덴시치로 님이 잘못하셨습니다. 형님께선 어제부터 상태가 좀 호전되어서 잠시 기력을 회복하셨을 뿐인데, 그런 환자를 붙들고……."

"하지만…… 이보게, 내말 좀 들어봐."

덴시치로와 고참 문하생들은 마치 친구들 같았다. 덴시치로는 자신을 나무라는 우에다 료헤이의 어깨를 잡고 농담 중에도 완력을 과시하듯 료헤이의 몸을 흔들었다.

"형님이 내게 이렇게 말하더군. 너는 내 패배를 설욕하기 위해 무사시와 맞설 생각이겠지만, 결국 너는 무사시를 이기지 못한다. 네가 패하면 그땐 이 도장까지 끝장나고 가명이 끊긴다. 수치는 나 하나로 족하다. 나는 이번 일을 계기로 평생 검을 잡지 않겠다는 성명을 내고 물러날 테니, 너는 나를 대신해 이 도장을 맡아서 한때의 오명을 앞으로의 정진으로 만회해달라……고 말이네."

"과연."

"뭐가 과연이란 말인가?"

"……."

그를 찾으러 온 문하생이 그 틈에 말했다.

"덴시치로 님, 형님께서 다시 한 번 방으로 오라고 하십니다."

"술은 어찌했느냐?"

"그쪽에 가져다 놓았습니다."

"이리 가지고 와라. 다 같이 마시면서 이야기하게."

"젊은 사부님께서………."

"시끄럽다. ……형님은 지금 두려움에 사로잡혀 있는 듯하다. 술을 이리로 가져와."

그러자 우에다, 미이케 등이 한 목소리로 말렸다.

"아니, 지금은 술을 마실 때가 아닙니다. 저희들은 괜찮습니다."

덴시치로는 기분이 상했다.

"뭐야, 너희들. ……너희들까지 고작 무사시 한 놈한테 겁을 먹고 있는 거냐?"

9

요시오카라는 존재가 큰 만큼 그들이 받은 타격도 컸다.

무사시에게 받은 목검의 일격은 당주의 육체만 불구로 만든 것이 아니라 기성세력인 요시오카 일문을 송두리째 불구로 만들어버린 형국이었다.

'설마.' 하고 자만에 차 있던 일문의 긍지가 통째로 무너져버린 탓에 그 뒷수습을 하는 데에도 전과 같은 일치된 모습은 찾아볼 수 없었다.

한번 받은 상처의 심각한 고통은 시간이 흘러도 모두의 얼굴에 남아 있었고, 무엇을 의논하든 패자가 갖기 마련인 소극적인 자세와 또 극단으로 치닫으려는 적극성이 상충되어 도무지 정리가 되지 않았다.

덴시치로가 오기 전부터 고참 문하생들 사이에서도 두 개의 의견이 대립하고 있었다.

'무사시에게 다시 결투를 청해 설욕할 것인가.'

'그렇지 않으면 이대로 자중할 것인가.'

지금도 덴시치로의 의사에 동의하는 빛을 띠는 자들과 세이주로의 생각에 동조하는 듯한 낯빛을 하고 있는 자들로 나뉘어 있었다.

하지만 고참들은 '치욕은 일시적인 것, 혹여 더 이상의 실수를 저질러서는 안 된다.'며 자중하라는 말은 세이주로라면 할 수 있다고 생각하고는 있었지만, 입 밖으로는 표현할 수 없었던 것이다.

특히 패기만만한 덴시치로 앞에서는 더욱 그러했다.

"아무리 병중이라고 해도 그런 여자같이 비겁하고 소심한 형님의 말을 그대로 듣고 있을 수 있단 말인가!"

덴시치로는 가지고 온 잔을 들고 모두에게 술을 따르게 한 다음 오늘부터 자신이 형을 대신해서 운영을 맡은 이 도장을 우선 자기 분위기로 만들겠다는 강경한 태도를 보였다.

"난 단언컨대 무사시를 칠 것이다. ……형님이 뭐라 하든 난 할 거야. 무사시를 이대로 내버려둔 채 가명을 소중히 여기고 도장을 유지하라는 형님의 말이 무사로서 할 말인가! 그런 생각을 갖고 있으니 무사시에게 패한 것은 당연하다. 자네들도 그런 형님과 나를 똑같이 생각해선 안 돼."

"그건 이미……."

고참인 난포 요이치베에가 말끝을 흐리더니 다시 말했다.

"덴시치로 님의 실력이야 저희들도 믿고 있습니다. 하지만."

"하지만, 뭐?"

"형님의 생각은 상대인 무사시가 일개 무사 수련생이고 우리는 무로마치 이래의 명문가이니 득실을 따져봐도 명백히 손해나는 결투다, 이겨도 본전이고 지면 그 손해가 막심한 도박이라고 깨달으신 것이 아니겠습니까?"

"도박이라고?"

덴시치로의 눈이 험악하게 번뜩이자 난포 요이치베에는 당황해서 얼른 말을 바꾸었다.

"아아, 실언을 했습니다. 그 말은 취소하겠습니다."

덴시치로는 끝까지 듣지도 않고 그의 멱살을 잡아 일으켰다.

"이 겁쟁이 같은 놈, 썩 꺼져라."

"실언이었습니다, 덴시치로 님……."

"닥쳐라! 너같이 비겁한 놈은 나와 동석할 자격이 없다. 어서 꺼져!"

덴시치로는 요이치베에를 확 밀쳤다.

도장 판자벽에 등을 부딪힌 요이치베에는 새파랗게 질린 얼굴로 멍하니 있다가 조용히 그 자리에 앉아서 말했다.

"여러분, 오랫동안 신세가 많았습니다."

그러고는 정면의 신단에 예를 올리고 밖으로 나갔다.

덴시치로는 그에게 눈길조차 주지 않고 주위의 일동에게 술을 권하며 말했다.

"자, 다들 들어. 술 마시고 오늘부터는 우선 무사시가 묵고 있는 숙소를 찾아봐. 아직 다른 고장으로 가진 않았을 거야. 이겼다고 우쭐해서 그 근방을 활개치고 다니고 있겠지. 알겠나? 무사시를 찾는 것이 우선이고, 도장은 그다음이야. 이렇게 뒤숭숭한 분위기를 그냥 내버려두어서는 안 될 거야. 평소처럼 수련에 매진해야 해. 나도 한숨 자고 나서 도장에 나오겠다. 형님과 달리 난 좀 거칠어. 앞으로는 말단 제자에게도 혹독하게 훈련을 시킬 생각이다."

10

그로부터 이레쯤 흘렀다.

"알아냈다!"

밖에서부터 고함을 치면서 문하생 한 명이 요시오카 도장으로 돌아왔다.

도장에서는 예고한 대로 덴시치로가 직접 나서서 문하생들을 혹독하게 훈련시키고 있었다.

지금도 지칠 줄 모르는 덴시치로의 정력에 겁을 집어먹은 얼굴로 문하생들은 모두 구석에 모여서 언제 자기 이름이 불릴까 두려워하며 덴시치로가 고참인 오타구로 효스케를 어린아이처럼 다루고 있는 것을 보고 있던 참이었다.

"잠깐만, 오타구로."

덴시치로는 목검을 거두고 방금 도장으로 들어와서 앉은 사내를 보며 물었다.

"알아냈느냐?"

"알아냈습니다."

"무사시는 어디에 있느냐?"

"짓소인實相院 마을의 동쪽 네거리, 그쪽 사람들은 혼아미 네거리라고 부르는 곳에 있는 혼아미 고에쓰라는 자의 집에 무사시가 투숙하고 있는 듯합니다."

"혼아미의 집에? 무사시 같은 시골 출신의 수련생 따위와 고에쓰가 어떻게 아는 사이란 말이냐?"

"연유는 잘 모르겠습니다만, 어쨌든 그곳에 묵고 있는 것은 분명합니다."

"알았다, 바로 출발하겠다."

덴시치로가 나갈 채비를 하러 안채로 성큼성큼 들어가자 따라간 오타구로 효스케와 우에다 료헤이 등의 고참 문하생들이 그를 말리며 말했다.

"불시에 들이닥쳐서 공격한다는 것은 시정잡배들의 싸움이나 다를 게 없습니다. 이긴다 해도 사람들은 좋게 말하지 않을 것입니다."

"수련에는 예의와 격식이 있지만, 실전에는 그런 것이 없어. 이기면 다 되는 것이야."

"하지만 형님의 경우가 그렇지 않았으니, 역시 미리 서신을 보내 약속 장소와 날짜, 시각을 정한 후에 당당하게 결투를 하시는 게 좋을 듯합니다."

"그래? 그럼, 자네들의 말대로 하겠네만, 그 사이에 설마 또다시 형님의 말에 움직여서 자네들까지 말리지는 않겠지?"

"이의를 품은 자나, 또 요시오카 도장을 포기한 배신자들은 지난 열흘 사이에 모두 도장을 떠났습니다."

"그래서 오히려 도장이 더 강해졌지. 기온 도지 같은 후레자식, 난포 요이치베에 같은 겁쟁이, 부끄러움을 모르는 그런 자들은 스스로 나가는 게 낫다."

"무사시에게 서신을 보내기 전에 일단 형님께도 알리는 것이 낫지 않겠습니까?"

"그 일이라면 자네들로는 어림도 없네. 내가 직접 가서 담판을 짓겠어."

형제 사이에 이 문제는 열흘 전과 여전히 달라진 게 없었다. 그 후로 어느 쪽도 자신의 뜻을 굽히지 않았다. 고참 문하생들은 또 언쟁이 벌어지지나 않을까 걱정했지만, 큰 소리가 새어나오지 않자 바로 무사시에게 지정해줄 두 번째 결투 장소와 날짜에 대해 상의하기 시작했다.

그때 세이주로의 거실에서 그들을 부르는 소리가 들렸다.

"어이! 우에다, 미이케, 오타구로, 그리고 다른 사람들도 잠깐 이리 와봐."

세이주로의 목소리가 아니었다.

모두들 가서 보니 덴시치로가 혼자 멍하니 서 있었다. 그런 그의 얼굴은 고참들도 처음 보는 모습이었다. 덴시치로는 금방이라도 울 것처럼 눈시울이 붉어져 있었다.

"다들 이걸 보게."

덴시치로는 손에 펼쳐 들고 있던 형의 편지를 문하생들에게 보여주며 화난 말투로 말했다.

"형님이 이렇게 자신의 생각을 장황하게 적은 편지를 두고 집을 나가 버렸네. 행선지도 쓰여 있지 않아. 행선지도……."

막다른 골목

1

오쓰는 바느질하던 손을 멈추고 조용히 물어보았다.

"누구세요?"

장지문을 열어보았지만 아무도 없었다. 기분 탓이었다는 것을 깨닫자 오쓰는 쓸쓸함에 사로잡혀서 소맷자락과 옷깃만 달면 완성되는 바느질이 손에 잡히지 않았다.

'조타로인줄 알았는데.'

그녀는 마음속으로 중얼거리며 아직 인적이 없는 한낮의 거리를 미련이 깃든 눈으로 바라보았다. 누가 지나가는 듯한 기척만 있어도 혹시 조타로가 찾아온 것은 아닐까 하고 생각하는 듯했다.

이곳은 산넨 고개三年坂의 아래다. 번잡한 거리의 한가운데이긴 하지만 덤불숲이며 밭 들이 있는 도로의 한쪽 뒤편에는 동백

꽃과 매화가 하나둘 피어나고 있었다.

오쓰의 모습이 보이는 그 외딴집 뒤편도 다른 집 정원처럼 나무로 둘러싸여 있고, 100평쯤 되는 앞쪽의 채소밭 맞은편은 아침부터 밤까지 몹시 분주한 소리를 내고 있는 여관의 부엌이다. 이 외딴집도 여관에 딸린 집이었는데 아침과 저녁 식사를 맞은편 부엌에서 가지고 온다.

지금은 어딜 갔는지 모습이 보이지 않지만, 오스기가 교토에 오면 항상 찾아오는 단골 여관으로 그녀는 밭 한가운데에 있는 이 별채가 제일 마음에 드는 것 같았다.

"오쓰 님, 식사 땐데 상을 가져올까요?"

밭 맞은편에서 부엌일을 하는 여자가 이쪽을 향해 소리쳤다.

오쓰는 상념에서 깨어나며 말했다.

"아아, 벌써 시간이 그렇게 되었나요? 밥은 어머님이 돌아오시면 같이 먹을 테니 나중에 가져와요."

그러자 여자가 다시 말했다.

"할머님은 오늘 늦게 돌아오실 거라고 말씀하시고 나가셨어요. 대략 저녁때가 지나서 돌아오실 것 같다고 하셨는데요."

"그럼, 저도 배가 별로 고프지 않으니 점심은 거를게요."

"그렇게 아무것도 드시지 않고 잘도 버티시네요."

어디선가 소나무 장작을 때는 짙은 연기가 흘러들어와 밭에 있는 매화나무며 맞은편의 안채를 감춰버렸다.

이 근방에는 도자기를 굽는 가마가 곳곳에 있었기 때문에 가마에 불을 때는 날이면 하루 종일 주위가 연기로 자욱했다. 하지만 그 연기가 걷히고 나면 초봄의 하늘이 한층 더 아름답게 보였다.

말 울음소리와 기요미즈 사로 가는 참배객의 발소리가 도로 쪽에서 떠들썩하게 들려왔다. 그런 거리의 소음 속에서 무사시가 요시오카를 이겼다는 소문도 들렸다.

오쓰는 뛸 듯이 기뻐하며 무사시를 떠올렸다. 그리고 동시에 조타로가 찾아오기를 애타게 기다렸다.

'조타로는 틀림없이 렌다이 사 들판에 갔을 거야. 조타로가 오면 자세한 이야기도…….'

그러나 조타로는 나타날 기미조차 없었다. 5조 대교에서 헤어지고 나서 벌써 스무 날이 넘었다.

'여길 못 찾는 건 아닐까? ……아니, 그럴 리 없어. 산넨 고개의 아래쪽에 있다고 분명히 가르쳐주었으니까. 한 집 한 집 찾아다니다 보면…….'

그런 생각을 하기도 하고 또 한편으로는 걱정도 되었다.

'혹시 감기라도 걸려서 몸져누운 건 아니겠지?'

하지만 조타로가 감기에 걸려서 몸져누울 아이라고는 도저히 생각할 수 없었다. 어쩌면 천하태평하게 초봄 하늘에 연이라도 날리며 놀고 있을지도 모른다. 오쓰는 화가 나려고 했다.

2

그러나 또 달리 생각해보면 조타로도 자기와 마찬가지로 기다리고 있을지도 모른다.

'뭐야, 멀지도 않은데 오쓰 님이 한 번쯤은 직접 올 수도 있잖아? 가라스마루 님 댁에도 그렇게 인사도 않고 가만히 있고.'

오쓰도 그걸 모르는 것은 아니었지만, 그녀의 입장에서는 조타로가 오는 것은 쉬워도 지금 상황에서 자기가 그 집으로 가는 것은 곤란한 사정이 있었다. 어디를 가든 오스기의 허락을 받지 않으면 나갈 수 없었던 것이다.

사정을 모르는 사람은 오늘처럼 집을 비운 틈을 타서 나가면 되지 않느냐고 생각할지도 모른다. 그러나 오스기는 그렇게 허술한 사람이 아니었다. 출입구에 있는 여관 사람에게 부탁해놓은 터라 오쓰는 끊임없이 누군가의 감시를 받고 있었다. 잠깐 거리를 살피러 나가기만 해도 곧바로 여관 안채에서 아무렇지도 않게 그녀를 부르는 소리가 들렸다.

"오쓰 님, 어디 가시게요?"

또 이 산넨 고개에서 기요미즈 사 일대에 이르는 곳에서는 아무래도 오스기 노파를 모르는 사람이 없는 듯했다. 작년에 기요미즈 사 부근에서 무사시를 잡아 늙은 몸을 이끌고 비장한 진검 승부를 벌인 까닭이다. 당시 그 광경을 목격한 토박이 가마꾼이며 짐꾼들의 입을 통해 소문이 파다하게 퍼졌다.

"그 할멈, 굉장하던걸."

"기개가 참 대단해."

"원수를 갚으러 나섰대."

이런 소문이 돌자 사람들 사이에서는 어느새 오스기의 인기가 올라가기 시작했고, 일종의 존경심마저 품는 사람도 있었다. 그러니 여관 사람 등은 오스기의 입에서 "곡절이 있는 여자이니 내가 없을 때 도망가지 않도록 잘 살펴주게."라는 말이 나오자 당연한 듯 그 말에 충실하게 따랐던 것이다.

어쨌든 지금 오쓰는 이곳에서 무단으로 나갈 수가 없었다. 편지를 보내고 싶어도 여관 사람의 손을 거치지 않고는 전할 방법이 없었고, 결국 그녀로서는 조타로가 오기만을 기다릴 수밖에 없었다.

"……."

오쓰는 장지문 안으로 물러나 다시 바느질을 하기 시작했다. 그 옷도 오스기의 여장을 다시 짓는 것이었다. 그때 밖에서 사람의 그림자가 어른거리는 듯하더니 낯선 여자의 목소리가 들렸다.

"어머, 잘못 찾아왔나?"

도로에서 골목으로 들어와 이곳의 밭이며 별채를 보고는 잘못 찾아온 듯하다고 중얼거린다.

오쓰는 무심히 장지문 안쪽에서 얼굴을 내밀었다. 파 밭 사잇길의 매화나무 아래에 서 있던 여자는 오쓰의 얼굴을 보더니 멋쩍은 듯 고개를 숙이고 머뭇머뭇 물었다.

"저어, 혹시 여기가 여관 아닌가요? 골목 입구에 분명히 여관이라고 쓴 행등을 보고 들어왔는데."

오쓰는 대답하는 것조차 잊고 여자의 얼굴부터 발끝까지 찬찬히 살피고 있었다. 그 시선이 여자에겐 이상하게 받아들여진 것이 틀림없다.

여관에 딸린 곳이라는 걸 모르고 잘못 들어온 여자는 다시 멋쩍은 듯 물었다.

"다른 집인가요?"

여자는 주변의 지붕을 둘러보다가 문득 매화나무의 우듬지로 고개를 들고는 넋이 나간 듯이 말했다.

"어머나, 참 예쁘게도 피었네."

'맞아, 5조 대교에서.'

오쓰는 곧 생각났지만 혹시 사람을 잘못 본 것은 아닐까 하고 찬찬히 기억을 더듬어보았다.

설날 아침. 5조 대교의 난간에서 무사시의 가슴에 얼굴을 묻고 울고 있던 예쁘장한 아가씨. 그녀는 모르겠지만, 오쓰에게는 잊을 수 없는, 왠지 원수라도 되듯이 그 후로 줄곧 마음에 걸렸던 그 여자가 아닌가.

부엌의 여자가 여관에 알렸는지 여관집 하인이 골목을 돌아 달려왔다.

"손님, 여관에 묵으시게요?"

아케미는 불안한 눈빛으로 대답했다.

"예, 어디죠?"

"바로 저기가 입구입니다. 골목길 오른쪽 모퉁이를 돌면……."

"그럼, 길 쪽을 보고 있겠네요."

"길 쪽이어도 조용합니다."

"출입할 때 다른 사람 눈에 띄지 않는 곳을 찾고 있었는데, 마침 골목 모퉁이에 행등이 걸려 있는 걸 보고 이 안쪽이지 싶어서 들어온 거예요."

그녀는 오쓰가 있는 곳을 들여다보았다.

"여기가 여관의 별채인가요?"

"예, 저희 별채입니다만."

"여기가 좋겠는데……. 조용하고, 어디에서도 보이지 않고."

"저쪽 안채에도 좋은 방이 있습니다."

"저어, 마침 여기 계시는 분이 여자분 같은데…… 나도 여기에 묵게 해줄 수 없나요?"

"그런데 한 분이 더, 성격이 무척이나 까다로운 할머니가 같이 계셔서……."

"상관없어요. 난 괜찮아요."

"나중에 돌아오시면 같이 지내도 괜찮으신지 여쭤보겠습니다."

"그럼, 그동안 저쪽 방에서 쉬고 있을까요?"

"그러시죠. 저쪽 방도 틀림없이 손님 마음에 드실 겁니다."

아케미는 하인을 따라 여관의 정면 출입구로 돌아갔다.

"……."

오쓰는 결국 아무 말도 못하고 말았다. 왜 한 마디도 물어보지 못했는지 나중에 후회했지만, 그것이 자신의 성격 때문인 것을 아는 그녀는 기분이 울적했다.

'방금 그 여자와 무사시 님은 도대체 어떤 사이일까?'

그것만이라도 알고 싶었다.

5조 대교에서 봤을 때는 꽤 오랫동안 둘이서 이야기를 나눴다. 아니, 그 대화도 일상적인 것이 아니었다. 끝에 가서는 그녀가 울음을 터뜨렸고, 무사시가 그녀의 어깨를 안아주지 않았던가.

'설마, 무사시 님이…….'

오쓰는 질투가 그려낸 억측을 모두 지워내버렸지만, 그날 이후로 그로 인해 툭하면 지금까지는 몰랐던 복잡한 상처가 자신의 마음속에서 고개를 들 때가 많았다.

'나보다 아름다운 여자.'

'나보다 그 사람에게 다가갈 기회가 많은 여자.'

'나보다 재기가 충만하고 남자의 마음을 교묘하게 사로잡는 여자.'

지금까지는 무사시와 자기밖에 생각하지 않았지만, 오쓰는 갑자기 다른 여자의 세계를 들여다보게 되자 자신의 무력함이 서글퍼졌다.

'아름답다고는 생각하지 않아.'

'재주도 없어.'

'기회도 인연도 만나지 못했어.'

이런 자기를 넓은 세상의 수많은 여자와 비교해보니, 자신의 바람이 너무나 분수에 맞지 않아서 허황된 꿈을 꾸고 있다는 생각조차 들었다.

옛날 싯포 사七宝寺의 천 년 묵은 삼나무를 기어올랐을 때의 그 폭풍우보다 강했던 용기는 다 어딘가로 사라져버리고, 설날 아침 5조 대교의 소달구지 뒤에 쪼그리고 앉아버렸을 때의 나약함만이 오쓰의 마음속에 자리 잡고 있었다.

'조타로의 도움이 필요해!'

오쓰는 절실하게 생각했다.

'폭풍우 속에서 그 천 년 묵은 삼나무 위로 기어 올라가던 무렵의 나에게는 아직 조타로 같은 천진난만함이 얼마간 남아 있었는데.'

요즘처럼 혼자 고민하고 있는 복잡한 심경이 그런 소녀의 마음에서 어느새 멀어졌다는 증거가 아닐까, 하는 생각이 들며 바느질을 하던 옷감 위로 자기도 모르게 눈물이 또르르 떨어졌다.

"안에 있는 게냐, 없는 게냐? 오쓰야, 왜 여태 불을 켜지 않고 있느냐?"

어느새 날이 저물었는지 밖에서 돌아온 오스기의 목소리가 들렸다.

4

"이제 오셨어요? 금방 불 켤 준비를 하겠습니다."

오스기는 벽 뒤의 작은 방으로 가는 오쓰의 등을 싸늘한 눈길로 바라보면서 어둑한 방에 앉았다.

오쓰는 등잔으로 손을 뻗으면서 물었다.

"어머님, 고단하시죠? 오늘은 또 어딜 다녀오셨어요?"

"묻지 않아도 알 것 아니냐."

오스기는 짐짓 엄하게 말했다.

"마타하치가 어디 있는지, 또 무사시의 행방을 수소문하고 다녔다."

"다리를 좀 주물러드릴까요?"

"다리는 괜찮다만 날씨 탓인지 요 너댓새 어깨가 뭉치는구나.

주물러줄 마음이 있으면 주물러보거라."

매사가 이런 식이었다. 그러나 오쓰는 그것도 마타하치를 찾아서 과거의 일을 깨끗하게 청산할 때까지 조금만 참으면 된다고 생각하며 오스기의 등 뒤로 다가갔다.

"정말 어깨가 딱딱하네요. 이러면 숨을 쉬는 데도 불편하실 텐데."

"걷다가도 갑자기 가슴이 답답하다고 느껴질 때가 있다. 아무래도 나이가 있으니…… 언제 어디서 쓰러져 죽을지도 모를 일이지."

"아직 젊은 사람 못잖게 건강하신데 그럴 리가 있겠어요?"

"하지만 그렇게 팔팔하던 곤權 숙부조차 한순간에 죽지 않았느냐. 인간은 언제 어떻게 될지 모르는 법이다. 다만 내가 기운을 회복할 때는 무사시를 생각할 때뿐이다. 무사시에게 처음 품었던 감정이 타오를 때면 누구한테도 지지 않을 자신이 생겨."

"어머님……. 무사시 님은 그렇게 나쁜 사람이 절대로 아니에요. 어머님이 오해하고 계신 거예요."

"후후후……."

오스기는 안마를 받으면서 말했다.

"그렇겠지. 너로서는 마타하치를 버리고 택한 사내니까. 나쁘게 말해서 미안하다."

"어머! 그런 뜻이 아니에요."

"아니라고? 마타하치보다 무사시가 더 좋다는 게 아니라는 말이냐? 매사에 솔직하게 말하는 것이 정직이라는 게다."

"……."

"머잖아 마타하치를 만나면 이 늙은이가 중간에서 네가 바라는 대로 확실하게 마무리를 지어주겠지만, 그리 되면 너와 나는 완전히 남남이다. 그럼 너는 곧장 무사시에게 달려가서 필시 우리 모자의 험담을 해대겠지?"

"왜 그런 말씀을……. 어머님, 저는 그런 여자가 아니에요. 저에게 베풀어주신 은혜는 평생 잊지 않겠습니다."

"요즘 젊은 여자들은 말도 참 예쁘게 해. 어쩜 그렇게 상냥하게 말할 수 있는 게냐? 나는 정직한 사람이라 그렇게 입에 발린 말은 못한다. 네가 무사시의 아내가 되면 너도 그때는 나의 원수가 되는 것이다. ……호호호, 원수의 어깨를 주무르고 있으니 괴롭지?"

"……."

"이것도 무사시를 따르기 위해 감수하는 고역이겠지만, 그렇게 생각한다면 참지 못할 것도 없을 게다."

"……."

"왜 우느냐?"

"우는 게 아니에요."

"그럼 내 옷깃에 떨어진 것은 뭐냐?"

"죄송합니다. 그만······."

"이거 원, 근질근질 벌레가 기어 다니는 것 같아서 불쾌하구나. 좀 더 힘껏 주무르지 못하겠느냐? 훌쩍거리며 무사시만 생각하고 있지 말고 말이다."

앞쪽 채소밭에서 제등의 불빛이 보였다. 여느 때처럼 여관 소녀가 저녁식사를 가지고 오는 줄 알았는데, 웬 승려 행색의 사내가 마루 끝에 나타났다.

"실례합니다. 혼이덴 님의 모친께서 묵고 계신 방이 이곳입니까?"

그가 들고 있는 제등에는 '오토와 산音羽山 기요미즈 사'라고 적혀 있었다.

5

"저는 자안당子安堂에서 온 승려입니다."

그는 제등을 마루 끝에 놓고 품속에서 편지 한 통을 꺼냈다.

"무슨 일인지는 모르겠으나 저녁 무렵에 웬 초췌한 젊은 낭인이 절간 안을 기웃거리다 저를 보고는 요즘 사쿠슈의 할머니가 참배하러 오시지 않느냐고 묻는 것이었습니다. 그래서 제가 가끔 오신다고 대답했더니 붓을 빌려서 편지를 쓰고는 할머니가 오시면 이 편지를 전해달라고 하고 갔습니다. 마침 5조까지 볼일이 있어서 나가려던 참이었기에 이렇게 전해드리러 온 것입니다."

"이런, 이거 고생이 많으시구려."

오스기가 그에게 살갑게 방석을 권했지만, 그는 곧바로 돌아갔다.

"누구지?"

오스기는 행등 아래에서 편지를 펴 보았다. 낯빛이 바뀐 것을 보니 뭔가 오스기의 가슴을 세차게 뒤흔드는 내용이 들어 있는 모양이다.

"오쓰……."

"예."

작은 방의 한쪽 구석에 있는 화롯가에서 오쓰가 대답했다.

"자안당의 스님이 돌아갔으니 이제 차는 끓이지 않아도 되겠구나."

"벌써 돌아가셨어요? 그럼 어머님께서 한 잔 드세요."

"남한테 주려던 것을 나한테 주려는 게냐? 내 배는 차 퇴수기가 아니다. 그런 차는 마시고 싶지 않아. 그보다 어서 나갈 채비를 하거라."

"예? 어디 가시게요? 저도 같이 가나요?"

"네가 기다리고 있던 일을 오늘 밤에 결판내러 간다."

"아, 그럼 방금 그 편지가 마타하치 님에게서 온 것인가요?"

"뭔 말이 그렇게 많아? 넌 그냥 잠자코 따라오기만 하면 돼."

"그럼, 부엌에 빨리 저녁을 가지고 오라고 말할게요."

"넌 아직이냐?"

"어머님이 돌아오실 때까지 기다리고 있었어요."

"쓸데없는 짓만 하고 있구나. 내가 나간 것이 오전인데, 지금까지 아무것도 먹지 않고 어떻게 견딜 수 있단 말이냐? 나는 점심 겸 저녁으로 밖에서 먹고 왔으니 넌 아직 먹지 않았으면 물이라도 말아서 얼른 먹도록 해라."

"예."

"산에 가면 밤엔 아직도 날씨가 찬데 내복은 다 해놓았느냐?"

"고소데가 아직 덜 됐는데……."

"고소데가 아니라 내복을 말하는 게다. 그리고 버선은 빨아놓았느냐? 짚신 끈도 헐거워졌으니 여관에 말해서 새 짚신을 받아오너라."

오스기는 대답할 틈이 없을 정도로 쉬지 않고 말했다.

오쓰는 그녀의 말에 아무런 반항도 할 수 없었다. 오스기가 말없이 보고만 있어도 심장이 오그라드는 것 같았다.

오쓰가 먼저 나가서 짚신을 가지런히 놓으며 말했다.

"어머님, 나오세요. 제가 모시겠습니다."

"제등은 가져왔느냐?"

"아니요……."

"멍청한 것, 오토와 산 깊숙이 들어가는데 불도 없이 이 늙은 이를 걷게 할 생각이냐? 여관에 말해 제등을 빌려오거라."

"미처 생각하지 못했어요. 지금 바로 빌려오겠습니다."

오쓰 자신은 전혀 채비를 할 틈이 없었다.

오토와 산의 깊숙한 곳이라는데 도대체 어디로 가는지 문득 궁금했지만, 괜히 물어봤다가 야단이나 맞을 것 같아서 오쓰는 말없이 제등을 든 채 산녠 고개를 앞장서서 걸어갔다.

그러나 그녀의 마음도 괜히 들떠 있었다. 아까 그 편지는 마타하치에게서 온 것이 틀림없다. 그렇다면 전부터 오스기와 굳게 약속했던 문제가 오늘 밤에는 확실하게 해결될 것이다. 아무리 괴롭고 힘들어도 이제 조금만 참으면 된다.

'이야기가 마무리되면 오늘 밤에라도 가라스마루 님 댁에 가서 조타로를 만나야겠어.'

산녠 고개는 인내의 고개였다. 오쓰는 발밑을 내려다보면서 돌멩이가 많고 울퉁불퉁한 고갯길을 걸어갔다.

어둠 속의 처단

1

물이 불어날 리도 없는데 밤만 되면 폭포 소리가 유독 크게 들렸다.

"지슈곤겐地主權現(사원의 경내에 있는 토착신을 모시는 사당)이란 곳이 분명 여길 텐데. 토착신의 벚나무라고 이 나무 팻말에도 쓰여 있고."

기요미즈 사 옆의 산길을 꽤 올라왔건만 오스기는 숨이 찬다는 말조차 없다.

"애야, 아들아!"

사당 앞에 이르자 오스기는 어둠 속을 향해 소리쳤다.

표정이며 목소리에서 아들을 향한 애정이 듬뿍 담긴 떨림이 느껴졌다. 뒤에 서 있는 오쓰는 그런 오스기가 전혀 다른 사람으로 보였다.

"오쓰야, 불을 꺼뜨리지 말거라."

"예……."

"없구나, 없어."

오스기는 중얼거리면서 그 근방을 찾아다녔다.

"편지에는 분명히 지슈곤겐까지 와달라고 쓰여 있었는데."

"오늘 밤이라고 쓰여 있었나요?"

"오늘이니 내일이니 그런 말은 없었다. 그 애는 아무리 나이를 먹어도 어린애 같구나. ……차라리 자기가 여관으로 오면 됐을 것을. 스미요시住吉의 일도 있고 해서 겸연쩍은가 보다."

오쓰는 오스기의 소매를 잡아당기며 말했다.

"어머님, 저기 마타하치 님 아닌가요? 누가 밑에서 올라오고 있는 것 같아요."

"그래?"

오스기는 벼랑길을 내려다보며 불렀다.

"얘야!"

그러나 올라온 사람은 오스기에겐 눈길조차 주지 않고 지슈 곤겐의 뒤편으로 돌아갔다가 다시 그곳으로 되돌아오더니 제등의 불빛 위로 드러난 오쓰의 하얀 얼굴을 거리낌 없는 눈길로 가만히 쳐다보았다.

오쓰는 섬뜩했지만 그는 아무런 느낌이 없는 표정이었다. 지난 설날 5조 대교 옆에서 서로 마주친 적이 있었지만, 사사키 고지로는 전혀 기억하지 못하는 듯했다.

"처자와 거기 할멈. 당신들이 방금 이곳으로 올라왔소?"

"……."

묻는 태도가 너무 당돌해서 오쓰와 오스기는 그저 고지로의 화려한 옷차림에 눈만 크게 뜨고 있을 뿐이었다.

그러자 고지로는 느닷없이 오쓰의 얼굴을 가리키며 말했다.

"딱 처자 또래의 여자인데 이름은 아케미라 하고, 얼굴이 조금 둥근 편에 몸집은 처자보다 좀 작은 편이지만 술집에서 자란 도회지 처녀라 어딘가 어른스러운 분위기가 있소……. 혹시 이 부근에서 보지 못했소?"

"……."

두 사람은 말없이 고개를 저었다.

"이상한데? 분명히 산넨 고개에서 본 사람이 있다고 했으니 이 근처 사당에서 밤을 보낼 생각일 텐데……."

처음에는 상대방에게 하던 말이 중간에 혼잣말로 바뀌었다. 그는 더 이상 묻지도 않고 뭔가 또 몇 마디 중얼거리면서 어디론가 훌쩍 가 버렸다.

오스기는 혀를 끌끌 찼다.

"뭐야? 저자는. 칼을 차고 있는 것을 보면 저래 봬도 무사인 모양인데, 여봐란 듯이 화려하게 차려 입고는 밤늦게까지 여자 꽁무니나 쫓아다니고 있으니……. 아 참, 이러고 있을 때가 아니지.”

오쓰는 오쓰대로 또 다른 생각을 하고 있었다.

'맞아, 아까 여관으로 찾아왔던 그 여자가 분명해.'

무사시와 아케미와 고지로…… 그렇게 세 사람의 관계를 아무리 생각해도 이해할 수가 없었다. 오쓰는 멍하니 상상 속으로 시선을 던지고 있었다.

“돌아가자.”

오스기는 낙심한 듯 그렇게 말하고 걸음을 옮기기 시작했다. 분명히 지슈곤겐이라 쓰여 있었는데, 마타하치는 오지 않고 싸늘한 폭포 소리에 소름만 돋을 뿐이었다.

2

길을 조금 내려가다 본원당本願堂 앞에서 두 사람은 고지로와 또 마주쳤다.

“……”

얼굴만 마주쳤을 뿐 양쪽 다 말없이 지나갔다. 오스기가 뒤돌아보니 고지로는 자안당에서 산넨 고개 쪽으로 곧장 내려가고 있었다.

“험악한 눈빛이군. ……무사시처럼 말이야.”

중얼거리던 오스기는 무엇을 보았는지 움찔 놀라며 비명 비슷한 소리를 질렀다.

"……어맛!"

커다란 삼나무 그늘 아래였다. 누군가가 그곳에 서서 손짓을 하고 있었다. 어두웠지만 오스기는 그가 누군지 알아볼 수 있었다. 마타하치가 틀림없었다.

'이리로…… 이리 오세요.'

그렇게 손짓으로 말하고 있는 듯했다. 뭔가 꺼리는 것이 있는 것 같았다.

'아이고, 가여운 놈.'

오스기는 이내 아들의 마음을 알아차렸다.

"오쓰야."

뒤를 돌아보니 오쓰는 열 간쯤 앞에 서서 오스기를 기다리고 있었다.

"너는 한 발 먼저 가거라. 그렇다고 너무 멀리 가면 안 된다. 저기 쓰레기 더미 옆에 가 있거라. 바로 뒤따라 갈 테니."

오쓰는 순순히 고개를 끄덕이고 먼저 갔다.

"얘야, 딴 데로 가거나 그대로 어디론가 달아날 생각은 하지 않는 게 좋을 게다. 이 늙은이가 여기서 보고 있다는 것을 명심해라. 알았느냐?"

오스기는 그렇게 말하고 곧장 삼나무 그늘 아래로 뛰어갔다.

"마타하치냐?"

"어머니."

어둠 속에서 기다렸다는 듯이 손이 나오더니 오스기의 손을 꽉 움켜잡았다.

"어찌 된 일이냐? 그런 곳에 숨어서. ……아니, 손은 또 왜 이렇게 얼음장같이 차가워?"

애처로운 마음에 오스기는 눈물을 글썽였다. 마타하치는 겁을 집어먹은 눈으로 물었다.

"그런데 어머니, 방금 전에도 이리로 지나가지 않았나요?"

"누가 말이냐?"

"등에 칼을 차고 눈매가 매서운 젊은이 말이에요."

"아는 사람이냐?"

"알다마다요. 그놈은 사사키 고지로라고 얼마 전에 6조의 솔밭에서 된통 당했어요."

"뭐? 사사키 고지로라고? ……사사키 고지로라면 네가 아니더냐?"

"예? 왜요?"

"언젠가 오사카에서 네가 나한테 보여준 주조류의 인가장 두루마리에 그렇게 쓰여 있지 않았느냐? 그때 네가 사사키 고지로는 네 별명이라고 한 것으로 기억하는데?"

"거짓말이에요. 그건 거짓말이었어요. 그 거짓말이 탄로 나서 진짜 사사키 고지로한테 호되게 당한 거라고요. 실은 어머니께 편지를 보내고 약속 장소로 가려는데, 여기서 또 그자를 발견하고 눈에 띄었다간 큰일이다 싶어서 여기저기 숨어 다니며 상황을 지켜보고 있었어요. 이제 괜찮겠죠? 다시 오면 안 되는데."

"……."

어처구니가 없어서 말문이 막혔는지 오스기는 잠자코 있었다. 전보다 더 야위기도 하고 솔직하게 자신의 무력함과 소심함을 얼굴에 드러내고 있는 모습을 보니 오스기는 아들이 더욱 안쓰러워서 견딜 수가 없는 모습이었다.

3

"그런 건 아무래도 상관없다."

오스기는 더 이상 아들의 우는소리를 듣고 싶지 않다는 표정으로 고개를 가로저었다.

"그보다 애야, 너는 곤 숙부가 세상을 떠난 것을 알기는 하는 거냐?"

"예? 숙부님이요? ……정말입니까?"

"누가 그런 거짓말을 하겠느냐? 스미요시의 해변에서 너와 헤어지고 난 후 바로 돌아가셨다."

"몰랐어요……."

"숙부의 어이없는 죽음도, 이 늙은이가 이 나이에 이렇게 고생해가며 여행을 다니는 것도 도대체 뭣 때문인지 너는 알고 있느냐?"

"언젠가 오사카에서 만났을 때 얼어붙은 땅 위에 꿇어앉아 어머니께 호되게 꾸중을 들은 일은 가슴에 새겨두고 잊지 않고 있습니다."

"그러냐…… 그 말을 기억하고 있었구나. 그럼, 네가 기뻐할 만한 일이 있다."

"뭔데요?"

"오쓰에 관한 일이다."

"……앗! 그럼 어머니 옆에 있다가 방금 저쪽으로 간 여자가 혹시?"

"이놈!"

오스기는 타이르듯이 마타하치의 앞을 가로막았다.

"너는 지금 어디로 가려는 게냐?"

"오쓰라면…… 어머니…… 만나게 해주세요. 꼭 만나게 해주세요."

오스기는 고개를 끄덕이며 말했다.

"만나게 해주려고 데리고 온 거다. 그런데 마타하치, 너는 오쓰를 만나서 어떻게 할 생각이냐?"

"잘못했다, 미안하다, 용서해달라고 사과할 생각이에요."

"……그리고?"

"그리고 어머니도 제가 한때 마음을 잘못 먹은 것이라고 오쓰를 달래주세요."

"……그리고?"

"예전으로."

"뭐라고?"

"예전으로 돌아가서 오쓰와 혼례를 올리고 싶어요. 어머니, 오쓰는 지금도 날 생각하고 있을까요?"

오스기는 말을 끝까지 듣지도 않고 마타하치의 뺨을 찰싹 때렸다.

"에잇, 못난 놈."

"앗…… 왜 이러세요?"

마타하치는 비틀거리면서 얼굴을 감쌌다. 그리고 젖을 떼고 나서 지금까지 한 번도 본 적이 없는 어머니의 무서운 얼굴을 그는 보았다.

"방금 네 입으로 뭐라고 했느냐? 언젠가 내가 한 말을 가슴에 새기고 있다고 하지 않았느냐?"

"……"

"이 어미가 언제 오쓰같이 행실이 나쁜 여자한테 무릎을 꿇고 빌라고 가르쳤느냐? 혼이덴 가의 이름에 먹칠을 한 불구대천의

176

미야모토 무사시 4

원수 무사시와 달아난 계집이다."

"……."

"약혼한 너를 버리고, 너와 가문의 원수인 무사시에게 몸도 마음도 준 개만도 못한 오쓰에게 너는 무릎을 꿇고 빌겠다는 것이냐? ……빌겠다는 것이냔 말이다! 이 못난 놈아!"

오스기는 마타하치의 멱살을 잡고 뒤흔들었다. 마타하치는 이리저리 흔들리며 눈을 감고 어머니의 질책을 달게 받고 있었다. 감고 있는 그의 눈에서는 눈물이 멈추지 않았다.

오스기는 마침내 답답하다는 듯이 마타하치를 땅바닥에 내동댕이치며 말했다.

"울긴 왜 울어? 눈물을 흘릴 만큼 개만도 못한 그년한테 미련이 남아 있단 말이냐? 이제 너 같은 아들은 필요 없다!"

그리고 자신도 그 옆에 주저앉아 함께 울기 시작했다.

4

"애야."

오스기는 다시 엄격한 어머니로 돌아와서 자세를 바로하며 말했다.

"지금이야말로 네가 마음을 굳게 먹어야 한다. 이 어미가 살아봐야 앞으로 10년을 더 살겠니, 20년을 더 살겠니? 이런 말도 내가 죽고 나면 다시는 듣고 싶어도 들을 수 없을 게다."

마타하치는 또 뻔한 소리를 한다는 표정으로 고개를 돌리고 있었다.

오스기는 속으로 마타하치의 기분을 상하게 해서는 안 되겠다고 생각하고 눈치를 보듯 밀했다.

"얘야, 여자가 오쓰만 있는 건 아니다. 그런 계집에게는 미련을 갖지 말거라. 만약에 앞으로 네가 좋다는 여자가 있다면 이 어미가 그 여자의 집에 골백번이라도 찾아가서, 아니 내 목숨을 바치는 한이 있더라도 반드시 네 색시로 만들어주마."

"……."

"그러나 오쓰만은 혼이덴 가문의 체면을 위해서라도 절대로 안 된다. 네가 뭐라고 해도 안 돼."

"……."

"만약 네가 끝까지 오쓰와 함께하겠다면, 이 어미의 목을 치고 나서 네 마음대로 하려무나. 내 눈에 흙이 들어가기 전에는 절대 안 돼!."

"어머니!"

오스기는 아들의 시퍼런 서슬에 움찔 놀라며 무릎을 세우고 말했다.

"그 태도는 뭐냐?"

"하나만 묻겠습니다. 대체 내 아내가 될 여자는 어머니의 아내입니까, 내 아내입니까?"

"뻔한 소릴 하는구나. 당연히 네 아내가 아니냐?"

"……그렇다면 내가 선택하는 것이 당연하지 않은가요?"

"또 그렇게 철없는 소리를……. 넌 대체 나이가 몇이냐?"

"아무리 부모라도 너무해요. 너무 멋대로잖아요!"

두 모자는 서로가 너무 격의 없이 지내는 터라 걸핏하면 이렇게 감정이 앞서서 말이 튀어나오곤 한다. 그 때문에 오히려 서로를 이해하지 못하고 말만 하면 충돌했다. 어쩌다가 가끔 그러는 것이 아니라 같이 살던 옛날부터 그런 가풍이기도 했고, 또 습관이 되기도 했다.

"멋대로라니 그게 무슨 소리냐? 넌 대체 누구 자식이냐? 누구의 뱃속에서 세상에 태어난 게냐?"

"그런 억지가 어딨어요? 어머니…… 저는 무슨 일이 있어도 오쓰와 같이 살고 싶어요. 오쓰가 좋단 말이에요."

창백해져 있는 어머니의 얼굴을 보고는 차마 말하지 못하고, 마타하치는 허공을 향해 소리쳤다. 오스기의 앙상하게 드러난 어깨뼈가 부들부들 떨리기 시작했다.

"마타하치, 진심이냐?"

오스기는 이렇게 말하며 느닷없이 와키자시脇差(일본도의 일종으로 큰 칼에 곁들여 허리에 차는 작은 칼)를 뽑아 자기 목을 찌르려고 했다.

"앗, 어머니 무슨 짓이에요?"

"말리지 말거라. 차라리 날 여기에서 죽으라고 해라."

"그런 말도 안 되는 소리를……. 어머니가 죽는 모습을, 내가…… 자식이란 놈이 어떻게 가만히 손을 놓고 보고만 있을 수 있겠어요?"

"그러면 오쓰를 단념하고 마음을 고쳐먹을 수 있겠느냐?"

"그럼, 대체 어머니는 왜 오쓰를 여기까지 데리고 온 거죠? 왜 나한테 오쓰를 보여주었느냐고요? 도대체가 어머니의 속셈을 모르겠어요."

"내 손으로 죽이는 것은 쉬운 일이지만, 자식을 배신한 부정한 계집을 자식의 손으로 처단케 해주고 싶은 부모의 마음을 고맙다고는 왜 생각하지 못하느냐?"

5

"그럼, 어머니는 내 손으로 오쓰를 베라는 말이에요?"

"……싫으냐?"

흡사 귀신의 목소리 같았다. 마타하치는 자기 어머니에게 저런 목소리가 나올 만한 성격이 있는가 싶어서 의아했다.

"싫으면 싫다고 하거라. 더 이상 지체할 수 없다."

"하, 하지만 어머니."

"아직도 미련이 남았느냐? 이제 너 같은 놈은 내 자식이 아니다. 난 네 어미가 아니야. ……. 여자의 목은 베지 못하겠지만, 어미의 목이라면 벨 수 있을 터. 어서 내 목을 쳐라."

애초부터 위협이 분명했지만, 오스기는 와키자시를 고쳐 쥐고 정말로 자살하려는 모습을 보였다. 자식이 제멋대로 구는 것도 부모의 애를 먹이는 일이지만, 부모가 억지를 부리는 것도 충분히 자식의 애를 먹이는 경우가 있다.

오스기도 그 일례에 지나지 않았지만, 이 늙은이는 자칫 정말로 일을 저지를 것 같은 낯빛이었다. 자식이 보기에도 단순한 위협으로는 보이지 않았다.

마타하치는 두려움에 떨며 소리쳤다.

"어머니! 그, 그렇게까지 하지 않으셔도……. 아니요, 알았습니다. 제가 단념하겠습니다."

"그뿐이냐?"

"처단하겠습니다. 제 손으로…… 제 손으로 오쓰를."

"죽이겠다는 거냐?"

"주, 죽이겠습니다."

오스기는 기뻐서 눈물을 흘리며 와키자시를 버리고 아들의 손을 잡았다.

"말 잘했다. 그래야지 혼이덴 가의 대를 잇는 아들답지. 조상님들도 대견해하실 게다."

"……그럴까요?"

"죽이고 오너라. 오쓰는 바로 요 아래 쓰레기 더미 앞에서 기다리고 있을 게다."

"예…… 지금 갈게요."

"오쓰의 목을 베서 편지와 함께 먼저 싯포 사로 보내도록 하자. 마을 사람들 사이에 소문만 나도 우리의 체면이 반은 설 게다. 그리고 무사시 놈도 오쓰를 죽였다는 소식을 들으면 오기로라도 우리 모자 앞에 나타나겠지. ……마타하치야, 빨리 갔다 오너라."

"어머니는 여기서 기다리고 계실 건가요?"

"아니, 나도 뒤따라가겠지만, 오쓰가 날 보면 이야기가 다르다고 따지고 들 것이 틀림없다. 그러니 난 조금 떨어진 곳에 숨어서 지켜보고 있으마."

"계집 하나쯤이야!"

마타하치는 비틀거리며 일어섰다.

"어머니, 반드시 오쓰의 목을 베고 올 테니 여기서 기다리고 계세요. 그깟 계집 하나쯤, 식은 죽 먹기죠. 놓치지 않을 테니 걱정 마세요."

"그래도 방심해서는 안 된다. 칼을 보면 저항이 만만치 않을 테니까."

"알았어요. 그 까짓 것."

마타하치는 큰소리를 치고 걸어가기 시작했다. 오스기는 불안한 듯 그 뒤를 따라가면서 다짐을 두었다.

"알았지? 방심하면 안 된다."

"어머니, 왜 따라오세요? 여기서 기다리고 계세요."

"괜찮다. 쓰레기 더미는 아직 저 아래다."

"괜찮다고요?"

마타하치는 버럭 소리를 질렀다.

"둘이서 갈 거면 어머니 혼자 다녀오세요. 저는 여기서 기다리고 있을게요."

"뭘 그리 꺼리는 게냐? 너 혹시 아직도 속으로는 오쓰를 벨 마음이 없는 거 아니냐?"

"그래도 인간이란 말이에요. 고양이 새끼를 죽이는 것하곤 다르다고요."

"그럴 만도 할 게다. 아무리 부정한 계집이라도 원래는 네 약혼자였으니까. ……알았다. 어미는 여기 있을 테니까 너 혼자 가서 깔끔하게 처리하고 오너라."

마타하치는 대답도 하지 않고 팔짱을 낀 채 완만한 비탈길을 내려갔다.

6

오쓰는 아까부터 쓰레기 더미 앞에서 서성이며 오스기가 오기를 기다리고 있었다.

'차라리 이 틈에……'

달아날 생각을 하지 않은 것은 아니었지만, 그래서는 스무 날 남짓 감내해온 인고의 시간이 아무런 의미가 없게 된다.

'조금만 더 참자.'

오쓰는 무사시와 조타로를 생각하면서 멍하니 별을 보고 있었다. 가슴속에 무사시를 그리고 있으면 무수한 별이 그녀의 가슴속에서 반짝였다.

'이제 곧……'

꿈을 꾸듯 앞으로의 희망을 헤아려본다. 또 그가 지방 경계인 산에서 했던 말을, 하나다花田 다리의 기슭에서 했던 그의 맹세를, 마음속에서 되뇌어본다.

아무리 세월이 흘러도 자기가 뱉은 말을 어길 무사시가 아니라는 것을 그녀는 굳게 믿고 있었다.

다만 아케미라는 여자를 떠올리면 문득 불쾌한 감정에 휩싸이며 희망에 어두운 그림자가 드리우지만, 그렇다 해도 무사시에 대한 굳건한 믿음에 비하면 대수롭지 않은, 불안해할 정도의 근심거리도 아니다.

'하나다 다리에서 헤어진 후 만나지도 못했고, 이야기도 나누지 못했어……. 그런데도 난 왠지 즐거워. 다쿠안 스님은 나 보고 불쌍하다고 했는데, 이렇게 행복한 내가 다쿠안 스님의 눈에는 왜 불행해 보인 걸까…….'

바늘방석에 앉아 바느질을 하고 있을 때도, 기다리고 싶지 않은 사람을 기다리며 캄캄한 어둠 속에서 고독에 휩싸여 서성이고 있을 때도, 그녀는 그것을 홀로 즐기고 있었다. 그리고 다른 사람에게는 공허하게 보일 때가 그녀의 삶에는 가장 충실한 때였다.

"……오쓰."

오스기의 목소리가 아니다. 누군가 어둠 속에서 자기를 불렀다. 오쓰는 정신을 차리고 물었다.

"누구세요?"

"나야."

"나라니요?"

"혼이덴 마타하치야."

"예?"

오쓰는 깜짝 놀라 뒤로 물러났다.

"마타하치 님이라고요?"

"벌써 목소리까지 잊은 거야?"

"정말…… 정말 마타하치 님의 목소리네요. 어머님은 만나셨나요?"

"어머니는 저쪽에서 기다리고 계셔. ……오쓰, 넌 변하지 않았구나. 싯포 사에 있었을 때랑 하나도 변하지 않았어."

"마타하치 님, 어디 계세요? 어두워서 모르겠어요."

"옆으로 가도 되겠어? ……난 널 볼 면목이 없어서 아까부터 여기에 와 있었지만, 한동안 어둠 속에 숨어서 닐 보고 있었어. 넌 지금 거기서 무슨 생각을 하고 있었던 거야?"

"딱히…… 아무것도."

"날 생각하고 있었던 건 아니지? 난 단 하루도 널 생각하지 않은 날이 없었어."

천천히 걸어오는 마타하치의 모습이 오쓰의 눈에 들어왔다. 오쓰는 오스기가 나타나지 않자 불안에 휩싸였다.

"마타하치 님, 어머님께는 무슨 말씀을 들었나요?"

"응, 방금 저 위에서."

"그럼, 저에 대한 이야기도."

"응."

오쓰는 안심했다. 일전에 오스기가 약속한 대로 오스기가 자신의 의사를 마타하치에게 전해주었다고 생각했다. 그리고 마타하치는 그 승낙을 하려고 혼자서 여기로 온 것이라고 해석했다.

"어머님께 들으셨다니 제 마음이 어떤지 이미 알고 있겠지만,

저도 부탁드릴게요. 마타하치 님, 부디 예전 일은 인연이 아니었다고 생각하고, 오늘 밤을 끝으로 저를 잊어주세요."

7

노모와 오쓰 사이에 어떤 약속이 오간 것일까? 애초에 오스기는 뻔한 속임수를 쓴 것이 틀림없다. 그렇게 생각한 마타하치는 오쓰가 방금 한 말에 고개부터 저었다.

"아니, 잠깐만."

그는 오쓰의 말에 담긴 의미를 물으려고도 하지 않았다.

"예전 일을 생각하면 너무 괴로워. 정말이지 내가 나빴어. 잊을 수 있다면 잊어버리고 싶은 마음이야 굴뚝같지만, 그건 그저 생각일 뿐, 무슨 까닭인지 난 너를 단념할 수 없어."

오쓰는 당황했다.

"마타하치 님, 우리 두 사람의 마음과 마음 사이에는 이미 건널 수 없는 깊은 골짜기가 생겼어요."

"그 골짜기에 5년이라는 세월이 흘렀지."

"그래요. 세월이 다시 돌아오지 않듯이 우리가 예전에 가졌던 마음도 다시 불러올 수 없어요."

"불가능한 건 아니야! 오쓰, 오쓰!"

"아니요. 불가능해요."

오쓰의 싸늘한 말투와 표정에 놀란 마타하치는 새삼스럽게 오쓰의 얼굴을 쳐다보았다.

정열이 겉으로 드러날 때는 진홍빛 꽃 사이로 태양이 내리쬐는 한여름 날을 연상시키는 것이 오쓰의 성격이다. 그런데 그런 성격 어디에 이토록 차가운, 마치 하얀 납석蠟石을 만지는 듯한 느낌이 드는, 그리고 손가락이 닿으면 금방이라도 베일 것 같은 냉혹한 일면이 숨겨져 있었던 걸까?

차가운 표정의 오쓰를 보고 있으려니 마타하치의 머릿속에는 문득 싯포 사의 툇마루가 떠올랐다. 그 산사의 툇마루에서 눈물을 머금은 눈으로 반나절이든 한나절이든 하늘을 바라보며 말없이 생각에 잠겨 있던 천애고아의 모습이 떠올랐다.

어머니도 구름, 아버지도 구름, 형제도 친구도 구름밖에 없다고 생각하며 고아로 자라는 동안 어느새 그녀의 마음속에 길러진 차가움일 것이라고 마타하치는 생각했다.

그렇게 생각한 마타하치는 그녀의 곁으로 살며시 다가가서 가시 돋친 백장미를 만지듯 그녀의 귓가에 속삭였다.

"다시 시작하자……. 응, 오쓰. 돌아오지 않는 세월을 불러봐야 무슨 소용이 있겠어? 우리 둘이 다시 시작하자."

"마타하치 님, 당신은 대체 어디까지 착각하고 있는 거죠? 제가 한 말은 세월이 아니라 마음이에요."

"그러니까 그 마음을 내가 지금부터 고칠게. 내가 날 변명하는 것이 뭣 하긴 하지만, 내가 저지른 잘못쯤은 젊은 시절엔 누구나 저지를 수 있는 잘못 아닌가?"

"무슨 말을 해도 내 마음은 더 이상 당신의 말을 진심으로 들으려고 하지 않아요."

"……잘못했어, 오쓰. 남자인 내가 이렇게 사과하고 있잖아. 응? 오쓰."

"그만하세요, 마타하치 님. 당신도 앞으로는 남자들의 세계에서 살아가야 할 남자 아닌가요? 이런 일로……."

"나에게는 이번 일이 내 인생에서 가장 중요한 일이야. 무릎을 꿇으라고 하면 무릎을 꿇을게. 맹세를 하라고 하면 어떤 맹세라도 할게."

"몰라요!"

"그렇게 화내지 말고……. 오쓰, 여기서는 차분히 이야기를 나눌 수 없으니 어디 다른 데로 가자."

"싫어요."

"어머니가 오시면 곤란해. ……빨리 가자. 나는 도저히 널 죽일 수 없어. 어떻게 널 죽일 수 있겠어?"

마타하치가 손을 잡자 오쓰는 그 손을 힘껏 뿌리쳤다.

"싫어요. 죽어도 당신과 같은 길을 가는 것은 싫어요."

8

"싫다고?"

"예."

"무슨 일이 있어도?"

"예."

"오쓰, 그럼 넌 지금까지 무사시를 생각하고 있었던 거야?"

"사모하고 있어요. 죽어서까지 사랑하겠다고 맹세할 사람은 그분뿐이라고 마음을 정했어요."

"으음……."

마타하치는 몸서리를 쳤다.

"말 다 했어?"

"이 말은 어머니께도 이미 했어요. 그리고 어머니께서 당신한테 말하고, 이참에 확실하게 이야기를 마무리 짓는 게 낫다고 하셔서 지금까지 이 순간이 오기를 기다리고 있었던 거예요."

"알았어……. 나를 만나서 그렇게 말하라고 무사시가 시켰겠지. 아니, 틀림없어."

"아니에요. 무사시 님은 그런 말을 한 적이 없어요. 내 인생을 결정하는 데 무사시 님의 지시는 받지 않아요."

"나도 자존심이 있어. 오쓰, 남자에겐 자존심이란 게 있다고. 네가 그렇게 생각한다면……."

"어쩌려고요?"

"나도 남자야. 내 목숨을 거는 한이 있어도 무사시와 함께 있는 꼴은 절대 못 봐. 허락할 수 없어. 난 절대로 허락할 수 없어!"

"허락이라니, 대체 누구한테 하는 말이죠?"

"너한테지 누구야? 또 무사사한테도 하는 말이야! 오쓰, 넌 무사시와 약혼한 게 아니잖아!"

"그래요. 그렇지만 당신이 그렇게 말할 근거는 어디에도 없어요."

"아니, 있어! 너는 원래 혼이덴 마타하치의 약혼녀야. 내가 허락하기 전까지는 누구의 아내도 될 수 없어. 하물며 무, 무사시 같은 놈한테는 절대 안 돼!"

"비겁해요. 이제 와서 그런 말을 하는 건 미련이에요. 나는 당신과 오코라는 여자의 이름으로 이미 오래 전에 파혼장을 받았어요."

"몰라. 난 그런 걸 보낸 기억이 없어. 오코가 내 허락도 없이 제멋대로 보낸 거야."

"아니요, 그 파혼장에는 당신이 하찮은 인연이라며 단념하고 다른 집으로 시집가라고 쓴 글이 분명히 있었어요."

"어디 그 편지를 보여줘봐."

"다쿠안 스님이 보시고 웃으면서 코를 풀어 버렸어요."

"증거가 없으면 아무 소용이 없어. 나와 네가 약혼했다는 사실은 고향에 가면 모르는 사람이 없어. 난 증인도 얼마든지 세울 수 있지만, 네 말은 증거가 없어. ……오쓰, 그렇게 죽자고 무사시를 따라다녀봤자 행복해질 수 없어. 네가 아직 오코와의 일을 의심하고 있는 모양인데, 그런 여자와는 벌써 깨끗하게 인연을 끊었어."

"무슨 말을 해도 소용없어요. 그런 건 제가 알 바 아니에요."

"……내가 이렇게 머리를 숙여도?"

"마타하치 님, 방금 전에 당신은 나도 남자라고 하지 않았나요? 부끄러움을 모르는 남자한테 어떤 여자가 마음이 움직이겠어요? 여자가 원하는 남자는 남자다운 남자라고요."

"뭐라고?"

"놓으세요. 소매가 찢어질 것 같으니까."

"이, 이런 썅!"

"왜요? 어쩌려고요?"

"이렇게까지 말했는데 못 알아먹겠다면 나도 이판사판이야."

"예?"

"목숨이 아까우면 무사시 따위는 잊겠다고 내 앞에서 맹세해. 어서 맹세하라고."

소매를 놓은 것은 칼을 뽑기 위해서였다. 칼을 뽑아 들자 칼이 인간을 든 것처럼 마타하치의 낯빛이 완전히 딴판으로 변했다.

칼을 든 인간은 그렇게 무섭지 않지만, 칼이 든 인간은 무서운 법이다.

"꺄악!"

그 순간 오쓰가 비명을 지른 것도 칼끝보다도 마타하치의 얼굴에 나타난 그 무서움 때문이었다.

"이년이 감히!"

마타하치가 휘두른 칼이 오쓰의 허리끈 매듭을 스치고 지나갔다.

'놓치면 안 돼.'

마타하치는 초조한 마음에 오쓰를 쫓아가면서 오스기를 불렀다.

"어머니, 어머니!"

마타하치가 부르는 소리를 들었는지 저편에서 오스기가 대답했다.

"그래!"

오스기는 발소리가 나는 곳으로 뛰어오면서 작은 와키자시를 뽑아들고 우왕좌왕 당황하는 모습을 보였다.

"실패했느냐?"

마타하치가 저편에서 소리치며 달려왔다.

"그쪽이에요, 어머니. 붙잡아요!"

아들이 달려오는 것을 보고 오스기는 눈을 가늘게 뜨며 길을 막아섰다.

"어, 어디냐?"

그러나 오쓰의 모습은 보이지 않고, 마타하치의 몸이 부딪칠 듯이 눈앞으로 다가왔다.

"베었느냐?"

"도망쳤어요."

"멍청한 놈."

"아래쪽이다. 저기 있어요!"

벼랑길을 따라 도망쳐 내려가던 오쓰는 벼랑 아래의 나뭇가지에 소매가 걸려 버둥거리고 있었다.

용소 근처인지 어둠 속에서 물소리가 달려간다. 발밑을 신경 쓸 겨를 따위는 없었다. 오쓰는 찢어진 소매를 잡고 또다시 구르듯이 달리기 시작했다. 모자의 발소리가 바로 뒤에서 쫓아왔다.

"이제 잡았다!"

오스기의 목소리가 귓전에서 들린다. 오쓰는 더 달아나봐야 소용없다는 생각이 들었다. 게다가 앞과 옆이 절벽으로 둘러싸인 깜깜한 벼랑 아래였다.

"마타하치, 어서 가서 베거라! 저기 그년이 자빠져 있구나."

오스기의 재촉에 이제는 완전히 칼에 휘둘리게 된 인간 마타하치는 표범처럼 앞으로 달려들었다.

"에이, 썅!"

그는 메마른 갈대와 관목 사이로 넘어진 오쓰를 향해 칼을 휘둘렀다. 나뭇가지가 부러지는 소리가 나는가 싶더니 그 아래에서 "꺄악!" 하고 생명체가 절명하는 소리와 함께 핏줄기가 솟구쳤다.

"이년! 죽어라 이년!"

세 번, 네 번…… 마치 피에 굶주린 짐승처럼 눈이 뒤집힌 마타하치는 관목 가지며 갈대를 가리지 않고 칼이 부러져라 계속해서 후려쳤다.

"……."

그러다 지친 마타하치는 피 묻은 칼을 늘어뜨린 채 망연하게 피에 취한 상태에서 깨어나기 시작했다.

손바닥을 보니 손바닥에도 피가 묻어 있었다. 얼굴을 만져보니 얼굴도 피투성이였다. 미적지근하고 끈적끈적한 액체가 비늘처럼 온몸을 뒤덮고 있었다.

그 한 방울 한 방울이 오쓰의 생명이 분해된 것이라고 생각하자 그는 현기증을 느끼며 금세 얼굴이 창백해졌다.

"……후후후. 아들아, 마침내 베어버렸구나."

오스기는 망연히 서 있는 아들의 뒤에서 가만히 얼굴을 내밀고 처참하게 난도질당한 관목과 풀숲 바닥을 내려다보았다.

"통쾌하구나! ……이젠 꼼짝도 하지 않네. 잘했다. 이것으로 막혔던 가슴이 반은 뚫린 것 같구나. 고향 사람들에게도 얼마쯤은 체면이 서겠어. 마타하치, 왜 그러느냐? 어서 목을 베거라, 오쓰의 목을 잘라."

10

"호호호."

오스기는 아들의 소심함을 비웃으며 다시 말했다.

"약해 빠진 놈. 사람 하나 죽인 것 갖고 숨까지 헐떡거리면 어떡하자는 거냐? 네가 벨 수 없다면 내가 목을 자를 테니 비켜 서거라."

오스기가 앞으로 걸어가려고 하자 망연자실한 듯 우두커니 서 있던 마타하치가 손에 들고 있던 칼자루 끝으로 느닷없이 오스기의 어깨를 쿡 찔렀다.

"앗, 이게 무슨 짓이냐!"

오스기는 하마터면 바닥을 알 수 없는 관목 속으로 엉덩방아를 찧을 뻔했지만, 간신히 발끝으로 버티고 섰다.

"너 이놈, 미쳤느냐? 어미에게 이게 무슨 짓이냐?"

"어머니!"

"왜 그러느냐?"

"……."

마타하치는 기괴한 목소리를 코와 목구멍의 경계로 삼키면서 피가 묻은 손등으로 눈을 비볐다.

"내가…… 내가…… 오쓰를 죽였어! 오쓰를 죽였단 말이야!"

"그래서 칭찬해주었잖느냐! 그런데 너는 왜 우는 것이냐?"

"어떻게 울지 않을 수가 있겠어! ……악마, 악마, 이 악마 같은 할망구야!"

"슬프냐?"

"당연하지! 반송장이나 다름없는 할망구만 없었다면 나는 어떻게든 다시 한 번 오쓰의 마음을 되돌려보려고 했어. 제기랄, 가문의 명예가 뭐라고, 고향 놈들에 대한 체면이 뭐 대수라고. ……하지만 이제 다 틀렸어."

"또 뻔한 푸념이구나. 그렇게 미련이 남는다면 왜 내 목을 베고 오쓰를 살려주지 않았느냐?"

"그렇게 할 수 있었다면 내가 울거나 푸념을 늘어놓았겠어? 세상에서 앞뒤 꽉 막힌 부모를 둔 자식만큼 불행한 사람도 없을 거야."

"그만하거라. 이게 무슨 꼴이냐. ……기껏 잘했다고 칭찬해주었건만."

"마음대로 해. 나도 이제 평생 내가 하고 싶은 대로 하면서 되는 대로 살 테니까."

"그게 너의 나쁜 기질이다. 그래, 네 분이 풀릴 때까지 실컷 이 어미를 원망하거라."

"빌어먹을 늙은이, 이 귀신같은 할망구야!"

"그래, 그래. 뭐라고 해도 상관없다. 자, 이제 거기서 비켜라. 오 쓰의 목을 베고 나서 차분히 얘기해보자."

"누, 누가 인정머리 없는 늙은이의 설교 따위를 들을 줄 알아?"

"그렇지 않다. 몸통에서 떨어져나간 오쓰의 목을 보고 나서 찬 찬히 생각해보거라. 예쁘면 뭐 하냐? 아름다운 여자도 죽으면 백골…… 색즉시공이 뭔지 보여주마."

"시끄러! 시끄럽다고!"

마타하치는 미친 듯이 고개를 저었다.

"……아아. 생각해보니 내가 원하는 것은 역시 오쓰였어. 때 때로 이래서는 안 되겠다고 생각하고 뭐라도 입신의 길을 찾자, 뭐 하나라도 열심히 해보자고 진지하게 분발한 것은 오쓰와 함 께 사는 것을 꿈꾸고 있었기 때문이야. 가문의 명예를 위해서도 아니고, 이런 빌어먹을 할망구를 위해서도 아니었어. 오쓰를 원 했기 때문이었어."

"언제까지 시답잖은 말로 한탄만 하고 있을 게냐? 차라리 그 입으로 염불이라도 외는 게 훨씬 낫겠구나. ……나무아미타불."

오쓰는 어느새 마타하치의 앞으로 나아가 피를 뿌려놓은 듯한 관목과 마른 풀을 헤치고 있었다.

……그 아래에 검은 사체가 엎어져 있었다.

오스기는 풀과 나뭇가지를 꺾어서 깔고 가만히 그 앞에 앉았다.

"……오쓰야, 나를 원망하지 말거라. 죽은 너에게 나도 원한은 없다. 우리가 인연이 아닌 것 같구나."

오스기는 손으로 더듬어서 검은 머리카락 같은 것을 꽉 움켜 쥐었다.

"오쓰!"

그때 오토와 산의 폭포 위쪽에서 누군가 오쓰를 부르는 소리가 나무가 부르는 소리처럼, 별이 부르는 소리처럼 캄캄한 바람에 실려 들려왔다.

괭이

1

슈호 다쿠안宗彭沢庵은 도대체 어떤 운명에 이끌려서 지금 이 곳까지 오게 된 걸까?

물론 우연일 리는 없지만, 늘 초연하던 그의 모습이 오늘 밤만 은 아무리 봐도 부자연스러웠다. 먼저 그 사정부터 밝히고 싶지 만 지금은 그 연유를 물어볼 겨를조차 없을 것 같다.

무엇보다도 늘 태평하기만 한 다쿠안이 보기 드물게 허둥대 고 있었다.

"여보게, 어떤가? 찾았나?"

그와는 다른 방향에서 찾아다니던 여관 종업원이 그가 있는 쪽으로 달려와서 말했다.

"못 찾았습니다. 어디에도 보이질 않습니다."

종업원은 지친 표정으로 이마의 땀을 닦았다.

"이상하군."

"정말 이상합니다."

"자네가 잘못 들은 건 아니고?"

"아닙니다. 분명히 엊저녁에 기요미즈 사의 스님이 다녀가고 나서 갑자기 지슈곤겐에 갔다 오겠다며 저희 집 등불을 빌려가셨다니까요."

"그 지슈곤겐이라는 것이 이상하지 않은가. 이 야밤에 뭘 하러 갔을까?"

"거기서 누굴 만난다고 했습니다."

"그럼, 아직도 있어야 할 텐데."

"아무도 없었지요."

"혹시?"

다쿠안이 팔짱을 끼자 여관 종업원도 머리를 감싸며 혼잣말로 중얼거렸다.

"자안당 옆에 있는 등지기에게 물어보니까 그 할머니와 젊은 여자가 등불을 들고 올라가는 모습은 보았다는데. ……그러고 나서 산넨 고개 쪽으로 내려갔다는 사람은 아무도 없으니."

"그러니까 걱정이네. 어쩌면 좀 더 산속으로 깊이 들어갔거나 길이 없는 곳에 있을지도 모르지."

"어째서요?"

"아무래도 오쓰가 그 할망구의 달콤한 말에 넘어가 저승 문턱까지 끌려갔지 싶네. 아, 이러고 있는 동안에도 걱정이 끊이질 않는군."

"그 할머니가 그렇게 무서운 분인가요?"

"아니, 사람이야 좋지."

"스님 말씀을 듣고 짚이는 게 있어서요."

"뭔가?"

"오늘도 오쓰라고 하는 그 여자가 울고 있었습니다."

"그 아이는 울보라서 울보 오쓰라고 불릴 정도였네. ……그런데 지난 정월 초하루부터 끌려 다녔다면 어지간히 구박을 받았겠군. 가여운 것."

"우리 며느리, 며느리 하시기에 시어머니니까 어쩔 수 없다고 생각했는데…… 그럼 그게 뭔가 원한이 있어서 은근슬쩍 못살게 군 거군요?"

"그러면서 할멈은 만족했겠지만, 야음을 틈타 산속으로 끌고 간 것을 보면 아무래도 마지막 원한을 풀려는 속셈이겠지. 여자란 참으로 무섭구먼."

"그 할머니는 여자도 아니에요. 다른 여자들한테 큰 실례라구요."

"그렇지 않아. 어떤 여자든 조금씩은 그런 면이 있으니까. 그 할멈이 좀 더 강할 뿐이지."

"스님이라 역시 여자를 싫어하시나 보네요. 그러면서 아까는 그 할머니를 좋은 사람이라고 했어요?"

"좋은 사람인 것은 틀림없네. 그 할멈도 기요미즈 사로 매일 참배를 하러 간다지 않던가. 관음보살님께 염불을 올리고 있을 때는 관음보살님과 가까운 할멈이 되어 있을 테니 말이네."

"종종 염불도 외고 있습니다."

"그렇겠지. 그 정도 불심을 갖고 있는 사람은 세상에 차고 넘치네. 밖에서는 나쁜 짓을 하면서 집에 들어오면 염불을 외고, 눈으로는 악마나 할 법한 짓을 찾으면서 절에 오면 염불을 외지. 사람을 때리고도 나중에 염불만 외면 죄장소멸罪障消滅, 극락왕생極樂往生할 것이 틀림없다고 믿는 사람들이 너무 많아 곤란할 지경이네."

다쿠안은 이렇게 말하고는 다시 어둠 속으로 걸어가 용소가 있는 산 쪽 저습지를 향해 소리쳤다.

"오쓰야, 어딨느냐?"

2

마타하치는 흠칫 놀라며 오스기를 보았다.

"앗? 어머니!"

오스기도 그 목소리를 들었다. 거울 같은 눈을 들어 하늘을 올려다보며 중얼거렸다.

"저 목소리가 누구지?"

그러나 시체의 검은 머리카락을 잡고 있는 손과 그 시체에서 머리를 잘라내려고 와키자시를 쥐고 있는 손에서는 전혀 힘을 빼지 않았다.

"오쓰의 이름을 부른 것 같아요. 이? 또 부르네요."

"이상한 일이구나. 이리로 오쓰를 찾아서 올 만한 자라면 조타로 녀석밖에 없을 텐데."

"어른 목소리예요."

"어디서 들어본 목소리 같은데."

"앗, 안 되겠어요! 어머니, 이제 목을 잘라서 가지고 가는 건 포기해요. 누가 등불을 들고 이리로 내려오고 있어요."

"뭐, 내려온다고?"

"두 사람이에요. 들키면 안 돼요. 어머니, 어머니!"

위급하다고 느끼자 서로 으르렁거리던 모자는 금세 하나가 되었다. 초조해진 마타하치는 태평하게 있는 어머니가 걱정되었다.

"잠깐만 기다려봐."

오스기는 시체에서 욕심을 버리지 못했다.

"이제 와서 중요한 수급을 놓고 갈 순 없다. 무엇으로 고향 사람들에게 오쓰를 죽였다는 증거를 보일 것이냐? ……기다려라.

내가 지금."

"아."

마타하치는 눈을 가렸다.

오스기는 한쪽 무릎을 꿇고 앉아 시체의 머리로 칼을 가져갔다. 마타하치는 차마 볼 수가 없었다.

그런데 갑자기 노파의 입에서 의미를 알 수 없는 말이 튀어나왔다. 무척이나 놀란 듯했다. 오스기는 집어든 시체의 머리를 다시 떨어뜨리며 뒤로 비틀거리다가 주저앉았다.

"아니다! 아니야!"

오스기는 손을 휘저으며 일어서려고 했지만 일어서지 못했다. 마타하치는 얼굴을 내밀고는 더듬거리며 물었다.

"왜, 왜 그래요?"

"이걸 봐라!"

"예?"

"오쓰가 아니야! 이 시체는 거지인지, 병자인지, 아무튼 사내다."

"앗! 그 낭인이다."

시체의 옆얼굴과 몸통을 훑어보던 마타하치는 눈이 휘둥그레지며 더 놀란 듯했다.

"이상하군. 이자는 내가 아는 자인데?"

"뭐? 아는 사람이라고?"

"아카카베 야소마라고, 이놈한테 속아서 갖고 있던 돈을 몽땅 다 털린 적이 있어요. 눈 감으면 코도 베어갈 놈이 왜 이런 곳에 널브러져 있었던 거지?"

아무리 생각해봐도 마타하치로서는 짐작조차 할 수 없는 일이었다. 여기에서 그리 멀지 않은 고마쓰小松 계곡의 아미타당阿彌陀堂에 사는 고무소虛無僧(보화종普化宗의 승려로 장발長髮에 장삼을 입고 삿갓을 깊숙이 쓰고 통소를 불며 각처를 수행함)인 아오키 단자에몬青木丹左衛門이거나 아니면 야소마의 독수에 걸릴 뻔하다가 도움을 받은 적이 있는 아케미라면 모를까 그것을 설명할 수 있는 것은 하늘뿐이었다. 그러나 이런 벌레만도 못한 자의 말로를 일일이 묻기에는 하늘이 너무나 넓고, 또 너무나 삼엄했다.

"누구냐? 거기 있는 게 혹시 오쓰 아니냐?"

갑자기 두 사람 뒤에서 등불이 비치며 다쿠안의 목소리가 들렸다.

"앗!"

달아나는 데는 젊은 마타하치가 당연히 주저앉아 있는 오스기보다 훨씬 빨랐다.

다쿠안은 뛰어오자마자 오스기의 목덜미를 덥석 움켜잡았다.

"할멈이었군!"

3

"거기 도망치는 건 마타하치가 아니냐? 이놈, 늙은 어미를 버려두고 어디로 가는 게냐? 비겁한 놈, 불효막심한 놈! 게 서지 못할까?"

다쿠안은 오스기의 목덜미를 비틀어 누르면서 어둠을 향해 소리쳤다. 오스기는 다쿠안의 무릎 아래에서 괴로운 듯 발버둥치면서도 여전히 허세를 부렸다.

"누구냐? 웬 놈이냐?"

마타하치가 돌아오는 기색이 없자 다쿠안은 목덜미를 잡은 손에서 힘을 조금 뺐다.

"할멈, 날 모르겠소? 할멈도 이제 노망이 든 모양이군."

"앗, 다쿠안 스님?"

"놀랐소?"

"무슨 소리!"

오스기는 백발이 성성한 머리를 가로저으며 사납게 소리쳤다.

"음침한 세상을 떠돌며 동냥이나 하고 있을 중이 이제는 교토까지 흘러들어왔군."

"그래, 맞소."

다쿠안은 씩 웃으며 말했다.

"할멈의 말대로 얼마 전까지 야규 골짜기와 센슈泉州 근방을 떠돌다 엊저녁에 교토로 들어왔소. 그런데 어떤 분의 저택에서 얼핏 석연찮은 얘기를 듣고 이대로 두어서는 안 되겠다 싶어서 해질녘부터 당신들을 찾아다녔던 게요."

"무슨 일로?"

"오쓰라도 만날까 싶어서요."

"홈."

"할멈."

"뭔가?"

"오쓰는 어디로 갔소?"

"모르네."

"모를 리가 없을 텐데?"

"이 늙은이가 오쓰를 끈으로 묶어 데리고 다닐 수도 없지 않은가."

그때 등불을 들고 뒤에 서 있는 여관 종업원이 소리쳤다.

"앗, 스님. 핏자국입니다. 비릿한 피 냄새가."

등불에 비친 다쿠안의 얼굴이 조금 굳어지는 순간 오스기가 그 틈을 놓치지 않고 벌떡 일어나더니 도망치기 시작했다.

다쿠안은 돌아서서 소리쳤다.

"할멈, 멈추시오! 당신은 가문의 오명을 씻겠다고 고향을 떠나놓고 가문에 먹칠을 한 채 돌아갈 생각이오? 자식이 애처로워서 집을 떠난 사람이 그 자식을 불행하게 만들고 돌아가려는 것이오?"

정말로 큰 목소리였다. 다쿠안의 입에서 나온 소리라고는 믿을 수 없을 정도였다. 우주가 분노로 소리치듯이 그 목소리는 오스기의 온몸을 휘감았다.

오스기는 우뚝 걸음을 멈췄다. 주름이 자글자글한 그녀의 얼굴에 오기가 드러났다.

"뭐라고? 내가 가문에 먹칠을 하고 마타하치를 더 불행하게 만들었다고 했나?"

"그렇소."

"멍청한 것."

오스기는 코웃음을 치면서 그 어떤 말을 들었을 때보다 더 발끈해서 소리쳤다.

"시줏밥을 동냥해 먹고 남의 절에서 얹혀 살며 들판에 똥이나 싸지르고 다니는 인간이 가문의 명예니 자식에 대한 사랑이니 하는 세상의 참된 괴로움을 어찌 안단 말인가? 그런 말을 하기 전에 남들처럼 일을 해서 네 밥벌이는 네가 하거라."

"아픈 데를 찌르는군. 그렇게 말해주고 싶은 중들도 세상에는 있으니까 나도 조금 아프긴 하네. 싯포 사에 있을 때부터 말로는 할멈을 당할 수 없다고 생각했는데, 여전히 말솜씨가 대단하시구려."

"쳇! 이 늙은이에겐 아직도 세상에서 이뤄야 할 대망이 있거

늘, 어디 말솜씨만 좋겠나?"

"알겠소이다. 지나간 일은 어쩔 수 없다고 치고 이야기나 좀 나누지 않겠소?"

"무슨 얘기?"

"할멈, 당신은 여기서 마타하치에게 오쓰를 베라고 하지 않았소? 모자가 오쓰를 죽였을 텐데?"

그 말이 나오기를 기다렸다는 듯이 오스기는 고개를 젖히며 큰 소리로 웃었다.

"다쿠안 스님, 등불은 들고 다녀도 눈을 갖고 다니지 않으면 세상은 깜깜 절벽과 같네. 스님이란 사람이 눈은 장식으로 달고 다니나?"

4

오스기에게 농락당하는 데에는 다쿠안도 어쩔 수 없는 모양이다. 무식이 언제나 유식보다 우월하다. 상대의 지식을 부끄러운 줄 모르고 태연하게 무시하는 경우에는 무식이 절대적으로 강하다. 어설픈 유식은 무식을 뽐내는 자에게 손 쓸 방도가 없는 경우가 많다.

다쿠안은 오스기에게 장식으로 달고 다니냐고 조롱당한 눈으로 그곳을 자세히 살펴보니 과연 시체는 오쓰가 아니었다. 다쿠안이 안심한 듯한 표정을 짓자 오스기가 말했다.

"다쿠안 스님, 마음이 놓이는 모양이구려. 하긴 당신은 애초에 무사시와 오쓰를 이어준 파렴치한 중매쟁이였으니까."

다분히 원한 섞인 말투로 말하자 다쿠안은 그 말을 딱히 부정하지도 않고 말했다.

"그렇게 생각한다면 그런 셈 칩시다. 하지만 할멈, 당신의 불심이 깊다는 건 나도 알고 있지만 시체를 이렇게 그냥 버려두고 가는 법은 없소이다."

"길에 쓰러져서 다 죽어가는 자를 비록 마타하치가 베긴 했지만 마타하치 탓은 아니네. 저대로 내버려뒀어도 어차피 죽을 몸이었으니까."

그러자 여관 종업원이 말했다.

"그러고 보니 이 낭인은 머리가 좀 이상했는지 얼마 전부터 침을 질질 흘리며 거리를 비틀비틀 돌아다녔어요. 뭔가로 강하게 얻어맞은 듯한 큰 상처가 머리 꼭대기에 있었습니다."

그런 것은 아무래도 상관없다는 듯 오스기는 이미 앞으로 걸어가며 길을 찾고 있었다. 다쿠안은 시체 수습을 여관 종업원에게 부탁하고 오스기를 뒤따라갔다.

오스기는 뒤따라오는 다쿠안이 신경 쓰였는지 뒤를 돌아보며 다시 독설이라도 퍼부을 것 같은 표정을 지었다.

"어머니, 어머니."

하지만 나무 뒤에서 작은 목소리로 자신을 부르는 그림자를 보고는 기쁜 듯이 그곳으로 뛰어갔다.

마타하치였다.

과연 아들이다. 도망간 줄 알았는데 노모가 걱정되어 지켜보고 있었다고 생각하니 오스기는 그런 아들의 마음이 너무나 기특했다.

모자는 다쿠안을 돌아보며 무언가를 속삭이다가 역시 다쿠안이 두려운 듯 갑자기 걸음을 재촉하며 산기슭 쪽으로 내달렸다.

"틀렸어……. 저러는 걸 보니 무슨 말을 해도 받아들이지 않을 거야. 세상에서 오해만 없어져도 인간이 겪을 괴로움은 크게 줄어들 텐데."

다쿠안은 모자의 뒷모습을 바라보면서 중얼거리고 있었다. 그의 발길은 서두르는 기색이 없었다. 오쓰를 찾는 것이 급선무였기 때문이다.

그런데 대관절 오쓰는 어떻게 된 걸까?

모자의 칼날에서 도망친 것만은 확실한 듯했다. 다쿠안은 아까부터 속으로 크게 기뻐하고 있었다.

그러나 피를 본 탓인지 살아 있는 오쓰의 무사한 얼굴을 보기 전까지는 왠지 마음이 진정되지 않았다. 다쿠안은 날이 밝을 때까지 한 번 더 찾아보자고 생각했다.

그렇게 마음을 먹고 있는데 먼저 벼랑을 올라갔던 여관 종업원이 근처의 사당지기들이라도 불러 모았는지 일고여덟 개로 늘어난 등불을 들고 다시 벼랑을 내려왔다.

길가에 나뒹굴고 있는 아카카베 야소마의 시체를 그대로 벼랑 아래에 묻어버리려는 듯 그들은 가지고 온 팽이와 쟁기로 서둘러 땅을 파기 시작했다. 퍽, 퍽, 한밤중에 흙을 파헤치는 음산한 소리가 울려 퍼졌다.

그 구덩이가 대충 파졌다 싶을 때 누군가가 소리쳤다.

"야, 여기에도 한 명 죽어 있어! 여긴 예쁜 여자다!"

구덩이를 파고 있는 곳에서 불과 5간(1간은 약 1.8미터) 정도 떨어진 곳이었다. 폭포 줄기가 갈라져 나와 나무와 풀에 뒤덮여 있는 조그만 못이었다.

"이 여잔 죽지 않았어."

"죽은 거 같은데?"

"정신을 잃었을 뿐이야."

한데 모여 있는 등불에서 두런두런 떠드는 소리를 듣고 다쿠안이 달려오는 것과 동시에 여관 종업원이 큰 소리로 다쿠안을 불러 세웠다.

조닌

/

이 집만큼 '물'의 성능을 생활 속에서 절묘하게 활용하고 있는 집도 드물 것이다. 집을 에워싸고 흐르는 상쾌한 물소리에 귀를 기울이면서 무사시는 그렇게 생각했다.

혼아미 고에쓰의 집이다.

이곳은 무사시의 기억 속에 깊숙이 자리 잡고 있는 렌다이 사의 들판과 그리 멀지 않은 가미교上京(교토 북부의 한 구區)의 짓소인 터에서 동남쪽에 있는 네거리 모퉁이다.

사람들이 이 네거리를 혼아미 네거리라고 부르는 까닭은 고에쓰의 집이 있어서만이 아니라, 그가 사는 소박한 나가야몬長屋門(좌우로 여러 가구가 살 수 있도록 칸을 막아 길게 만든 집인 나가야長屋의 가운데에 있는 문)과 이웃해서 그의 조카라든가 같은 업종의 직공들, 또 그의 일족들 모두가 이 네거리를 가운데에 두고 사이좋게 살고 있었기 때문이다. 그들은 먼 옛날 토호 시대의 대가족 제도와 마찬가지로 처마를 나란히 하고 평온한 도회지 생활을 영위하고 있었다.

'흐음, 도회지란 곳이 이런 곳이었나.'

무사시에게는 신기하기만 한 세상이었다. 하류층의 조닌들과는 뒤섞여 생활해보았지만, 이 교토에서도 내로라하는 대 조닌들과는 아무런 연고가 없었다.

혼아미 가는 유서 깊은 아시카가 가의 무신의 후손으로 지금도 마에다前田 다이나곤大納言(다이죠칸太政官의 차관직) 가에서 해마다 200석의 녹을 받고 있다. 또 왕족들로부터 후한 대우를 받고 있었고, 후시미의 도쿠가와 이에야스도 친분을 쌓고 싶어 했다. 그런 연유로 도검을 갈고 연마하는 것이 직업인 순수한 직공임이 틀림없지만, 그렇다고 그를 무사나 조닌으로 특정할 수 있는 것도 아니었다. 그러나 역시 직공이면서 조닌이라고 보는 것이 옳을 것이다.

근래 들어 대체로 '직공'이라는 명칭이 몹시 천대를 받게 되었지만, 그것은 직공 스스로가 자신들의 품위를 떨어뜨렸기 때문이다.

먼 옛날에는 농민이 일왕의 신민이라 불릴 정도로 우대를 받는 직업이었다. 그러나 세월이 흐름에 따라 "이 땅이나 파먹을 새끼야."라고 하면 모멸의 대명사가 되어버린 것처럼 직공이라는 명칭도 처음엔 결코 천한 직업을 가리키는 이름이 아니었다.

또 조닌들의 뿌리를 거슬러 올라가면 스미노쿠라 소안角倉素庵이나 쟈야 시로지로茶屋四郎次郎, 하이야 쇼유灰屋紹由도 모두 무가 출신이었다. 즉, 무로마치 막부幕府(12세기에서 19세기까지 쇼군을 중심으로 한 일본의 무사 정권을 지칭하는 말)의 신하가 처음에는 상업 분야의 한 직책으로서 맡았던 실무가 언제부턴가 막부의 영향력에서 벗어나며 막부로부터 녹을 받을 필요가 없어졌고, 개인이 경영하게 되면서 경영 수완이나 사교의 필요성으로 인해 무사라는 특권마저 불필요하게 만들었다. 그렇게 아버지에게서 아들로, 다시 손자로 세대가 이어져 내려오면서 어느덧 조닌이라는 신분으로 바뀌어버린 것이 지금의 교토 대 조닌이고, 또 막강한 금력의 소유자이기도 했다.

따라서 무가 사이에 권력 싸움이 벌어져도 그런 대 조닌의 가문은 양쪽으로부터 보호를 받으며 대대손손 이어져 내려오고 있었는데, 그렇게 편의를 받는 것도 권력 투쟁의 불길로는 태울 수 없는 세금 덕택인 듯하다.

짓소인 터의 한 구역은 미즈오치 사水落寺와 인접한 곳으로 아리스 천有栖川과 가미코 천上小川의 두 물줄기 사이에 있다. 오닌의 난応仁の乱(일본 무로마치 시대의 오닌 원년인 1467년 1월 2일에 일어난, 쇼군 후계 문제를 둘러싸고 지방의 슈고 다이묘守護大名들이 교토에서 벌인 항쟁. 센고쿠 시대가 시작되는 계기가 되었다) 때는 그 일대의 초원이 불바다가 된 적이 있어서 지금도 정원수를 심으려고 땅이라도 파면 붉게 녹슬고 부러진 칼과 투구 등이 나온다는데, 물론 이곳에 혼아미 가의 집이 생긴 것은 오닌의 난 이후이지만 그 이후의 집 치고는 낡은 편이었다.

미즈오치 사의 경내를 지나 가미코 천으로 떨어지는 아리스 천의 맑은 물은 도중에 고에쓰 가의 택지를 졸졸거리며 흘러간다. 그 물은 먼저 300평 정도의 채소밭 사이를 지나 잠시 수풀로 자취를 감추었다가 다시 현관의 분수대에서 천길 땅 속에서 솟아난 듯 얼굴을 드러내고는 일부는 부엌으로 흘러가 밥 짓는 데 쓰이고, 일부는 목욕탕으로 흘러가 사람들의 때를 싣고 흘러갔다.

또 간소한 다실 어딘가로 흘러가 바위틈에서 솟아나는 깨끗한 물처럼 똑똑 소리를 내며 떨어지는가 하면 이 집 가족이 모두 오토기고야御研小屋라 높여 부르며 항상 출입구에는 금줄을 쳐 놓는 작업장으로 흘러 들어간다. 그곳에서는 직공들의 손에 의해 제후諸侯들로부터 의뢰받은 마사무네正宗나 무라마사村正, 오사후네長船 같은 유명한 명검을 비롯한 일체의 칼을 벼리는 데 쓰이고 있었다.

무사시가 이 집에 와서 방 한 칸에 여장을 푼 지 오늘로 네댓 새째가 된다.

2

무사시는 언젠가 들판에서 차를 마셨던 이 집의 주인인 고에쓰와 묘슈 모자를 기회가 있으면 한 번 더 만나보고 싶었다.

그런데 용케 인연이 있었던지 재회의 기회가 그로부터 며칠 안 되어 찾아왔다.

이 가미코 천에서 시모코 천下小川의 동쪽으로 라칸 사羅漢寺라는 절이 있다. 그 부근은 옛날 아카마쓰赤松 씨 일족이 살던 집터였는데, 무로마치 쇼군 가의 몰락과 함께 구舊 다이묘의 집터도 지금은 흔적도 없이 사라졌지만, 어쨌든 한 번은 그곳을 찾아보고 싶은 마음에 어느 날 무사시는 그 주변을 걸어보았다.

무사시는 유년 시절, 아버지에게 종종 이런 말을 들었다.

"나는 지금은 이렇게 산골 고시鄕士(농촌에 토착해서 사는 무인, 또는 토착 농민으로 무인 대우를 받는 사람)로 몰락했지만 선조인 히라타 쇼겐平田將監은 반슈播州의 호족인 아카마쓰의 분가로 너의 핏속에는 겐무建武(1334~1336) 시대의 영웅호걸의 피도 흐르고 있다. 너는 그 사실을 자각하고 너 자신을 좀 더 소중히 여겨야 한다."

그 아카마쓰 가의 집터와 이웃한 시모코 천의 라칸 사는 선조의 위패를 모셔놓은 절이기 때문에 그곳을 찾아가면 선조인 히라타 씨의 과거장 등도 있을지 모른다. 아버지 무니사이無二

齋도 교토에 올 때면 한 번씩 들러 선조에게 공양을 올렸다는 이야기를 들은 적도 있고, 또 그렇게 오래된 일까지는 몰라도 그런 인연이 있는 곳에서 때로는 자신의 피로 연결된 먼 옛날 사람들을 회상해보는 것도 무의미하지 않다고 생각해서 무사시는 부랴부랴 그날 라칸 사로 찾아갔던 것이다.

시모코 천에는 '라칸 교'라는 다리가 걸려 있었다. 그러나 라칸 사라는 곳은 물어봐도 아는 사람이 없었다.

"이 부근이 변해서 그러나?"

무사시는 라칸 교 난간에 서서 아버지와 자신이라는 고작 한 세대가 흐르는 동안 급격히 변한 도회지의 모습에 대해 생각하고 있었다.

다리 아래를 흘러가는 얕고 맑은 물은 때때로 진흙이라도 푼 듯 뿌옇게 흐려졌다가 잠시 후 다시 맑아졌다. 그런데 다리에서 보이는 왼쪽 기슭의 풀숲에서 졸졸 뿌연 물이 뿜어져 나오더니 그것이 개천으로 흘러들 때마다 뽀얀 탁류가 퍼지는 것이었다.

'아하, 칼을 가는 집이 있나 보군.'

무사시는 그렇게 생각했지만 그날 이후 그 집의 손님으로 네댓새나 묵게 되리라고는 꿈에도 생각하지 못했다.

"무사시 님 아닌가?"

어디 외출했다 돌아오는 모습의 묘슈가 그를 불러 세우자 무사시는 그제야 그곳이 혼아미 네거리 부근이라는 것을 알았을 정도다.

"잘 왔네. 고에쓰도 오늘은 집에 있을 테니 어서 들어오시게. 그리 부담스러워하지 말고⋯⋯."

묘슈는 무사시를 길에서 우연히 마주친 것을 몹시 기뻐했다. 무사시가 일부러 자기 집으로 찾아온 것이라 생각한 그녀는 나가야몬 안으로 데리고 들어가 하인에게 바로 고에쓰를 불러오라고 시켰다.

고에쓰와 묘슈는 전에 밖에서 만났을 때와 마찬가지로 이렇게 집 안에서 만났을 때도 변함없이 좋은 사람들이었다.

"저는 지금 중요한 물건을 연마하는 중이니 잠시 어머니와 얘기를 나누고 계시지요. 일을 마치면 느긋하게 저와도 이야기를 나누기로 하고요."

고에쓰가 그렇게 말하고 나가는 바람에 무사시는 묘슈를 상대로 시간을 보냈는데, 밤이 늦도록 일이 끝나지 않아 결국 그날은 고에쓰를 더 이상 볼 수 없었다.

다음 날 무사시가 고에쓰에게 칼을 가는 방법이나 다루는 방법에 대해 가르침을 구하자 고에쓰는 자신의 '오토기고야'로 그를 데리고 가서 실제 있었던 일을 기반으로 여러 가지 이야기를 들려주었다. 그러다 보니 어느새 사나흘이나 이 집의 이불 속에 몸을 누이게 된 것이었다.

그러나 남의 호의를 받는 데에도 정도가 있다. 무사시는 오늘은 이만 작별을 고해야겠다고 생각하고 있었지만, 그 말을 꺼내기도 전에 고에쓰가 먼저 찾아와서 말했다.

"제대로 이야기를 나누지도 못하고 잡아두기만 하는 것이 죄송하긴 하지만 괜찮으시면 저희 집에서 며칠 더 머물러주시지요. 제 서재에는 약간의 고서와 변변치 않지만 제가 아끼는 물건들이 있으니 무료하시면 무엇이든 꺼내서 보셔도 상관없습니다. 그동안에 또 정원 한쪽에 있는 가마에서 찻잔이며 접시를 굽는 모습을 보여드리겠습니다. 도검도 도검이지만 도자기도 꽤나 흥미로운 것이니 무사시 님도 시험 삼아 한번 흙을 개서 만들어보시지요."

그렇게 무사시는 그의 안정된 생활 속에 자신의 안정을 허락하게 되었다.

"지루해지거나 급한 용무라도 생기면 보시다시피 사람이 없는 집이니 인사 따위는 하실 필요 없이 언제든 마음 내키는 대로 떠나시면 되지 않겠습니까?"

고에쓰는 그렇게 말했지만 무사시는 전혀 지루하지 않았다. 그의 서재에는 일본과 중국의 서적부터 가마쿠라鎌倉 시대의 그림 족자며 외국에서 들여온 고법첩古法帖까지 어느 하나를 펼쳐놓고 보기만 해도 어느새 날이 저물어버리는 줄도 모르는 것들이 많았다.

특히 무사시의 마음을 끈 것 중 하나는 송나라의 양해梁楷가 그렸다는 〈율도栗圖〉였다. 세로 두 자, 가로 두 자 네댓 치 정도의 크기였는데 지질을 분간하기 어려울 정도로 낡은 족자였지만, 그것을 보고 있으면 무사시는 이상하게 반나절이 지나도 질리지가 않았다.

"고에쓰 님이 그리시는 그림은 초심자로서는 도저히 미칠 수 없는 경지에 있다는 생각이 들었는데, 이 그림을 보고 있으면 이 정도는 초심자인 저도 충분히 그릴 수 있을 것 같다는 생각이 듭니다."

무사시가 언젠가 이렇게 말하자 고에쓰가 대답했다.

"아니, 오히려 그 반대입니다. 제 그림 정도는 누구나 이를 수 있는 경지라 해도 상관없습니다만, 이 정도 경지에 이르려면 길은 멀고, 산은 깊기만 하니 너무 비범하여 그저 배운다고 이를 수 있는 경지가 아닙니다."

"하하하, 그렇습니까?"

그 이후로 무사시는 정말로 그런지 시간이 날 때마다 그 그림을 바라보곤 했다. 고에쓰의 말을 듣고 나서 다시 보니 과연 그것은 얼핏 보기에 단순한 먹물 일색의 조잡한 그림에 지나지 않았지만, 그 그림에 담겨 있는 '단순한 복잡함'을 조금씩 깨달을 수는 있었다.

　그림 속에는 두 개의 밤이 땅바닥에 떨어져 있었다. 하나는 껍질이 벗겨져 있고, 다른 하나는 아직 가시가 돋친 단단한 껍질에 싸여 있었는데, 다람쥐가 그 밤에 달려드는 구도였다.

　다람쥐는 더없이 자유분방한 모습이다. 그것은 마치 인간의 젊음과 젊음이 지닌 욕망을 그대로 표현하고 있는 듯했다. 그러나 다람쥐의 욕심대로 그 밤을 먹으려면 가시에 코가 찔릴 테고, 가시를 무서워하면 껍질 속의 밤은 먹을 수 없다.

　그림을 그린 사람은 그런 의도 없이 그렸을지도 모르지만, 무사시는 그런 의미로도 그림을 바라보고 있었다. 그림을 보는 데 그림 외의 풍자라든가 암시 따위의 생각을 하며 고민하는 것은 쓸데없는 짓일지도 모른다고 생각하면서도, 그 그림은 '단순한 복잡함' 속에 먹의 미감美感과 화면의 음계音階 외에 보는 이로 하여금 묵상默想을 즐기게 하는 무기적인 작용을 다양하게 갖추고 있기에 어쩔 수가 없었다.

　"무사시 님, 양해와 또 눈싸움을 하고 계시는군요. 꽤 마음에 드시는 모양입니다. 원하신다면 떠나실 때 가지고 가십시오. 선물로 드리겠습니다."

　고에쓰는 무사시를 보며 대수롭지 않게 말하면서 뭔가 할 말이 있는 듯 그의 곁에 앉았다.

무사시는 뜻밖이라는 표정을 지으며 완강하게 사양했다.

"이 그림을 저에게 주시겠다는 겁니까? 당치도 않은 말씀입니다. 여러 날 신세를 지게 해주신 것만도 감지덕지인데 이런 가보를 받을 수는 없습니다."

"그래도 마음에 드시면……."

고에쓰는 무사시가 고지식하게 쑥스러워하는 모습을 보면서 웃으며 말했다.

"괜찮습니다. 마음에 드시면 가지고 가셔도 됩니다. 원래 그림이라는 것은 진심으로 그 작품을 사랑하고, 작품 속의 의미를 이해하는 사람이 가져야 그림도 행복하고, 지하에 있는 작자도 만족할 것입니다. 그러니 받으시지요."

"그렇게 말씀하시니 저는 더욱 이 그림을 받을 자격이 없습니다. 이렇게 바라보고 있으면 끊임없이 소유욕과 같은 것이 발동하여 저도 이런 명화를 가져보고 싶은 마음이 생깁니다만, 가진다 한들 걸어둘 집도 없고 갈 곳도 없는 떠돌이 무사 수련생일 뿐입니다."

"흐음, 수련을 하는 처지라면 오히려 방해가 되겠군요. 아직 젊으니 그런 생각이 들지 않겠지만, 저는 인간이 아무리 작아도 자기 집이라는 것을 갖지 못하면 얼마나 외로울까 하고 생각합니다. 이 교토 한구석에라도 통나무로 암자 한 채 마련하시는 게 어떠신지요?"

"집을 갖고 싶다는 생각은 아직 없습니다. 그보다도 규슈九州의 끝자락, 나가사키長崎의 문명, 또 새 도읍지라는 간토関東의 에도, 미치노쿠陸奥의 큰 산과 큰 강 등, 마음은 온통 먼 곳에 가 있습니다. 저는 선천적으로 방랑벽이 있는지도 모릅니다."

"아니, 그것은 무사시 님뿐만이 아니라 누구나 그럴 겁니다. 좁은 방구석보다 푸른 하늘을 좋아하는 것은 젊은 사람이라면 당연한 일이지요. 그리고 동시에 자신의 꿈을 이루는 길이 자기 주변에는 없고 늘 멀리 있다고 생각하는 경향이 있지요. 젊은 날의 소중한 시간을 허비하는 것은 대개 그 먼 곳만을 동경하며 자기가 있는 곳에서는 꿈을 찾지 않는, 다시 말해서 자신의 처지에 불평만 하며 세월을 보내는 것이 아닐까요?"

고에쓰는 그렇게 말하고 갑자기 웃음을 터뜨렸다.

"하하하하, 나 같은 한가한 사람이 젊은 분을 가르치듯 이런 말을 하다니 우습구려. ……그렇지 참. 여기 온 것은 그런 말을 하려고 온 것이 아니라 오늘 밤 무사시 님을 어디로 좀 모시고 가려고 온 것입니다. 무사시 님, 혹시 기루에 가 본 적이 있으신가요?"

"기루라면…… 기녀가 있는 곳 말입니까?"

"그렇습니다. 제 친구 중에 하이야 쇼유라고 마음을 터놓고 지내는 사람이 있는데 그가 마침 그곳에 가자는 글을 보내왔습니다. 6조의 기루 거리를 구경하러 가시지 않겠습니까?"

무사시는 그의 말이 끝나자마자 대답했다.

"사양하겠습니다."

고에쓰는 억지로 권하지는 않았다.

"그렇습니까? 마음이 내키지 않으면 권해봐야 소용이 없겠지만, 때로는 그런 세상을 경험해보는 것도 재미가 있습니다."

그때 소리도 없이 어느 틈에 그곳에 와서 두 사람의 이야기를 흥미로운 듯 듣고 있던 묘슈가 끼어들었다.

"이보게 좋은 기회가 아니겠나? 같이 가 보도록 하게. 하이야도 스스러움이 없는 사람이라 아들놈이 꼭 데리고 가고 싶은 모양이니 다녀오게. 자, 어서."

묘슈는 고에쓰와 달리 급히 옷장에서 옷가지를 꺼내오더니 무사시와 아들에게 건네주면서 어서 놀러 나가라고 재촉했다.

5

모름지기 부모라면 자기 자식이 기루에 간다는 말을 들으면 설령 손님이나 친구 앞이라고 해도 못마땅해할 것이다. 아니, 더 엄한 부모라면 자식과 한바탕 말다툼이라도 벌이는 것이 보통이지만, 이 모자는 그렇지 않았다.

"허리끈은 이게 좋을까? 고소데는 어느 것으로 할까?"

묘슈는 옷장 앞에 서서 마치 자기가 소풍이라도 가듯 기루에 간다는 아들의 옷차림을 신이 나서 챙겨주었다.

옷뿐만 아니라 지갑이며 인롱, 와키자시 따위도 화려해 보이는 것들로 골라주고, 거기에 혹여나 여자들 사이에서 사내의 체면이 구겨지지 않도록 지갑에 슬쩍 돈까지 넣어주었다.

"자자, 어서들 다녀오게. 기루는 불이 켜질 무렵이 좋지만, 더 좋은 것은 해질 무렵의 거리라네. 무사시 님도 같이 가고."

어느새 무사시 앞에도 무명옷이긴 하지만 속옷에서부터 겉옷까지 때 하나 묻지 않은 옷가지가 가지런히 놓여 있었다.

처음엔 탐탁지 않았지만, 고에쓰의 어머니가 이토록 권하는 것을 보면 기루에나 드나드는 자라며 세상에서 색안경을 끼고 보는 것처럼 기루가 꼭 가서는 안 될 곳 같지는 않았다.

무사시는 생각을 고쳐먹고 말했다.

"그럼, 말씀대로 고에쓰 님을 따라 같이 가도록 하겠습니다."

"그래요. 그래야지. 자, 우선 옷부터 갈아입고."

"아닙니다. 이런 미복은 저에게 오히려 어울리지 않습니다. 들판에 눕든, 어디를 가든 이 옷이 역시 저답고 편한 옷이니까요."

"그건 안 되네."

묘슈는 엉뚱한 상황에서 엄격해져서 무사시를 나무랐다.

"자네는 그 옷이 편할지 몰라도 그렇게 추레한 행색으로 가면 화려한 기루의 술자리에 마치 걸레가 놓여 있는 것처럼 보일 게 아닌가? 세상의 근심이나 더러움은 모두 잊고 한 시진이든 하룻밤이든 화려함에 파묻혀서 걱정을 깨끗이 털어버리고 오는 것이 기루라는 곳이네. 그렇게 생각하면 자신의 치장이며 옷차림도 기루의 풍경 중 하나일 터, 자기만의 모습이라고 생각한다면 착각이네. ……호호호, 그렇다고 해서 나고야 산자名古屋山三 님이나 마사무네政宗 님이 입는 옷처럼 화려한 것도 아니네. 그저 깨끗하게 빨아놓은 옷일 뿐이니 부담스러워 하지 말고 입어보시게."

"예…… 그럼."

무사시가 순순히 옷을 갈아입자 묘슈는 두 사람의 번듯한 옷차림을 바라보며 괜히 기뻐했다.

"오오, 잘 어울리는구나."

고에쓰는 잠시 불전에 들어가서 그곳에 작은 등명燈明을 올렸다. 이 모자는 평소 니치렌 종日蓮宗(가마쿠라鎌倉 시대에 니치렌日蓮 대사가 창시한 일본 불교 종파의 하나)의 독실한 신자다.

그는 불전에서 나와 기다리고 있는 무사시에게 말했다.

"자, 이제 가시지요."

둘이 나란히 현관까지 걸어오자 묘슈가 먼저 나와서 두 사람이 신을 새 신을 댓돌 위에 올려놓고는 나가야몬을 닫으려는 남자 하인과 문 아래에서 뭔가 작은 소리로 이야기를 나누고 있었다.

"감사합니다."

고에쓰는 신발을 향해 고개를 숙이면서 신을 신었다.

"어머님, 그럼 다녀오겠습니다."

그러자 묘슈는 뒤를 돌아보며 황급히 손을 흔들어서 두 사람을 불러 세웠다.

"고에쓰야, 잠시 기다리거라."

그러고는 문 밖으로 고개를 내밀고 무슨 일인지 오가는 사람들을 살피는 모습이었다.

6

"왜 그러세요?"

고에쓰가 의아해하자 묘슈는 문을 가만히 닫고 돌아왔다.

"애야, 방금 전에 건장한 무사 셋이 문 앞에 와서 무례한 말을 하고는 돌아갔다는구나. ……별일 없겠지?"

아직 날은 환했지만 저녁 무렵에 나가는 아들과 손님의 신변이 걱정되는 듯 눈살을 찌푸리며 말했다.

"……?"

고에쓰는 무사시의 얼굴을 보았다. 무사시는 이내 그들이 누구인지 짐작한 듯 말했다.

"걱정하실 것 없습니다. 저에게는 위해를 가해도 고에쓰 님을 해칠 자들은 아닐 겁니다."

"그저께도 이런 일이 있었다고 누군가 말했네. 그저께 온 무사는 한 명이었던 것 같은데, 날카로운 눈초리로 문 안까지 멋대로 들어와서는 다실의 통로에서 자네가 있는 안쪽 방을 계속 기웃거리다 갔다는구먼."

"요시오카 쪽 사람들일 겁니다."

무사시가 말하자 고에쓰도 고개를 끄덕였다.

"나도 그렇게 생각하오."

그리고 이어서 하인에게 물었다.

"오늘 온 세 사람은 뭐라고 하더냐?"

하인이 부들부들 떨면서 대답했다.

"예…… 방금 직공들이 모두 돌아가서 문을 닫으려고 하는데, 어디에 있었는지 세 명의 무사가 갑자기 나타나서는 저를 에워싸더니 그중 한 사람이 품속에서 편지 같은 것을 꺼내 무서운 얼굴로 이걸 너희 집에 온 손님에게 전하라고 했습니다."

"흐음…… 손님이라고만 하고 무사시 님이라고는 하지 않았느냐?"

"아니요, 그 뒤에 말했습니다. 미야모토 무사시라는 자가 며칠

전부터 머물고 있을 것이라고."

"그래서 너는 뭐라고 대답했느냐?"

"저는 일전에 나리께서 입단속을 하라고 하셔서 끝까지 그런 손님은 없다고 고개를 저었더니 처음엔 화를 내면서 거짓말하지 말라며 고함을 쳤지만, 나이가 조금 든 무사가 그 사람을 달래고는 빈정거리듯 웃으면서 그럼 좋다, 다른 방법으로 당사자를 만나서 건네겠다고 말하고는 맞은편 네거리로 가 버렸습니다."

옆에서 듣고 있던 무사시가 고에쓰에게 말했다.

"고에쓰 님, 그럼 이렇게 하시죠. 만에 하나 고에쓰 님이 다치기라도 하거나 해를 입게 된다면 제가 너무 송구하니 저 혼자 먼저 나가서⋯⋯."

"아닙니다."

고에쓰는 일소에 붙이며 말했다.

"그런 걱정은 하실 필요 없습니다. 요시오카 쪽 무사라는 것을 아는 이상 더욱 그럴 수 없습니다. 제가 두려워할 이유도 전혀 없고요. ⋯⋯자 가시죠."

고에쓰는 무사시를 재촉하며 문 밖으로 나갔다가 다시 안쪽으로 얼굴을 내밀고 말했다.

"어머님, 어머님."

"뭐, 잊은 거라도 있느냐?"

"아니요. 방금 일로 만약 어머님께서 걱정되시는 게 있다면 지금 하이야 댁에 심부름꾼을 보내 오늘 밤 초대는 사양하겠습니다……."

"아니다. 나는 너보다 무사시 님께 무슨 일이라도 생길까 봐 걱정이 되는구나. 그런데 무사시 님이 벌써 앞서 나가서 기다리고 있는데 말릴 수도 없고, 또 모처럼 하이야 님이 초대를 했으니 기분 좋게 놀다 오너라."

고에쓰는 어머니가 그렇게 말하고 문을 닫자 더 이상 아무 걱정도 없다는 듯 기다리고 있던 무사시와 어깨를 나란히 하고 강변 한쪽으로 난 길을 따라 걸으며 말했다.

"하이야 님 댁은 이 앞의 1조 호리 강에 있으니 분명히 중간에서 준비하고 기다리고 있을 것입니다. 잠시 들렀다 가시지요."

7

저녁 하늘은 아직 환했다. 물을 따라 걸어가니 마음이 매우 편안해졌다. 사람들이 공연히 바빠지는 해질녘을 아무 일도 없는 듯한 얼굴로 걸어가는 것은 더욱 좋다.

"하이야 쇼유 님이라, 이름은 자주 들어본 분인 듯합니다."

무사시가 말했다.

어슬렁어슬렁 보조를 맞춰 걸으면서 고에쓰가 대답했다.

"들어보셨을 겁니다. 렌가連歌(두 사람 이상이 와카和歌의 윗구에 해당하는 5·7·5의 장구와 아랫구에 해당하는 7·7의 단구를 번갈아 읊어 나가는 형식의 노래) 분야에서는 이미 일가를 이룬 사람이니까요."

"아, 렌가를 부르는 분입니까?"

"아니요. 쇼하紹巴나 데이토쿠貞德처럼 렌가로 생활을 꾸리는 사람은 아닙니다. 또 저와 마찬가지로 교토에서는 오래된 조닌 가문입니다."

"하이야라는 성은?"

"상점 이름입니다."

"무엇을 파는 가게입니까?"

"재〔灰〕를 팝니다."

"재요? 무슨 재를 팝니까?"

"염색집에서 감색으로 물들일 때 쓰는 재로 감회紺灰라고 부릅니다. 여러 지방의 염색물을 취급하기 때문에 규모가 꽤 큽니다."

"그렇군요. 그 잿물을 만드는 원료 말이군요."

"그게 막대한 돈이 오가는 거래라 무로마치 시대 초기에는 왕실 직할로 운영되었지만, 중기 무렵부터 민영으로 바뀌어서 여기 교토에 곤파이자紺灰座라는 것이 세 군데 허가되었다고 합니다. 그중 하나가 하이야 쇼유의 조상이었지요. 하지만 지금의 쇼유 님 대가 되고 나서는 가업을 그만두고 여기 호리 강에서 여생을 편안히 보내고 있습니다."

고에쓰는 거기서 손가락으로 맞은편을 가리키며 말을 이었다.

"여기서도 보일 것입니다. 저기 보기에도 한가롭고 우아한 문이 있는 집이 하이야 님의 집입니다."

"……."

무사시는 고개를 끄덕이면서 무심코 왼쪽 소매 끝을 소매 밖에서 잡았다.

'뭐지?'

뭐가 들어 있는지 오른쪽 소매는 저녁 바람이 불면 가볍게 나부끼는데 왼쪽 소매는 조금 무거웠다. 가이시懷紙(접어서 품에 지니고 다니는 종이)는 품속에 있고, 담뱃갑은 가지고 다니지 않고, 다른 것도 넣은 기억이 없다. 가만히 손을 내려 소매에서 꺼내보니 반질반질하게 무두질이 된 창포색 가죽 끈이 언제라도 풀 수 있게끔 나비매듭으로 묶여 있었다.

'응?'

고에쓰의 모친인 묘슈가 넣어둔 물건이 틀림없었다. 이것을 다스키襷(양어깨에서 양겨드랑이에 걸쳐 X자 모양으로 엇매어 일본옷의 옷소매를 걷어 매는 끈)로 하라고.

"……."

무사시는 소매 속에서 가죽 다스키를 꼭 쥐며 뒤를 돌아보았다. 그리고 무심코 뒤에 있는 사람들에게 미소를 지어 보였다. 그는 이미 눈치 채고 있었다. 혼아미 네거리로 나오자마자 일정한 거리를 두고 몰래 자신을 미행하고 있는 사람이 셋이나 있다는 것을.

그들은 무사시의 미소를 보자 화들짝 놀란 듯 일제히 걸음을 멈추더니 머리를 맞대고 뭔가 수군대다가 이윽고 무사시를 향해 성큼성큼 다가왔다.

고에쓰는 이미 하이야의 저택 문 앞에 서서 종을 울려 자신이 온 것을 알리고 빗자루를 들고 나온 하인의 안내를 받아 앞뜰로 들어간 후였다. 그러다 문득 뒤에 무사시의 모습이 보이지 않는 것을 깨닫고는 다시 걸음을 돌려 아무 일도 없었다는 듯 문 밖에 대고 말했다.

"무사시 님, 어려워하지 않아도 되는 집이니 어서 들어오시지요."

8

고에쓰는 문 밖에서 등 뒤로 손잡이가 보이는 위협적인 큰 칼을 찬 세 명의 무사가 무사시 한 명을 둘러싸듯 압박하며 무언가를 거만하게 전달하고 있는 모습을 발견했다.

'아까 그자들이군.'

고에쓰는 바로 알아챘다.

무사시는 그들에게 뭔가 온화하게 대답하고 나서 고에쓰 쪽을 돌아보며 말했다.

"곧 뒤따라갈 테니 먼저 들어가십시오."

고에쓰는 조용한 눈빛으로 무사시의 눈빛을 읽듯이 쳐다보더니 고개를 끄덕였다.

"그럼 안에서 기다리고 있을 테니까, 볼일 다 보시고 들어오십시오."

고에쓰가 문 안으로 사라지자 세 명 중 한 명이 기다렸다는 듯이 말했다.

"도망쳤다느니, 도망치지 않았다느니 따위의 말은 이제 그만하지. 그런 일로 온 게 아니니까. 방금 말했다시피 나는 요시오카 문하의 십검 중 한 명인 오타구로 효스케라는 사람이네."

그는 소매를 펄럭이며 양손을 품속에 넣더니 편지 한 통을 꺼내 무사시의 눈앞에 내밀었다.

"덴시치로 사제께서 그대에게 전하는 편지일세. 분명히 전달했으니 이 자리에서 읽고 바로 답을 주시게."

"허허……."

무사시는 편지를 펴서 읽고는 한 마디로 대답했다.

"알았소."

하지만 아직 오타구로 효스케는 미심쩍은 눈빛을 거두지 않고 물었다.

"분명한 거지?"

다짐을 두며 무사시의 안색을 살피자 무사시는 다시 고개를 끄덕이며 말했다.

"분명히 알았소."

그제야 세 무사는 수긍한 듯했다.

"약속을 어길 시에는 내가 장담하건대 너를 사람들의 비웃음 거리로 만들어주마."

"……."

무사시는 말없이 미소를 띤 채 세 사람의 경직된 몸을 바라보고만 있었다. 소이부답笑而不答이었다.

오타구로 효스케는 그런 그의 태도가 다시 의심스러웠는지 집요하게 물었다.

"알았나, 무사시?"

그러고는 못을 박듯 말했다.

"앞으로 시간이 별로 없을 것이다. 장소는 알았겠지? 준비는 되겠는가?"

지겹다는 표정은 짓지 않았지만 무사시의 대답은 지극히 짧았다.

"돼."

그리고 이어서 툭 내뱉듯 말했다.

"그럼 나중에……."

무사시가 하이야의 문 안으로 들어가려는 순간 효스케가 또다시 그의 뒤통수에 대고 소리쳤다.

"무사시, 그때까지는 이 집에 있는 건가?"

"아니, 밤에는 6조의 기루로 갈 것이니 그곳 어딘가에 있을 것이다."

"6조? 알았다. 6조 아니면 이 집에 있을 테니 약속한 시간에 늦으면 사람을 보내겠다. 설마 비겁한 짓은 하지 않겠지?"

무사시는 등 뒤로 효스케의 말을 들으면서 하이야의 앞뜰로 들어가 바로 문을 닫았다. 집 안으로 한 걸음 들어서니 소란한 세상이 저 멀리 물러간 듯 이 집의 보이지 않는 벽이 너무나 조용한 세상을 둘러싸고 있었다.

키가 작은 뿌리대와 붓대 정도의 가는 대나무가 자연의 오솔 길처럼 뻗어 있는 돌과 돌 사이의 통로는 적당히 습기를 머금고 있었다. 안으로 걸어가자 안채와 바깥채, 별채, 정자가 차례차례 보였는데 모든 곳이 옛 집의 거무스름한 빛과 대범한 깊이를 지니고 있었다. 또 그것들을 둘러싼 소나무들은 모두 키가 훌쩍 자라 지붕 너머로 이 집의 부귀를 돋보이게 했지만, 그 아래로 걸어가는 손님에게 결코 오만한 느낌은 주지 않았다.

9

어디선가 공을 차는 소리가 들렸다. 귀족들의 저택에서는 종종 그 소리를 담 밖에서도 들을 수 있었지만, 조닌의 집에서는 드문 일이라고 무사시는 생각했다.

"곧 준비하고 오실 테니 여기서 잠시 기다려주십시오."

차와 과자를 가지고 와서 정원을 마주한 곳에 자리를 권한 두 하인의 공손한 거동에서도 예의범절이 갖춰진 가풍을 느낄 수 있었다.

"해가 지기 시작해서 그런지 금세 추워지는군."

고에쓰는 중얼거리며 하인에게 열려 있는 장지문을 닫으라고 말하려다가 무사시가 공을 차는 소리에 귀를 기울이면서 정원 저편에 무리를 지어 피어 있는 매화꽃을 보고 있는 것 같아 자신도 밖으로 눈을 돌렸다.

"에이 산叡山 위가 어두워지고 있군요. 저 위에 걸린 구름은 북쪽에서 오는 북운北雲입니다. 춥지 않습니까?"

"아니요, 별로."

무사시는 고에쓰가 문을 닫고 싶어 한다고는 전혀 생각하지 못하고 그렇게 솔직하게 말했다.

그의 살갗은 가죽 같아서 기후 변화에 무척 강했다. 고에쓰의 여린 피부와는 그만큼 감도가 달랐다. 꼭 기후뿐만이 아니라 모든 감촉이며 감상에 있어서도 두 사람은 차이가 났다. 한마디로 자연인과 도시인의 차이였다.

하인이 촛대를 들고 온 것을 기점으로 밖이 급속하게 어두워 졌다. 고에쓰가 문을 닫으려고 하자 공을 차고 있던 열네댓 살 로 보이는 아이들 두세 명이 툇마루에서 이쪽을 기웃거리며 말 했다.

"아저씨 오셨네요?"

아이들은 공차기를 그만두고 무사시를 보더니 갑자기 얌전 해졌다.

"아버지 불러드릴까요?"

고에쓰가 괜찮다고 해도 듣지 않고 앞 다투어 안으로 달려갔다.

장지문을 닫고 불을 켜자 처음 온 사람도 금방 알 수 있을 정도 로 화목한 분위기가 흐르는 집이었다. 멀리서 가족들의 웃음소 리가 희미하게 들려오는 것도 마음을 흐뭇하게 했다.

무사시가 손님으로서 더 기분 좋게 느꼈던 것은 어디를 봐도 부자라는 티가 전혀 나지 않는 것이었다. 오히려 모든 것이 너무 소박해서 일부러 돈 냄새를 지우려고 하는 게 아닐까 싶을 정도 였다. 어디 큰 농가의 사랑방에 와 있는 듯한 기분이었다.

"아, 이거 너무 오래 기다리시게 해서 죄송하오."

그때 갑자기 활달한 목소리와 함께 주인인 하이야 쇼유가 모 습을 드러냈다.

고에쓰와는 영 딴판인 그는 학처럼 야위었지만, 목소리는 저음의 고에쓰보다 훨씬 더 젊고 크게 울렸다. 나이도 고에쓰보다 열두 살은 위일지도 모른다. 어쨌든 싹싹해 보이는 그는 고에쓰가 무사시를 소개하자 밝게 말했다.

"아, 그렇군요. 고노에近衞 가에서 일하시는 마쓰오 님의 조카분이셨군. 마쓰오 님은 저도 잘 알고 있습니다."

여기에서도 이모부의 이름이 나오자 무사시는 이런 조닌들과 당상관인 고노에 가의 관계를 어렴풋이 알 수 있었다.

"어서 가십시다. 밝을 때 나가서 느긋하게 걸어가려고 했는데 벌써 어두워졌으니 가마를 부르도록 하죠. ……무사시 님도 물론 저희와 같이 가시겠죠?"

나이에 어울리지 않게 재촉하는 쇼유와 누긋하게 앉아서 기루에 가는 것조차 잊은 듯한 고에쓰는 이런 점에서도 사뭇 대조적이었다.

호리 강변을 따라 그 두 사람을 싣고 가는 가마 뒤에서 무사시도 난생 처음 타보는 가마에 몸을 맡기고 있었다.

봄눈

1

"으으, 춥다."

"바람이 그냥 가차 없이 때리는구먼."

"귀가 떨어져나갈 것 같아."

"오늘 밤엔 뭐라도 내릴 것 같은데."

"봄인데 왜 이러나."

가마꾼들이 주고받는 얘기였다. 그들은 하얀 입김을 내뿜으며 야나기柳의 마장으로 다가가고 있었다.

세 개의 제등은 끊임없이 흔들리며 깜박거렸다. 저녁 무렵에 히에이比叡 쪽 하늘에 보이던 삿갓구름이 어느덧 교토 시내의 하늘을 새까맣게 뒤덮은 채, 한밤중에 어떻게 변할지, 무서운 형상을 하고 있는 밤하늘이었다.

하지만 그 대신 넓은 마장 저편으로 한 무리를 이루고 있는 지상의 불빛은 너무나 아름다웠다. 별 하나 없는 캄캄한 밤인 만큼 지상의 불빛은 더욱 화려하게 빛나고 있었다. 마치 반딧불 떼가 바람에 흩날리듯이.

"무사시 님."

고에쓰가 한가운데의 가마 안에서 뒤를 돌아보며 말했다.

"저깁니다. 저기가 6조의 야나기마치柳町입니다. 요즘엔 상가들이 늘어나서 미스지마치三筋町라고도 부르고 있습니다만."

"아아, 저깁니까?"

"시내에서 벗어나 이런 넓은 마장과 공터를 지나면 저편으로 저렇듯 홀연히 불빛들이 나타난다는 것이 재미있지 않습니까?"

"의외네요."

"전에는 기루가 2조에 있었는데, 대궐과 가까워서 밤이면 민요니 속요 따위가 왕실의 정원이 있는 곳까지 들렸다고 합니다. 그래서 경비를 맡던 이타쿠라 가쓰시게板倉勝重 님이 서둘러 이곳으로 이전시켰다는 것입니다. 그 후로 겨우 3년밖에 지나지 않았는데도, 어떻습니까? 벌써 저렇듯 마을을 이룬 것은 물론이고 점점 더 넓어지고 있습니다."

"그럼 3년 전에는 이 부근도……."

"예, 밤에는 어딜 봐도 칠흑같이 어두웠고, 전쟁의 흔적만 가득했지요. 하지만 지금은 새로운 유행이 죄다 저 불빛 속에서 생겨나고, 조금 과장을 보태서 말한다면 하나의 문화가 태어나는 곳이라고도 할 수 있지요."

고에쓰는 잠시 귀를 기울이는 듯하더니 다시 말을 이었다.

"어렴풋이 들리실 것 같은데, 기루의 음악소리가."

"그렇군요, 들립니다."

"저 음악만 하더라도 새로 류큐琉球에서 건너온 샤미센三味線 (일본 고유의 음악에 사용하는, 세 개의 줄이 있는 현악기)을 변형시키거나, 또 그 샤미센을 기본으로 해서 지금과 같은 가요가 생겼습니다. 거기에서 파생되어 류타쓰부시隆達ぶし니 가미가타우타上方唄 따위가 만들어졌는데 그런 것은 모두 저곳이 모태라고 할 수 있죠. 저기서 유행한 것을 나중에 일반 백성들이 받아들이는 것이니 그런 면에서는 일반 마을과 기루 사이에 깊은 인과관계가 있다고 할 수 있습니다. 그러니 기루라 해서, 마을과 격리되어 있다고 해서, 저곳이 추잡한 곳이라고는 할 수 없는 것입니다."

그때 가마가 급히 길을 꺾자 무사시와 고에쓰의 대화가 중단되었다.

2조의 기루도 야나기마치라 부르고, 6조의 기루도 야나기마치라고 부른다. 버드나무(야나기柳)와 기루가 언제부터 그렇게 붙어 다니게 되었는지 알 수 없지만, 그 버드나무 가로수에 달려 있는 수많은 등불이 어느새 무사시의 눈앞으로 바짝 다가와 있었다.

2

고에쓰도 하이야 쇼유도 모두 이 기루靑樓의 단골인지 그들의 가마가 하야시야 요지베에林屋與次兵衛의 문 앞 버드나무에 당도하자 안에서는 그들을 맞이하러 여자들이 득달같이 달려나왔다.

"후나바시船ばし 님."

"미즈오치水落 님도 오셨군요."

쇼유를 후나바시라고 부르는 것은 호리 강의 후나바시에서 살고 있기 때문에 붙은 별명이고, 미즈오치라는 이름도 마찬가지로 이곳에서만 쓰는 고에쓰의 별명 같은 것이었다.

일정한 거처가 없는 무사시만이 그런 별명도 없었다.

하야시야 요지베에라는 이름도 이 집 주인의 대외적인 이름이었고, 기루의 이름은 오기야扇屋였다. 오기야 하면 지금의 6조 야나기마치에서 이름 높은 명기인 초대 요시노 다유吉野太夫가 떠오르고, 기쿄야桔梗屋에서는 무로기미 다유室君太夫라는 이름의 기녀가 유명했다.

일류로 인정받는 기루는 이 두 군데가 전부였다. 고에쓰, 쇼유, 무사시. 이 세 사람이 손님으로 자리를 잡고 앉은 곳은 오기야였다.

'이건 마치 휘황찬란한 성곽과 같구나.'

무사시는 되도록 두리번거리지 않으려고 했지만, 안으로 들어갈수록 소란반자며 다리 난간, 그리고 정원 경관과 교창交窓의 조각 등에 시선을 빼앗기고 말았다.

"어? 어디로 갔지?"

잠시 넋을 잃고 삼나무 문의 그림을 보고 있는 사이에 고에쓰와 쇼유를 시야에서 놓친 무사시는 복도를 헤매었다.

"이쪽입니다."

고에쓰가 무사시를 불렀다. 중국 적벽赤壁의 경관이라도 모방하려 한 정원사의 마음인지 엔슈遠州 풍으로 돌을 놓고 하얀 모래를 빗자루질해놓은, 그림 속에서나 봄직한 정원을 감싸 안고 커다란 두 칸짜리 은빛 장지문이 등불에 흔들리고 있었다.

"춥군."

쇼유는 어깨를 움츠리고 벌써 넓은 방의 방석 위에 앉아 있었다.

고에쓰도 먼저 앉아서 한가운데의 비어 있는 방석을 가리키며 무사시에게 권했다.

"자, 무사시 님도 앉으시죠."

"아니, 그 자리는 좀⋯⋯."

무사시는 사양하고 아랫자리에 앉아 긴장했는지 경직되어 있었다. 두 사람이 권한 자리는 정면의 도코노마床の間(일본식 방의 상좌上座에 바닥을 한층 높게 만든 곳)였다. 이 어마어마한 건물

과 눈싸움을 하며 그런 상좌에 왕처럼 앉는다는 것을 무사시는 사양한다기보다 그냥 싫었다. 그러나 두 사람은 그가 사양하는 줄로 알았다.

"그래도 오늘 밤엔 선생이 손님이시니까……."

쇼유가 권하면서 말했다.

"저와 고에쓰 님은 늘 이렇게 지겹도록 함께 시간을 보낸 오랜 친구이지만, 선생과는 초면이니 사양하지 마시고 어서 앉으시지요."

"아닙니다. 저처럼 나이도 어린 사람이 어찌 윗자리에 앉겠습니까. 송구합니다."

그러자 쇼유가 갑자기 움츠리고 있던 어깨를 들썩이며 껄껄껄 웃으면서 익살스럽게 말했다.

"기루에서 나이를 따지는 자가 어디 있소이까?"

벌써 차와 과자를 가지고 온 여자들이 뒤에 서 있었다. 자리가 정해지기를 기다리는 것이었다. 고에쓰는 난감해하는 무사시를 도울 요량으로 도코노마로 옮겨 앉으며 말했다.

"그럼 제가."

무사시는 고에쓰가 앉았던 자리에 앉아 그제야 자신의 자리를 찾은 듯한 기분이 들었지만, 공연히 귀한 시간을 허비했다는 생각도 들었다.

3

옆방 한쪽 구석에서는 기녀의 수발을 드는 두 소녀가 사이좋게 화롯가에 앉아 이야기를 나누고 있었다.

"이게 뭐게?"

"새."

"그럼, 이건?"

"토끼."

"이건?"

"……삿갓 쓴 사람."

그들은 뒤돌아 앉아 손가락 깍지를 끼워 병풍에 그림자 그림을 만들면서 놀고 있었다.

다식茶式 화로에 걸어놓은 주전자에서 피어오르는 김이 방을 따뜻하게 데우는 데 도움이 되었다. 어느덧 방 안에 사람들이 늘어나면서 그들의 온기와 술의 향기가 바깥의 추위를 잊게 해주었다.

아니, 그보다는 그곳에 있는 사람들의 혈관에 적당히 술기운이 돌기 시작한 것이 방 안이 따뜻해진 것처럼 느끼게 하는 가장 큰 원인일 것이다.

"난 말이지, 이렇게 말하면 자식들에게 미안한 말이지만 세상에 술만큼 좋은 게 없는 듯하네. 술은 좋지 않다고, 나쁜 독수毒

水라고 말하는 것은 술 탓이 아니네. 술은 좋은 것이지만, 그 술을 마시는 사람이 나쁜 것이지. 무엇이든 남의 탓을 하는 게 인간의 습성인데, 술이 미친 물 따위로 불리는 것이야말로 달갑지가 않아."

방 안에서 그 누구보다도 목소리가 큰 사람이, 방 안에서 가장 마른 하이유 쇼유였다.

무사시가 한두 잔 마시고 나서 술을 사양하고 있는 동안 쇼유 노인의 평소 지론인 듯 술에 대한 이야기가 시작되었다.

언제 들어도 전혀 새로울 것이 없는, 늘 되풀이되고 있는 말이라는 것은 술시중을 들고 있는 기녀들인 가라코토唐琴와 스미키쿠墨菊, 고보사쓰小菩薩, 그리고 술 따르는 사람이며 음식을 나르는 여자들까지 모두 '후나바시 님이 또 시작하셨군.'이라고 말하지 않을 뿐 똑같은 표정으로 웃음을 참고 있는 모습만 봐도 알 수 있었다.

하지만 후나바시 님인 쇼유는 그런 것을 전혀 깨닫지 못하고 계속 이야기했다.

"술이 나쁜 것이라면 신도 싫어하실 텐데, 신은 악마보다 술을 더 좋아하시니 술만큼 청정한 것도 없네. 신이 통치하던 시대에는 술을 빚을 때 순결한 처녀들의 하얀 구슬 같은 이로 쌀을 씹어서 빚었다고 하니 그만큼 깨끗한 것이었지."

"호호호, 아유 더러워라."

누군가 웃었다.

"뭐가 더러우냐?"

"쌀을 이로 씹어서 만든 술이 뭐가 깨끗하다는 거예요?"

"바보 같은 소리. 너희들의 이로 씹었다면 그거야 더러워서 아무도 마시는 사람이 없겠지만, 봄에 갓 돋아난 새싹처럼 세상의 때라곤 그 어떤 것도 묻지 않은 처녀가 씹은 것이란 말이다. 꿀을 꽃에서 빨아내듯이 씹어서 항아리에 모아 빚는 술. ……아아, 나는 그런 술에 취하고 싶구나."

벌써 술에 취한 후나바시는 옆에 있던 열서너 살 된 소녀의 목을 갑자기 끌어당기더니 그 입술에 야윈 자신의 볼을 비벼댔다.

"꺄악! 싫어!"

소녀는 비명을 지르며 일어섰다. 그러자 후나바시는 싱글벙글 웃으며 오른쪽으로 시선을 돌리더니 옆에 있던 스미키쿠의 손을 잡아서 자신의 무릎 위에 얹으며 말했다.

"하하하. 화내지 말게, 마누라."

그뿐이면 괜찮겠건만, 얼굴을 부비고, 술잔 하나로 반씩 나눠 마시고, 점잖지 못하게 몸을 부비며 마치 주위에 아무도 없는 것처럼 행동했다.

고에쓰는 가끔씩 미소를 띤 채 술잔을 기울이면서 여자들과도, 쇼유와도 조용히 얘기를 하거나 장난을 치며 어울리고 있었지만, 무사시만 혼자 덩그러니 어느 분위기에도 섞이지 못했다.

딱히 엄숙한 표정으로 앉아 있을 생각 같은 건 추호도 없었지만, 무서웠는지, 여자들이 우선 그의 곁에 다가오지 않았다.

251

4

고에쓰는 억지로 권하지 않았으나 쇼유는 이따금 생각날 때마다 무사시에게 술을 권했다.

"무사시 님, 술 안 마십니까?"

그러고는 또 잠시 후에 무사시 앞에 차갑게 식은 술잔이 신경 쓰이는지 또 술을 권했다.

"무사시 님, 그 잔을 비우고 따뜻한 술을 한 잔 받으시지요."

그런데 그렇게 몇 번 되풀이되자 차츰 말투가 거칠어졌다.

"어이 고보사쓰, 그 청년에게 한 잔 먹여라. 이봐 젊은이, 어서 마셔."

"마셨습니다."

무사시는 그렇게 대답할 때가 아니면 입을 열 기회를 찾지 못했다.

"잔이 그대로잖아? 사내가 그렇게 기개가 없어서야……."

"술이 약합니다."

"약한 건 검술 아닌가?"

쇼유가 심하게 빈정거려도 무사시는 웃으며 받았다.

"그럴지도 모릅니다."

"술을 마시면 수련에 방해가 된다, 술을 마시면 평소의 수양이 흐트러진다, 술을 마시면 의지가 약해진다, 술을 마시면 입신하기 어렵다. 그렇게 생각한다면 자네는 크게 되긴 글렀네."

"그렇게 생각하지는 않습니다. 다만 한 가지 걱정이 있습니다."

"그게 뭔가?"

"졸립니다."

"졸리면 어디서든 자면 될 게 아닌가? 여기서는 체면 따윈 차릴 필요 없네."

그러고는 스미키쿠에게 말했다.

"이 청년이 술을 마시면 졸릴까 봐 두렵다는구나. 그래도 난 마시게 할 테니 졸린다고 하면 재워드리거라."

"예."

기녀들은 모두 검푸른 빛으로 빛나는 입술을 오므리며 웃었다.

"재워줄 텐가?"

"물론이다마다요."

"그런데 동침할 여인은 이중에 누굴까? 고에쓰 님, 누가 좋겠소? 무사시 님의 마음에 들 만한 여인네가……."

"글쎄올시다."

"스미키쿠는 내 마누라. 고보사쓰는 고에쓰 님이 싫으실 테고.

가라코토는…… 안 되겠군. 너무 조심성이 없어."

"후나바시 님, 그럼 요시노吉野를 불러올까요?"

"그렇지!"

저 혼자 흥이 난 쇼유는 무릎을 쳤다.

"요시노, 그 애라면 손님한테도 부족하지 않을 게다. ……그런데 요시노가 아직 보이지 않는구나. 이 젊은이에게 빨리 보여주고 싶은데 말이다."

그러자 스미키쿠가 말했다.

"요시노 님은 저희들과는 달라서 찾는 분이 많아 빨리 오라고 말씀하셔도 소용없을 거예요."

"아니다, 아니야. 내가 왔다고 알리면 어떤 손님이라도 뿌리치고 올 게다. 누가 가서 불러오거라."

쇼유는 몸을 길게 빼더니 옆방의 화로 옆에서 놀고 있는 소녀에게 말했다.

"링야는 게 있느냐?"

"예, 있습니다."

"이리 잠깐 오너라. 네가 요시노의 수발을 드는 아이지? 왜 요시노를 데리고 오지 않은 게냐? 후나바시 님께서 목을 길게 빼고 기다리신다고 하고 요시노를 이리로 데리고 오너라. 데리고 오면 상을 주마."

링야라는 소녀는 이제 갓 열 살인가 열한 살 정도였는데, 사람들의 이목을 끌 정도로 미모를 타고나서 장차 2대 요시노가 될 것이라는 소리를 듣는 소녀였다.

"알았느냐?"

링야는 쇼유가 한 말을 알아들은 것 같기도 하고 못 알아들은 것 같기도 한 애매한 표정으로 듣고 있다가 대답했다.

"예."

링야는 동그란 눈으로 순순히 고개를 끄덕이고 복도로 나갔다.

문을 닫고 마루로 나간 링야는 곧바로 큰 소리로 말하며 손뼉을 쳤다.

"우네메采女, 다마미珠水, 이토노스케糸之助, 잠깐 나와봐."

"뭔데?"

방에 있던 소녀들은 모두 마루로 나오더니 링야와 나란히 서서 박수를 치며 좋아했다.

"어머, 어머."

"어머나!"

"우와!"

방 밖에서 기쁨에 겨워 발을 동동 구르는 소리가 요란하게 들리자 방 안에서 술을 마시던 사람들도 무슨 일인지 호기심이 일었다.

"왜 저리 신이 난 게야? 문 좀 열어보거라."

쇼유가 말하자 여자들이 장지문을 양옆으로 열었다.

"열었습니다."

"아, 눈이다!"

모두가 몰랐던 것처럼 중얼거렸다.

"그래서 추웠구나……."

고에쓰는 하얀 입김이 나오는 입으로 술잔을 가져갔고, 무사시도 밖으로 눈길을 돌렸다.

"오오."

처마 너머 깊은 어둠 속에서 봄인데도 드물게 함박눈이 펄펄 내리고 있었다. 검은 비단 같은 어둠 속에서 하얗게 내리는 눈을 맞으며 나란히 서 있는 네 소녀들의 뒷모습이 보였다.

"이제 그만 물러나렴."

방 안의 기녀들이 나무라도 소용없었다.

"아이, 좋아라."

소녀들은 손님들도 잊은 채 뜻밖에 찾아온 연인을 대하듯 내리는 눈을 넋 놓고 바라보고 있었다.

"쌓일까?"

"쌓일 거야."

"내일 아침엔 어떨까?"

"히가시 산이 새하얘지겠지."

"도 사는?"

"도 사의 탑도."

"긴카쿠 사金閣寺는?"

"긴카쿠 사도."

"비둘기는?"

"비둘기도."

"거짓말!"

소맷자락으로 때리는 시늉을 하자 한 소녀가 복도 아래로 굴러 떨어졌다. 다른 때 같으면 와앙 하고 울음을 터뜨리거나 가끔 있는 소녀들끼리의 다툼이 벌어졌겠지만, 생각지도 못한 눈을 맞고 있기 때문인지 떨어진 소녀는 우연한 기쁨이라도 주운 듯 일어나더니 눈을 더 맞을 수 있는 밖으로 나갔다.

대설, 소설
호넨法然 스님은 보이지 않고
무얼 하고 계실까?
경을 외고 계실까?
눈을 먹고 계실까?

갑자기 큰 소리로 노래를 부르면서 입으로는 눈을 받아먹으려는 듯 몸을 젖히더니 두 팔을 휘저으며 춤을 추기 시작했다. 링야였다.

다치기라도 한 건 아닌지 놀라서 일어섰던 방 안의 사람들도 신이 나서 춤을 추는 그녀를 보더니 웃으면서 달랬다.

"이제 됐다, 그만 들어와."

"어서 들어오너라."

링야는 쇼유가 요시노를 데리고 오라고 시킨 일을 까맣게 잊고 있었다. 발이 더러워진 링야를 하녀가 갓난아기처럼 안아 들더니 어딘가로 데리고 갔다.

6

심부름을 시킨 아이가 그렇게 사라져버리자 후나바시의 기분이 상할 것을 염려한 누군가가 요시노의 상황을 알아보러 갔다 온 듯했다.

"대답을 받아서 왔습니다."

그녀가 쇼유의 귀에 대고 속삭이자 쇼유는 이미 그 일을 잊어버린 듯 의아해하며 되물었다.

"대답?"

"예, 요시노 님의……."

"아아, 그래. 온다더냐?"

"무슨 일이 있어도 온다고는 했지만……."

"했지만? 그리고?"

"아무래도 지금 당장은…… 모시고 있는 손님이 허락하질 않는답니다."

"고얀 것……."

쇼유는 기분이 언짢아졌다.

"다른 기녀라면 그런 인사가 통하겠지만, 이 오기야의 요시노 같은 경성지색傾城之色이 손님이 잡는다고 그것을 뿌리치지 못하고 온다는 게 말이 되느냐? 이젠 요시노도 돈으로 살 수 있게 된 것이더냐?"

"아니, 그것이 아니라 오늘 밤 손님은 유달리 고집이 센 분이라 아가씨가 자리를 뜨려고 하면 더 못 가게 잡아두어서요."

"손님들의 심리가 다 그렇다. 그런데 고집불통인 그 손님이란 자가 대체 누구더냐?"

"간간寒嚴 님이라고 하옵니다."

"간간 님?"

쇼유가 쓴웃음을 지으며 고에쓰를 보자 고에쓰도 쓴웃음을 지으며 물었다.

"간간 님은 혼자 오셨더냐?"

"아니요. 그게……."

"늘 같이 다니는 사람들과?"

"예."

쇼유는 무릎을 치며 말했다.

"이야, 이거 재미있게 됐군. 눈은 내리고 술도 있는데, 거기다 요시노까지 볼 수 있다면 더 바랄 게 없을 것을. 고에쓰 님, 부탁 좀 들어주시게. 여봐라, 거기 벼루 상자 좀 가져오너라."

벼루 상자를 건네받은 쇼유는 그것을 종이와 함께 고에쓰 앞에 내밀었다.

"뭐라고 쓸까요?"

"노래도 좋고, 글도 상관없지만…… 흠, 아무래도 노래가 좋겠군. 상대가 바로 당대의 가인이니 말일세."

"난감하네요. ……그러니까 요시노를 이쪽으로 보내라는 노래 아닙니까?"

"그렇지. 그렇고말고."

"명곡이 아니고는 상대방의 마음을 움직일 수 없습니다. 명곡이란 건 또 즉석에서 만들 수 있는 것이 아니지요. 쇼유 님께서 먼저 한 곡조 뽑으시는 게……."

"피하는 겐가? ……좋아. 허나 귀찮으니 이렇게 써서 보내지."

쇼유는 붓을 들었다.

우리 초막으로 옮기게

요시노라는

한 몸을.

그것을 보자 고에쓰의 시흥이 돋았는지 한결 편안해 보였다.

"그럼 제가 다음 구절을 붙이겠습니다."

꽃은 높은 산봉우리의

구름에 싸여 떨고 있구나.

쇼유는 고에쓰의 글을 보더니 매우 기뻐했다.

"좋네, 좋아. 꽃은 높은 산봉우리의 구름에 싸여 떨고 있구나…….정말 좋아. 구름 위의 고승이라도 찍 소리조차 못할 게야."

쇼유는 편지를 봉해서 스미키쿠에게 건네고는 짐짓 점잔을 떨며 말했다.

"계집아이들이나 다른 기녀들로는 권위가 서지 않으니 수고스럽겠지만 자네가 직접 간간 님께 심부름을 다녀오지 않겠나?"

간간 님이란 다이나곤의 아들인 가라스마루 산기 미쓰히로烏丸参議光広를 기루에서 부르는 별명이었다. 항상 같이 다니는 사람들이란 대체로 도쿠다이지 사네히사徳大寺実久, 가잔인 다다나가花山院忠長, 오이노미카도 요리쿠니大炊御門頼国, 아스카이 마사카타飛鳥井雅賢 등의 면면일 것이다.

7

얼마 후 스미키쿠가 상대의 답장을 받아와서 자리에 앉더니 말했다.

"간간 님의 답신입니다."

그녀는 쇼유와 고에쓰 앞에 공손히 편지함을 내밀었다. 이쪽에선 가벼운 마음으로 편지를 보냈건만 그쪽에서는 제대로 격식을 갖춰서 편지함을 보내오자 쇼유는 쓴웃음을 지었다.

"제대로 격식을 차렸구먼."

쇼유는 고에쓰를 보며 말했다.

"설마 오늘 밤에 우리가 와 있을 것이라곤 생각지도 못했을 테니 그들도 필시 놀랐을 게야."

뭔가 멋지게 한 방 먹여준 것 같은 기분으로 편지함의 뚜껑을 열어서 답신을 펼쳐 보니 편지는 아무것도 쓰여 있지 않은 백지였다.

"어라?"

쇼유는 혹시나 떨어뜨린 종이가 있을까 싶어서 자신의 무릎을 살피고 편지함 속을 다시 한 번 들여다보았지만, 그 백지 한 장 외에는 아무것도 들어 있지 않았다.

"스미키쿠!"

"예."

"이게 뭐지?"

"뭔지는 저도 모릅니다. 간간 님이 그저 답신을 가져가라며 편지함을 건네주시기에 가지고 온 것뿐입니다."

"사람을 무시하는 건지…… 아니면 우리가 보낸 명곡에 바로 붓을 들 만한 답가가 떠오르지 않아서 손을 들었다는 항복장일까?"

무엇이든 사신에게 좋은 방향으로 해석하며 흡족해하는 것이 그의 천성인 모양이다. 그러나 혼자 그렇게 멋대로 추측하기에는 아무래도 자신이 없는지 고에쓰에게 그것을 바로 보여주었다.

"이 답장이 대체 무슨 뜻이겠나?"

"글쎄요, 뭔가를 읽어보라는 뜻 아니겠습니까?"

"아무것도 쓰여 있지 않은 백지를 어떻게 읽을 수 있단 말인가?"

"아니요. 읽으면 읽지 못할 것도 없습니다."

"그럼, 고에쓰 님은 이걸 어떻게 읽겠나?"

"눈. ……흰눈이라 읽겠습니다."

"으음. 눈이라. 과연 그렇군."

"요시노라는 꽃을 이쪽으로 옮겨 달라는 편지의 답신이니, 이건 눈을 바라보며 술을 마신다면 꽃은 없어도 되지 않겠냐는 의미일 것입니다. 다시 말해서 마침 오늘 밤 눈이 내리고 있으니 그렇게 바람기를 일으키지 말고 장지문을 열고 눈을 감상하면서 술이나 마시는 게 좋을 듯하다, 뭐 이런 답장이 아닌가 생각합니다."

"이런 건방진 놈……."

쇼유는 분해하면서 다시 말했다.

"그리 춥게 술을 마실 수야 없지. 상대가 그렇게 나온다면 나도 가만히 있을 수는 없네. 어떻게 해서든 요시노를 이쪽 자리에 앉혀놓고 바라보지 않고는 이대로 끝낼 수 없어."

쇼유 노인은 안달을 하며 마른 입술을 다셨다. 고에쓰보다 나이가 훨씬 많은데도 이 정도이니, 젊었을 때는 사람들의 속을 꽤나 썩였지 싶다.

고에쓰가 요시노는 다음에 보자며 달랬지만, 쇼유는 무슨 일이 있어도 요시노를 데리고 오라며 여자들에게 성화를 부렸다. 그것이 또 요시노 다유 자체보다는 술자리의 흥을 돋우어서 소녀들은 자지러지듯 웃음을 터뜨렸고, 그렇게 어느덧 술자리는 밖에서 내리는 눈과 함께 절정으로 치달았다.

무사시는 슬쩍 자리에서 일어났다.

기회를 잘 타서 그런지 그가 자리를 비운 것을 아무도 알아채지 못했다.

눈밭의 결투

1

무슨 생각으로 아무 말도 않고 술자리에서 빠져나왔는지, 무사시는 복도로 나오긴 했지만 오기야의 넓은 건물 안에서 방향을 잃고 혼자 갈팡질팡하고 있었다.

환한 객실 방 쪽에서는 손님들의 목소리와 노랫소리가 떠들썩했고, 그곳을 벗어나자 어두컴컴한 본채의 침구실이며 도구실 등이 눈에 들어왔다. 근처에 부엌이 있는지 부엌 특유의 냄새가 어두운 벽과 기둥에서 후텁지근하게 풍겨왔다.

"어머, 손님. 이쪽으로 오시면 안 됩니다."

한 소녀가 근처의 어두운 방에서 나오다 무사시를 보자마자 팔을 벌려 길을 막아서며 말했다.

술자리에서 보던 때의 천진난만함과 귀여움은 어디로 갔는지 자신들의 권리라도 침해당한 듯 눈을 흘겼다.

"안 돼요. 이곳은 손님이 오실 데가 아니에요. 어서 저쪽으로 가세요."

야단치듯이 다그친다.

아름다워 보이는 자신들의 지저분한 생활의 이면을 조금이라도 남에게 보여준다는 것은 이 작은 소녀에게도 화가 나는 일인가 보다. 동시에 손님으로서의 예의를 알지 못하는 무사시를 경멸하며 그렇게 말한 것인지도 모른다.

"아, 이리로 오면 안 되는구나?"

무사시가 말하자 소녀는 무사시의 허리께를 떠밀며 걸었다.

"안 돼요, 안 돼."

무사시가 소녀를 보며 물었다.

"아, 넌 아까 툇마루에서 눈 속으로 굴러 떨어진 링야라는 아이구나?"

"예, 맞아요. 손님께선 화장실에 가시려다 길을 잃으신 거죠? 제가 모셔다 드릴게요."

링야는 그의 손을 잡고 앞으로 당겼다.

"아니다, 나는 취하지 않았어. 미안하지만 저기 빈 방에서 밥을 좀 먹을 수 있겠니?"

"밥이요?"

소녀의 눈이 동그래졌다.

"밥이라면 술자리로 가져다 드릴게요."

"아니다. 모처럼 저렇게 다들 유쾌하게 술을 마시고 있는데 흥을 깰 순 없지."

무사시의 말에 링야는 고개를 갸웃거리며 말했다.

"그것도 그렇네요. 그럼 여기로 가져다 드릴게요. 반찬은 뭐가 좋으세요?"

"아무것도 필요 없나. 주먹밥 두 개 정도면 된다."

"주먹밥이면 되는 거죠?"

링야는 안으로 뛰어 들어가더니 무사시가 바라는 것을 곧 가지고 왔다. 무사시는 불빛도 없는 빈 방에서 주먹밥을 다 먹어치우더니 링야에게 물었다.

"여기 뒤뜰에서 밖으로 나갈 수 있니?"

그러고는 바로 일어서서 툇마루에서 출구로 걸어가자 링야가 놀라며 물었다.

"손님, 어디로 가시는데요?"

"곧 돌아오마."

"곧 돌아오신다면서 왜 그런 곳으로……."

"대문으로 나가는 것도 내키지 않고, 또 고에쓰 님이나 쇼유 님이 알면 아무래도 흥을 깨지 싶어서 말이다. 그리고 번거롭기도 하고."

"그럼, 거기 문을 열어드릴 테니 곧 돌아오셔야 돼요? 만약 돌아오시지 않으면 제가 혼날지도 몰라요."

"그래, 알았다. 금방 돌아올게. ……만약 고에쓰 님이 물으면 렌게오인蓮華王院 부근에 아는 사람을 만나러 갔는데 금방 돌아올 생각이라고 말하고 나갔다고 전해주렴."

"돌아올 생각이면 안 돼요. 꼭 돌아오셔야 돼요. 손님의 시중을 드는 분은 제가 모시는 요시노 다유 님이니까요."

링야는 눈이 쌓인 사립문을 열고 무사시를 밖으로 내보내주었다.

2

기루의 대문 밖에는 바로 삿갓을 만드는 집이 있었다. 무사시는 그곳에서 짚신은 없느냐고 물었지만 기루에 들어가는 사내들이 얼굴을 가리기 위해 삿갓을 사는 가게여서 애초에 짚신이 있을 리가 없었다.

"미안하지만 어디서 구해다 줄 수 없겠니?"

가게 여자아이에게 부탁하고 그동안 무사시는 탁자 끝에서 허리끈을 고쳐 맸다. 그리고 하오리羽織(일본옷의 위에 입는 짧은 겉옷)를 벗어서 가지런히 개놓고 붓과 종이를 빌려 뭐라고 한 줄 적고는 접어서 소매 안에 넣었다.

"주인장!"

무사시는 안쪽 고타쓰炬燵(일본의 실내 난방 장치의 하나. 나무틀에 화로를 넣고 그 위에 이불, 포대기 등을 씌운 것)에 웅크리고 앉아 있는 노인에게 그것을 맡기면서 부탁했다.

"죄송하지만 이 하오리를 좀 맡아주시겠소? 만약 제가 해시亥時 하각(오후 11시 20분)까지 여기로 돌아오지 않으면 이 하오리와 안에 넣어둔 편시를 오기야에 계시는 고에쓰 님께 전해주셨으면 합니다."

"예예, 어려운 일도 아니구먼요. 잘 맡아놓겠습니다."

"그런데 지금이 유시酉時 하각(오후 7시 20분)입니까, 술시戌時 (오후 8시)입니까?"

"아직 그렇게는 안 되었을 겁니다. 오늘은 눈이 내려서 빨리 어두워졌으니까요."

"방금 오기야를 나오기 전에 그 집 도케이土圭(시간을 재거나 시각을 알리는 기계)가 울리던데."

"그럼, 그건 아마 유시 하각을 알리는 소리일 겝니다."

"아직 그것밖에 안 되었군."

"날이 저문 지 얼마 되지 않았으니 오가는 사람들만 봐도 알 수 있습죠."

그때 심부름을 보낸 여자아이가 짚신을 사 가지고 왔다. 무사시는 꼼꼼하게 짚신 끈의 상태를 살피고 나서 가죽 버선 위에 신었다.

무사시는 자기의 처지에서는 제법 많은 돈을 치르고 삿갓을 하나 사서 머리에 쓰고는 흩날리는 꽃잎보다 부드러운 눈을 헤치면서 어디론가 눈길을 걸어갔다.

4조의 가와라河原(교토 4조 대교 부근의 가모 강 강변) 부근에는 인가의 불빛도 드문드문 보였지만, 기온祇園의 나무숲으로 한 발 들어가자 그곳에는 눈이 드문드문 쌓여 있었고 발밑도 캄캄했다.

이따금 보이는 희미한 불빛은 기온 숲에 둘러싸인 등롱과 신등神燈 따위였다. 신사의 불당이나 사당에도 사람이 없는 듯 고즈넉했다. 그저 가끔 나뭇가지에서 눈이 떨어지는 소리가 들리곤 했지만, 그나마도 이내 적막에 휩싸였다.

"자, 이만 갑시다."

기온 신사 앞에서 부복한 채 무언가를 기원하던 한 무리의 사람들이 우르르 일어섰다. 그때 가초 산花頂山에 있는 절들에서 술시를 알리는 종소리가 다섯 번 울렸다. 눈 내리는 밤이어서 그런지 유독 이날 밤에는 종소리가 애간장을 녹이듯 청아하게 들렸다.

"사제 님. 짚신 끈은 괜찮겠습니까? 이렇게 얼어붙을 정도로 추운 밤에는 아무리 질긴 끈도 끊어지기가 쉽습니다."

"걱정 말게."

요시오카 덴시치로였다.

친족과 문하의 제자들 열일고여덟 명이 그를 둘러싸고 추위 탓도 있겠지만, 모두가 긴장된 얼굴을 하고 있었다. 그들은 덴시치로의 주위를 에워싼 채 렌게오인 쪽으로 걸어갔다.

덴시치로는 방금 일어난 기온 신사의 참배전 앞에서 한 치의 빈틈도 없이 걸투 준비를 끝낸 참이었다. 머리띠와 가죽으로 된 다스키는 말할 필요도 없었다.

"짚신? 이런 때는 짚신 끈으로 천을 써야 한다. 너희들도 잘 기억해두어라."

덴시치로는 하얀 입김을 크게 내뿜으면서 무리의 한가운데에서 걷고 있었다.

3

해가 저물기 전에 오타구로 효스케를 비롯한 세 명의 제자들이 무사시에게 건넨 결투장에는 이렇게 적혀 있었다.

장소 렌게오인 뒤편
시각 술시 하각(오후 9시 20분)

내일까지 기다리지 않고 갑자기 오늘 밤 술시로 지정한 것은 덴시치로도 그것이 좋다고 생각했고, 친족이나 문하생들도 여유를 줘서 만약 도망치기라도 하면 다시는 교토에서 그를 잡을 수 없을 것이라는 예상 하에 일치된 작전을 세운 것이었다. 사자로 갔던 오타구로 효스케가 무리 속에 보이지 않는 걸 보면 그만 혼자 호리 강 후나바시에 있는 하이야 쇼유의 집 부근에 남아 무사시를 은밀히 미행하고 있는지도 모른다.

"……누구지? 누군가 먼저 와 있는 것 같은데?"

덴시치로는 그렇게 말하고 렌게오인의 처마 아래 눈 속에서 빨갛게 모닥불을 피우고 있는 자를 멀리서 바라보았다.

"미이케와 우에다일 것입니다."

"뭐? 미이케와 우에다까지 왔단 말이냐?"

덴시치로는 탐탁지 않은 표정을 지었다.

"무사시 한 놈을 상대하는 데 너무 많이들 왔군. 이러다가 기껏 무사시를 베고도 떼거리로 몰려들어 해치웠다는 말이나 듣는다면 내 체면이 뭐가 되겠나?"

"아니, 때가 되면 저희들은 물러나 있겠습니다."

렌게오인의 긴 불당 복도는 흔히 '서른세 칸 당堂'이라고 불리는 곳이다. 그 긴 복도는 활을 쏘기에도 좋은 거리이고 과녁을 세워놓기에도 좋기 때문에 활을 쏘기에 안성맞춤인 장소였다. 그래서인지 언제부턴가 활을 가지고 와서 혼자 연습하는 사람이 조금씩 늘어나고 있었다.

덴시치로는 그런 점에서 문득 이곳이 떠올라 오늘 밤의 결투 장소로 무사시에게 통보했지만, 막상 와서 보니 활보다 결투 장소로 더더욱 안성맞춤이었다.

수천 평은 되어 보이는 눈밭에는 잡초나 뿌리대로 인한 기복도 보이지 않고, 살짝 깔린 눈이 아름답게 펼쳐져 있었다. 군데군데 소나무가 있었지만 그것도 빽빽하게 숲을 이루고 있는 것이 아니라 드문드문 사원의 풍치를 돋보이게 하는 정도였다.

"오시는군."

먼저 와서 불을 피우고 기다리고 있던 두 사람이 덴시치로가 오는 것을 보자 불 옆에서 바로 일어섰다.

"추우셨지요? 아직 시간이 꽤 남았으니 몸을 충분히 녹이시고 준비하셔도 늦지 않을 것입니다."

미이케 주로자에몬과 우에다 료헤이였다. 덴시치로는 료헤이가 앉았던 자리에 아무 말 없이 앉았다. 준비는 이미 기온 신사앞에서 다 끝내고 온 터였다. 덴시치로는 모닥불에 손을 쬐며 양손의 손가락 마디를 하나씩 뚝뚝 소리를 내면서 풀었다.

"좀 빨리 온 것 같군."

덴시치로는 연기를 쬐면서 슬슬 살기를 띠기 시작한 얼굴을 찡그렸다.

"방금 오다 보니 중간에 술집이 있던데."

"눈 때문에 벌써 문을 닫았더군요."

"문을 두드리면 나올 테니 누가 가서 술을 좀 받아와."

"예? 술을요?"

"그래. 술이 없으니까 몹시 춥군."

덴시치로는 그렇게 말하고 불을 껴안듯이 몸을 움츠렸다.

아침이든 밤이든, 또 도장에 나와 있을 때도 덴시치로의 몸에서 술 냄새가 사라진 적이 없다는 것은 알고 있었다. 그러나 오늘 밤 같은 날, 일족과 일문의 흥망을 가르는 결투를 벌일 적을 기다리는 이 짧은 순간에 마시는 술이 과연 덴시치로의 전투력에 이로울지 해로울지를 문하생들은 평소와 달리 깊이 생각하지 않을 수 없었다.

4

이렇게 눈이 내리는 날에는 얼어붙은 손으로 칼을 잡는 것보다 술을 조금이라도 마셔서 몸을 녹이는 편이 오히려 낫다고 생각하는 사람이 많았다.

"사제가 저렇게 말씀하시는데 기분을 상하게 하는 것은 더 좋지 않아."

이런 의견도 있고 해서 문하생 중 두세 명이 뛰어가서 금방 술을 사왔다.

"오, 왔구나. 내 편이라곤 이거 이상 가는 것이 없더군."

덴시치로는 모닥불 재에 따뜻하게 데운 술을 잔에 따라 기분 좋게 마시고는 투지로 가득 찬 숨을 내쉬었다.

평소처럼 술을 많이 마시면 좋지 않다며 조마조마해하는 자도 있었지만, 그런 걱정이 필요 없을 정도로 덴시치로는 알아서 평소보다 술을 적게 마셨다. 자신의 목숨이 달린 대사를 앞두고 있는 그는 겉으로는 호방하게 행동하고 있었지만, 속으로는 여기에 있는 그 누구보다도 더 긴장하고 있었다.

"앗! 무사신가?"

갑자기 누군가 이렇게 소리를 질렀다.

"왔느냐?"

모닥불을 둘러싸고 있던 사람들이 일제히 벌떡 일어서자 그들의 소맷자락에서 빨간 불똥이 눈이 내리는 하늘로 흩날렸다. 서른세 칸 당의 긴 건물 모퉁이에 나타난 검은 그림자는 멀리서 손을 들더니 좌우로 흔들며 다가왔다.

"날세, 나야."

하카마를 짧게 걷어 올리는 둥 싸울 채비는 단단히 한 모습이지만, 등이 꾸부정하게 굽은 늙은 무사였다. 문하생들은 그를 보고 겐자에몬源左衛門 님이다, 미부壬生 노인이다, 라고 이야기를 주고받더니 이내 조용해졌다.

미부의 겐자에몬이라는 이 늙은 무사는 선대인 요시오카 겐포의 친동생으로 겐포의 아들인 세이주로나 덴시치로에게는 숙부가 되는 사람이었다.

"어? 미부 숙부님. 여긴 어쩐 일로."

덴시치로도 숙부가 오늘 밤 이곳에 나타나리라고는 생각지도 못한 듯 의외라는 표정으로 그를 맞았다. 겐자에몬이 불 옆으로 와서 말했다.

"덴시치로, 너 정말로 하려는 게로구나.……아니, 너의 그 모습을 보고 오히려 안심했다."

"숙부님께도 상의를 드리려고 했는데."

"상의는 뭐 하러. 상의 따위가 무슨 소용이 있겠느냐? 요시오카의 이름에 먹칠을 하고, 네 형을 그렇게 만들었는데 가만히 있었다면 내가 널 꾸짖으러 올 생각이었다."

"안심하십시오. 저는 유약한 형님과는 다르니까요."

"그 점은 나도 믿고 있다. 네가 질 거라고는 생각하지 않지만, 한마디 조언이나 할까 싶어서 미부에서 이렇게 달려온 것이다. 덴시치로, 적을 너무 얕봐서는 안 된다. 소문을 듣자 하니 무사시라는 자도 만만치 않은 것 같더구나."

"알고 있습니다."

"이겨야겠다는 마음에 너무 조바심을 내서는 안 된다. 천명에 맡기거라. 만일의 경우, 네 뼈는 내가 수습해주마."

"하하하하."

덴시치로는 웃으며 술잔을 숙부에게 내밀었다.

"숙부님, 추위를 좀 녹이시지요."

겐자에몬은 잠자코 술잔을 받아 마시더니 문하생들을 둘러보며 말했다.

"너희들은 무얼 하러 온 게냐? 설마 합세해서 싸우려는 것은 아니겠지? 그럴 생각이 아니라면 이만 물러나 있는 게 낫다. 이렇게 떼거리로 모여 있으면 일대일의 승부에 뭔가 이쪽에 약점이 있는 것으로 보여서 안 된다. 또 이겨봐야 사람들의 입방아에 오르내릴 게 뻔하고. 자, 이제 시간도 다 됐으니 나와 함께 어디 멀리 물러나 있기로 하자."

5

귓가에서 종소리가 크게 울린 지도 꽤 오래된 것 같았다. 그때가 분명 술시였다. 그렇다면 약속시간인 술시 하각은 머지않았다.

'무사시가 늦는군.'

덴시치로는 눈이 내리는 하얀 밤을 둘러보면서 혼자 타다 남은 모닥불을 쬐고 있었다.

미부의 겐자에몬 숙부가 주의를 준 대로 문하생들은 모두 물러갔고, 눈 위에는 검은 발자국만이 어지럽게 남아 있었다.

퍼펙, 딱, 이따금 둔탁한 소리가 났다. 서른세 칸 당의 처마에서 고드름이 떨어져 땅바닥에 떨어지는 소리다. 또 어딘가에서 눈의 무게를 이기지 못하고 나뭇가지가 부러지는 소리였다. 그때마다 덴시치로의 눈은 매처럼 움직였다.

그때, 그 매의 그림자를 닮은 사내가 한 명 눈을 밟으며 저편 나무 사이에서 재빠르게 덴시치로 옆으로 뛰어왔다.

저녁때부터 무사시의 동태를 감시하면서 이쪽에 보고하던 문하생 중에서 마지막까지 남아 있던 오타구로 효스케였다. 오늘밤의 대사가 눈앞까지 닥쳐왔다는 것은 그의 표정만으로도 알 수 있었다.

그는 쏜살같이 달려와서 숨을 헐떡이며 보고했다.

"왔습니다!"

덴시치로는 그가 말하기도 전에 이미 눈치를 채고 모닥불 옆에서 일어나 있었다. 그리고 그의 말을 듣자마자 "왔느냐?"라며 되묻고는 타다 남은 모닥불을 발로 비벼서 껐다.

"6조 야나기마치의 삿갓집을 나선 후 무사시란 놈은 눈이 내리는데도 소처럼 느릿느릿 걸어서 방금 기온 신사의 돌계단을 올라 경내로 들어섰습니다. 저는 길을 돌아서 이리로 왔으니 느린 걸음이라도 이제 모습을 보일 때가 됐습니다. 준비하십시오!"

"알았다. ……효스케."

"예."

"저쪽으로 가 있거라."

"다른 사람들은요?"

"모른다. 근처에 있으면 방해만 될 뿐이니 물러가라."

"넵."

대답은 했지만 효스케는 그곳을 떠날 마음이 없었다. 덴시치로가 발로 불을 완전히 밟아서 끄고 몸을 부르르 떨더니 처마 아래에서 나가는 것을 보자 그는 반대로 불당의 마루 아래로 기어들어가 어둠 속에서 웅크리고 있었다.

마루 아래에 있으니 밖에서는 느끼지 못했던 바람이 차갑게 불어왔다. 효스케는 무릎을 끌어안은 채 뼛속까지 파고드는 추위를 느꼈다. 이가 덜덜 떨렸다. 그는 그것이 추위 때문이라고 스스로에게 납득시키면서 몸을 부들부들 떨고 있었다.

'어떻게 된 거지?'

밖이 낮보다 훨씬 잘 보이는 것이었다. 덴시치로의 그림자는 서른세 칸 당에서 약 100보가량 떨어진 키 큰 소나무 아래에 우뚝 서서 무사시가 나타나기를 이제나저제나 기다리고 있었다.

그런데 효스케가 짐작했던 시간이 벌써 지났는데도 무사시는 아직 나타나지 않았다. 눈은 저녁때만큼은 아니지만 여전히 조금씩 내리고 있었고, 추위는 살을 도려내는 듯했다. 불의 온기도 가시고 술기운도 사라지기 시작하자 초조해하고 있는 덴시치로의 모습은 멀리서도 똑똑히 알 수 있었다.

투두둑, 갑작스러운 소리에 덴시치로는 깜짝 놀랐다. 그러나 그것은 눈이 나뭇가지에서 폭포처럼 쏟아져 내린 소리였다.

6

기다리는 사람의 입장에서는 이런 경우의 한 순간이라는 것은 아주 짧은 순간도 견딜 수 없을 만큼 초조해지게 마련이다.

덴시치로의 마음과 오타구로의 마음도 예외는 아니었다. 특히 오타구로는 자신이 한 보고에 대한 책임감과 온몸에 소름이 돋는 추위 속에서 조금만 더, 조금만 더 하고 초조함을 억누르며 무사시를 기다렸지만 여전히 무사시의 그림자조차 보이지 않자 더는 참지 못하고 마루 밑에서 나와 저쪽에 서 있는 덴시치로에게 소리쳤다.

"어떻게 된 걸까요?"

"효스케, 아직도 있었느냐?"

덴시치로도 같은 심정으로 그렇게 대답했다. 누구랄 것 없이 두 사람은 서로에게 다가갔다.

"……보이지 않아!"

그리고 눈이 내려 주위가 온통 새하얗게 뒤덮여 있는 것을 둘러보면서 의심에 찬 목소리로 신음하듯 말했다.

"이놈이 도망쳤나 보군."

덴시치로가 중얼거리자 오타구로가 바로 부정했다.

"아니, 그럴 리가 없습니다."

그리고 자신이 확인했던 상황을 스스로 보증하겠다는 듯 덴시치로에게 열심히 설명하고 있을 때였다.

"어?"

그의 말을 듣고 있던 덴시치로의 눈이 갑자기 옆으로 쏠렸다.

덴시치로의 눈길을 쫓아가서 보니 렌게오인의 부엌 쪽에서 깜빡깜빡 촛대의 불빛이 흔들리고 있었다. 촛대를 들고 오는 것은 스님이었고, 그 뒤로 누군가 따라오는 모습도 보였다.

그 두 사람의 그림자와 한 점의 작은 불빛은 이윽고 경내의 문을 열고 서른세 칸 당의 긴 마루 끝에 서서 낮은 목소리로 이렇게 이야기를 나누었다.

"밤에는 문을 다 닫아놓기 때문에 잘은 모르겠지만 분명히 저녁 무렵에 이 부근에서 몸을 녹이던 무사님들이 있었습니다. 그들이 당신이 찾는 분들인지는 모르겠지만, 지금은 아무도 없는 듯합니다."

스님이 하는 말이었다.

그 말에 정중하게 뭐라고 예를 표한 것은 안내를 받아 온 자였다.

"아니, 쉬시는 데 폐를 끼쳐 죄송합니다. 그런데 저기 나무 아래에 두 명쯤 되는 사람들이 서 있는 것 같은데, 저들이 렌게오인에서 기다린다고 한 사람들일지도 모르겠습니다."

"그러시면 확인해보시지요."

"이제 괜찮으니 이만 돌아가서 쉬십시오."

"그런데 눈 구경이라도 하시려고 만나는 것인지요?"

"예 뭐, 그렇습니다."

사내가 가볍게 웃자 스님은 불을 끄면서 말했다.

"말씀드리지 않아도 잘 아시겠지만, 만약 이 불당 근처에서 아까처럼 불이라도 피울 경우에는 모쪼록 불씨가 남지 않도록 주의를 부탁드립니다."

"알겠습니다."

"그럼 이만."

스님은 그곳의 문을 닫고 부엌 쪽으로 사라졌다.

남겨진 사내는 덴시치로 쪽을 가만히 응시하면서 잠시 서 있었다. 그곳은 처마 아래의 그늘진 곳이었는데 눈에 반사된 빛이 눈을 찌르듯 강한 탓인지 어둠이 한층 더 짙게 느껴졌다.

"효스케, 저자가 누굴까?"

"부엌 뒤편에서 나온 걸로 봐서……."

"절 사람은 아닌 듯하다."

"글쎄요."

두 사람은 서른세 칸 당의 마루 쪽으로 스무 걸음쯤 걸어갔다. 그러자 불당의 끝 쪽에 있던 검은 그림자도 위치를 옮겨서 긴 마루의 중간쯤까지 오더니 걸음을 딱 멈췄다. 그리고 소매를 걷어 올린 가죽 다스키의 끝부분을 왼쪽 겨드랑이에서 단단히 묶는 듯한 모습이었다. 그 모습을 확인할 수 있는 서리까지 아무 생각 없이 걸어가던 두 사람은 흠칫 놀라며 눈 속에 그대로 발이 박힌 듯 우뚝 멈춰 섰다. 그렇게 두세 호흡 시간이 흘렀다.

"앗. 무사시!"

덴시치로가 큰 소리로 외쳤다.

7

서로 정면으로 응시했을 때 덴시치로가 "무사시!"라고 처음 외친 순간부터 이미 무사시가 절대적으로 유리한 위치를 점하고 있었다는 것은 부정할 수 없는 사실이었다.

그것은 일단 두 사람이 대치하고 있는 위치만 봐도 알 수 있었다. 무사시는 적보다 몇 자나 높은 마루 위에 있었고, 반대로 덴시치로는 적이 눈 아래로 내려다보는 위치에 있었다.

그뿐만 아니라 무사시는 또 등 뒤가 절대적으로 안전했다. 서른 세 칸 당의 긴 벽을 등지고 있었기 때문에 설령 좌우에서 협공을 하려는 자가 있어도 마루의 높이가 자연스럽게 하나의 방책이 되어주었고, 뒤를 걱정할 필요 없이 한쪽 방향에 있는 적에게만 집중할 수 있었다.

그에 비해 덴시치로의 등 뒤는 눈보라가 치는 드넓은 공터였다. 비록 상대인 무사시에게 도와줄 편이 없다는 사실을 알고 있더라도 결코 등 뒤의 드넓은 공터에 무관심할 수는 없었다. 그러나 다행스럽게도 그의 옆에는 오타구로 효스케가 있었다.

"효스케, 물러가 있거라. 물러가 있어."

이렇게 덴시치로가 뿌리치듯이 말한 것은 효스케가 섣불리 끼어드는 것보다는 오히려 멀리 떨어져서 일대일로 맞선 두 사람을 지켜보는 것이 도움이 된다고 판단했기 때문이다.

"준비되었나?"

무사시가 물었다. 찬물을 뒤집어쓴 듯한 조용한 말투였다.

'이자군.'

덴시치로는 무사시의 얼굴을 보는 순간 증오심으로 가득 찼다. 육친에 대한 원한이며 자신과 무사시를 비교하는 세간의 불편한 평판이 그의 증오심에 불을 지핀 것이다. 또 시골 출신의 신출내기 검객이라는 경멸도 한몫했다.

"닥쳐라!"

맞받아치듯이 터져나온 고함은 그로서는 당연한 반응이었다.

"준비가 되었냐니, 무사시! 술시 하각은 벌써 지났다."

"분명히 하각의 종소리와 동시라고는 약속하지 않았다."

"궤변을 늘어놓지 마라. 난 벌써부터 와서 이렇게 준비를 한 채 기다리고 있었다. 자, 내려와라."

덴시치로도 불리한 입장에서 무모하게 달려들 만큼 상대를 가볍게 보지는 않았다. 당연히 이런 말로 적을 유인했다.

"지금."

무사시는 짧게 대답하고 잠시 기회를 엿보는 듯한 눈빛이었다.

덴시치로 역시 무사시를 확인한 순간부터 기회를 엿보며 온몸을 전의로 불태우고 있었지만, 무사시는 그의 눈에 자신을 드러내기 전부터 이미 결투가 시작된 것이라 여기고 전략을 세우고 임하고 있었다.

무사시의 의중을 알 수 있는 증거로 그는 우선 일부러 길이 아닌 사원의 한가운데를 지나왔다. 일과를 마치고 쉬고 있는 스님에게 폐를 끼치면서까지 넓은 경내를 헤매지 않고 이 불당의 마루로, 곧장 건물을 따라 온 것만 봐도 알 수 있다.

기온 신사의 돌계단을 올랐을 때 그는 사람들의 발자국이 눈 위에 무수하게 찍혀 있는 것을 본 것이 틀림없다. 그 순간 그는 모든 지혜를 짜냈다. 자신의 뒤를 밟고 있던 자가 사라지자 그는 렌게오인의 뒤편으로 가는 데 일부러 정문으로 들어간 것이었다.

시간이 다소 지난 것을 알면서도 저녁 무렵부터 절의 스님에게 이 부근의 사전 지식을 충분히 얻고, 차도 한 잔 마시면서 몸을 녹인 후에 갑자기 적 앞에 나타난다는 계책을 세웠던 것이다.

무사시는 이렇게 해서 첫 번째 기회를 잡았다. 두 번째 기회는 지금 덴시치로 쪽에서 계속해서 유인하는 것이었다. 그 유인에 넘어가서 나가는 것도 전법이고, 그것을 무시하고 스스로 기회를 만드는 것도 전법이다. 승패의 갈림길은 흡사 물에 비친 달의 모습을 닮았다. 이지理智와 힘을 과신해서 물에 비친 달을 움켜쥐려고 하면 오히려 물에 빠져 목숨을 잃는 것이 자명하다.

8

"늦게 나온 주제에 아직 준비도 하지 못했다는 말이냐? 여긴 위치가 좋지 않다."

무사시는 초조해하는 덴시치로에게 느긋하게 말했다.

"지금 간다."

분에 못 이겨서 흥분하는 것이 패배의 단초라는 것을 덴시치로도 모르지는 않았지만, 마치 고의로 그렇게 행동하는 듯한 무사시의 태도를 보고 있자니 평소에 쌓아온 수양은 물거품이 되어버리고 평정심은 어디론가 다 사라져버리는 것이었다.

"오너라! 더 넓은 곳으로! 서로 이름을 더럽히고 싶지는 않다. 얍삽한 짓거리나 비겁한 결투, 난 그런 것에 침을 뱉으며 살아온 인물이다. 무사시, 결투를 하기 전에 지레 겁부터 먹는다면 넌 이 덴시치로 앞에 설 자격이 없다. 거기서 내려와라!"

그가 소리를 질러대며 흥분한 모습을 보이자 무사시는 이를 조금 보이며 씩 웃었다.

"그런데 요시오카 덴시치로라면 이미 작년 봄에 내가 두 동강을 내버렸다. 오늘 다시 베면 그대를 두 번 베는 꼴!"

"뭐라고? 언제, 어디서?"

"야마토의 야규에서."

"야마토?"

"와타야라는 여관의 목욕탕에서다."

"아, 그때?"

"우린 둘 다 칼을 지니고 있지 않은 목욕탕 안이었지만 난 그대를 벨 수 있을까 마음속으로 가늠하고 있었다. 그리고 눈으로 베었다. 단칼에 베어버렸다. 그러나 그대의 몸에는 아무런 흔적도 남지 않았으니 깨닫지 못했을 터. 그대가 검으로 입신하려는 자라고 호언한다면 다른 사람 앞에선 몰라도 이 무사시 앞에서 그런 말을 입에 담는 것은 조롱거리밖에 되지 않는다."

"무슨 말인가 했더니 당치도 않은 헛소리를 지껄이는구나. 하지만 조금 재미는 있었다. 그 독선에서 깨어나게 해주마. 와라!

내 앞으로 와서 서라!"

"그런데 덴시치로, 검은 목검인가, 진검인가?"

"목검을 가지고 오지도 않았으면서 무슨 소리냐? 진검으로 싸울 각오로 온 것이 아니냐?"

"상대가 목검을 원한다면 상대의 목검을 빼앗아 치겠다."

"허풍 떨지 마라."

"그럼."

"얏!"

덴시치로의 뒤꿈치가 눈 위에 검은 사선을 한 간 반(약 2.7미터)이나 그리며 무사시가 지나갈 공간을 열어주었다. 그러나 무사시는 마루 위에서 옆으로 두세 간(4~5미터) 스스슥 걸어가더니 눈 위로 내려왔다.

두 사람은 불당의 마루에서 그리 멀리 가지는 않았다. 덴시치로는 무사시가 그렇게 멀리 갈 때까지 기다릴 수 없었던 것이다. 불시에 상대에게 압박을 가하는 듯한 일갈이 터져 나오더니 그의 체구에 걸맞은 장검이 너무나 가볍게 쉭 하는 희미한 소리를 내며 무사시가 있던 위치를 정확히 둘로 갈랐다.

그러나 목표를 향한 정확함이 적을 둘로 베는 정확함을 보장한다고는 할 수 없다. 대상의 움직임이 칼의 속도보다 좀 더 빨랐다. 아니, 그 이상으로 빨랐던 것은 적의 늑골 아래에서 나온 흰 칼날이었다.

9

번쩍, 두 자루의 칼이 허공에서 섬광을 발한 것을 본 후에는 하얀 눈이 땅으로 떨어지는 모습이 너무나 느리게 보였다.

하지만 그 속도에도 악기의 음계처럼 서徐, 파破, 급急(일본 아악雅樂의 부악舞樂에서 나온 개념으로 서는 '무박자' 또는 '저속도'로 전개되고, 파로부터 박자가 부가되고, 급에서 가속으로 들어간다)이 있었다. 바람이 불자 급이 되었고, 땅 위의 눈을 말아 올려 회오리바람이 되자 파를 일으켰다. 그리고 다시 백로의 깃털이 춤을 추는 것처럼 조용히 내리는 눈의 풍경으로 돌아오더니 땅으로 내려앉았다.

"……"

"……"

무사시와 덴시치로, 두 사람의 칼도 서로의 칼이 칼집에서 빠져나왔다 싶은 그 순간에는 이미 어느 한쪽의 육체가 도저히 무사할 수 없다고 여겨지는 지점까지 와 있었다. 동시에 두 자루의 칼도 복잡한 빛을 그리며 움직인 듯 보였지만, 두 사람의 뒤꿈치가 눈보라를 일으키며 뒤로 물러선 순간 두 사람 다 아직은 건재한 듯 보였다. 흰 눈이 쌓인 대지에 한 방울의 피도 떨어지지 않은 것이 도저히 일어날 수 없는 기적처럼 여겨지기까지 했다.

"……"

"……."

그 이후로 두 자루의 칼은 칼끝과 칼끝 사이에 아홉 자 정도의 거리를 둔 채 미동도 하지 않았다.

덴시치로의 눈썹에 눈이 쌓이고 있었다. 그 눈이 녹아 이슬이 되더니 속눈썹 안으로 흘러드는 듯했다. 그 때문인지 가끔 얼굴을 찡그리면 그의 얼굴 근육이 무수한 혹처럼 꿈틀거렸고, 다시 큰 눈을 부릅뜨곤 했다. 눈에서 튀어나올 것 같은 눈동자는 마치 쇠를 녹이고 있는 용광로의 작은 창과 같았고, 입술은 지극히 평온하게 아랫배에서 올라오는 숨을 내쉬고 있는 듯이 보였지만 실은 풀무처럼 뜨거운 화기火氣가 서려 있었다.

'아뿔싸!'

덴시치로는 적과 이렇게 대치하게 되자마자 속으로 후회했다.

'왜 하필 오늘따라 칼끝을 낮게 겨눈 것일까? 어째서 평소처럼 머리 높이로 들지 않은 걸까?'

머릿속에서는 끊임없이 이런 후회가 밀려왔다. 하지만 그는 지금 인간이 평소에 하는 생각처럼 만사를 머리만으로 한가로이 판단하고 있을 상태가 아니었다. 온몸의 혈관 속을 아우성치며 전속력으로 뛰어다니는 피가 모두 사고력을 지니고 그렇게 느끼는 것이었다. 머리털과 눈썹, 온몸의 털은 말할 것도 없이 발톱까지도 본능적으로 동원되어 적에게 날선 전의를 드러내고 있었다.

덴시치로는 칼을 들고 이런 자세를 취하고 있는 것은 ─ 칼끝을 적의 눈을 향해 낮게 겨누고 싸우는 것은 ─ 자기가 즐기지 않는 자세라는 것을 잘 알고 있었다. 그래서 몇 번이나 팔꿈치를 들어 정면을 향하도록 칼끝을 들어 올리려고 했지만 도저히 들어 올릴 수가 없었다.

무사시의 눈이 그 틈을 노리고 있었기 때문이다.

그런 무사시 역시 칼끝을 낮게 겨누고 팔꿈치를 조금 구부리고 있었다. 덴시치로는 구부린 팔꿈치에 잔뜩 힘을 주고 있었지만, 무사시의 팔꿈치는 손으로 누르면 아래로든 옆으로든 움직일 것 같은 유연함이 보였다. 그리고 또 덴시치로의 칼이 앞에서도 말했듯이 이따금 움직였다 멈추기를 되풀이하고 있는 것에 비해 무사시의 손에 있는 칼은 미동도 하지 않았다. 그 가느다란 칼등 위에 살짝 눈이 쌓일 정도로 움직임이 전혀 없었다.

10

덴시치로가 흐트러지기를 기다렸다. 그의 허점을 찾아보았다. 그의 호흡을 가늠했다. 그에게 이기려고 했다. 오로지 이기려고 했다. 바로 지금이 생사의 갈림길이라고 생각했다.

그런 생각이 머릿속을 스쳐가는 동안에는 상대인 덴시치로가 마치 거대한 바위처럼 보였다.

'이자는……'

처음에는 무사시도 눈앞의 강력한 상대에게 일종의 압박감을 느꼈다.

'적은 나보다 강하다.'

솔직히 그렇게 생각했다. 고야규小柳生 성에서 야규의 네 수제자에게 둘러싸였을 때도 똑같은 부담감을 느꼈다. 그의 그런 패배감과도 비슷한 자각은 야규류와 요시오카류 같은 정통 검법과 맞서자 자신의 검이 얼마나 제멋대로이고 형식도 이론도 없는 아류인지 뼈저리게 깨달은 데서 온 것이었다.

지금 덴시치로가 취하고 있는 자세만 봐도 과연 요시오카 겐포라는 선대가 일생을 바쳐 연구한 만큼 단순함 속에서 복잡함으로, 호방함 속에서 면밀함으로 하나의 정돈된 검형劍形을 갖추고 있었다. 단순히 힘이나 정신만으로 달려들어서는 절대로 깨뜨릴 수 없는 무언가가 있었다.

그것을 깨달은 무사시는 손이든 발이든 도저히 내밀 수 없었다. 당연히 무모해질 수 없었다.

그가 은연중에 자부하고 있던 자신만의 검법과 야성의 자유분방하고 거침없는 행동도 함부로 펼쳐 보일 수 없었다. 이럴 리가 없다고 생각될 정도로 오늘 밤엔 도저히 팔꿈치를 펼 수 없었다. 그저 가만히 방어적인 자세를 취하는 것이 최선이었다.

그래서인지 아무리 냉정함을 유지하려고 해도 그의 눈은 상대의 허점을 찾기 위해 혈안이 되었고, 반드시 이기고야 말겠다는 간절함과 초조함으로 마침내 마음이 조급해졌다.

대부분의 경우 어지간한 사람들은 이런 상황에서 거친 물살에 휩쓸린 것처럼 당황하고 초조해하다가 물에 빠져 죽고 만다. 그러나 무사시는 아무런 동요도 일으키지 않고 그 위험한 자신의 혼미함에서 불쑥 떠올랐다. 이것은 그가 몇 번이나 생사의 경계를 넘나들며 얻은 체험 덕분일 것이다. 무사시는 어느새 눈을 깨끗이 닦아낸 것처럼 정신을 차리고 있었다.

"……"

"……"

두 사람은 여전히 칼끝을 낮게 겨눈 채 대치하고 있었다. 무사시의 머리와 덴시치로의 어깨에 눈이 쌓였다.

"……"

"……"

이제 눈앞의 바위와 같던 적은 사라지고 없었다. 동시에 무사시라는 자아도 사라져버렸다. 그렇게 되기 전에 무사시의 마음 속에서는 필연적으로 이기려는 마음조차 어디론가 사라지고 없었다.

덴시치로와 자신의 대략 아홉 자쯤 되는 거리의 공간을 나풀거리며 조용히 내리고 있는 하얀 눈, 그 눈의 마음이 자신의 마음인 양 가볍고, 그 공간이 자신의 몸처럼 넓고, 그리고 천지가 자신인지, 자신이 천지인지 무사시는 있었지만 무사시의 몸은 없었다.

그런데 어느새 눈이 내리는 그 공간을 좁히며 덴시치로의 발이 앞으로 나와 있었다. 그리고 칼끝에서는 그의 의도가 꿈틀 움직이기 시작했다.

"이얏!"

무사시는 느닷없이 등 뒤로 칼을 휘둘렀다. 그의 칼날은 등 뒤로 기어서 다가온 오타구로 효스케의 머리를 가로로 베었다. 흡사 팥 자루를 베는 듯한 소리가 났다.

커다란 꽈리 같은 머리가 무사시 옆을 지나 덴시치로 쪽으로 허우적거리며 갔다. 무사시의 몸도 그 순간 걸어가는 시체를 뒤이어 적의 가슴께까지 높이 날아올랐다.

11

"아악!"

사방의 정적을 깨는 찢어질 듯한 비명 소리였다. 덴시치로의 입에서 터져 나온 소리였다. 온몸에서 터져 나온 기합 소리가 중간에 뚝 끊긴 것처럼 허공에 울려 퍼진 순간 그의 커다란 몸뚱이가 뒤로 비틀거리더니 눈보라 속으로 쿵 쓰러졌다.

"자, 잠깐만."

쓰러진 몸을 원통한 듯 구부리며 눈 속에 얼굴을 파묻은 채 덴시치로가 그렇게 신음하듯 말했다. 그러나 무사시는 이미 그 자리에 없었다.

갑자기 그에 반응한 것은 멀리 저편에서였다.

"앗!"

"사제님이다!"

"크, 큰일 났다."

"모두 이동하라."

퍽퍽퍽퍽, 파도가 밀려오듯 검은 그림자들이 눈을 밟으며 덴시치로가 쓰러져 있는 곳으로 모여들었다. 그들은 멀리 떨어져서 매우 낙관적으로 승부가 나기를 기다리던 미부의 겐자에몬과 문하생들이었다.

"앗! 오타구로까지."

"사제님!"

"덴시치로 님!"

이름을 불러도, 응급처치를 해도 이미 늦었다는 것은 금방 알 수 있었다.

오타구로 효스케는 오른쪽 귀에서 입속까지 칼에 베인 채 쓰러져 있었고, 덴시치로는 정수리에서 약간 비스듬하게 콧등을 조금 벗어나서 눈 아래 광대뼈까지 베여 있었다. 두 사람 다 단칼에 쓰러진 것이다.

"……그, 그래서 내가 말하지 않았느냐. 적을 얕잡아봐서 이렇게 된 거다. ……덴, 덴시치로. 애야, 덴시치……."

미부의 겐자에몬은 조카의 몸을 부둥켜안고 소용없는 줄 알면서도 시체를 향해 원통해했다.

어느새 그들이 밟고 있는 눈이 온통 복숭앗빛으로 물들었다. 자기도 죽은 자에게 정신이 팔려 있었으면서 겐자에몬은 그저 우왕좌왕하며 넋을 놓고 있는 자들에게 화가 나서 호통을 쳤다.

"무사시는 어떻게 됐느냐?"

다른 자들도 무사시가 어디 있는지 생각하지 않은 것은 아니나 아무리 둘러봐도 무사시의 모습은 이미 자신들의 시야에서 사라지고 없었다.

"없어."

"없습니다."

바보 같은 대답만 하자 겐자에몬은 이를 갈며 말했다.

"우리가 달려오기 시작했을 때까지 분명히 여기에 서 있던 것을 보지 않았느냐? 날개가 달린 것도 아니고. 무사시를 단칼에 베지 않고는 요시오카 일족으로서 내 체면이 서지 않는다."

그때 그곳에 모여 있던 자들 중에서 한 명이 "앗!" 하고 소리를 지르며 손가락으로 가리켰다. 자기들의 동료가 지른 소리인데도 그 소리에 놀란 자들은 모두 뒤로 한 걸음씩 물러서며 소리를 지른 자가 가리키는 방향으로 시선을 모았다.

"무사시다!"

"앗, 저기 있다."

"음……."

순간 뭐라고 표현할 수 없는 적막이 그들을 감쌌다. 사람이 없는 자연의 적막보다 사람들 사이에서 갑자기 솟아난 적막이 더 불길한 기운을 담고 있었다. 그들의 눈은 그저 대상을 비추고만 있을 뿐 귓속이며 머릿속은 진공 상태가 되어 생각으로 옮기는 것을 잊은 듯했다.

그때 무사시는 덴시치로를 쓰러뜨린 곳에서 최단 거리에 있는 건물의 처마 아래에 서 있었다. 그는 벽을 등진 채 사람들을 바라보면서 옆으로 천천히 걸음을 옮겨 서른세 칸 당의 서쪽 마루로 올라가더니 마루의 중간 정도까지 걸어갔다. 그리고 일단 저편에 모여 있는 자들을 향해 몸을 틀어 정면으로 섰다.

'공격해올까?'

그러나 이내 그들에게 그럴 기색이 없다고 판단했는지 다시 걸음을 옮겨 마루의 북쪽 모퉁이까지 가더니 렝게오인 옆으로 홀연히 자취를 감춰버렸다.

술내기

1

"우리가 보낸 글의 답신으로 백지를 보내다니 참으로 건방진 자들이군. 이대로 잠자코 있다가는 저 지체 높은 양반들은 더욱 기고만장해질 터. 내가 가서 직접 담판을 짓고 요시노를 이리 데려와야겠어."

노는 데 나이는 상관이 없다고 하지만 쇼유는 취하면 흥에 겨워서 맺고 끊을 줄을 모른다. 그렇게 말하고 나니 아무래도 자신의 뜻대로 하지 않고는 직성이 풀리지 않는 듯했다.

"안내하거라."

그가 스미키쿠의 어깨를 붙잡고 일어서자 옆에서 고에쓰가 말렸다.

"그만두시죠."

"아니네. 내가 가서 요시노를 데리고 오겠네. 하타모토旗本(에도 시대에 쇼군에 직속된 무사로서 직접 쇼군을 만날 자격이 있는 녹봉 1만 석 미만, 500석 이상인 자) 나리들, 그분들이 있는 자리로 어서 날 안내하거라."

저대로 보내면 위험하지 않을까 하고 사람들은 조마조마했지만, 그냥 내버려둬도 위험할 것이 전혀 없는 그저 술 취한 사람일 뿐이다.

그러나 위험하지 않다고 해서 가만히 보고만 있으면 재미가 없다. 위험한 척하면서 말리기도 하고 어르기도 하는 것이 세상 사는 묘미이기도 하고 술자리의 재미이기도 하다.

특히 쇼유처럼 세상의 쓴맛 단맛 다 알고 주색잡기에 능한 손님이라면 같은 술에 취한 사람이라도 다루는 데 애를 먹을 수밖에 없다.

"후나바시 님, 위험해요."

여자들이 편을 들며 말렸다.

"뭐라고? 날 무시하지 마라. 술에 취해 다리는 꼬여도 정신은 말짱해."

"그럼, 어디 한번 혼자 걸어보세요."

여자들이 부축하고 있던 손을 놓자 쇼유는 그 자리에 털썩 주저앉았다.

"조금 어지럽구나. 날 업어다오."

아무리 집이 넓다고 해도 같은 집 안의 다른 방으로 가는 데

복도에서 이렇게 시간을 지체하면서 다른 사람들을 고생시키는 것도 쇼유에게는 놀이의 하나임이 분명하다.

아무것도 모르는 척하면서 실은 다 알고 있는 이 취객은 도중에 절인 배추처럼 축 늘어져서 여자들의 애를 먹였지만, 한겨울의 노송처럼 야위고 늙은 그의 몸 안에는 좀처럼 꺾이지 않는 근성이 숨겨져 있는 듯했다. 그는 아까 백지 답장을 보내고 저쪽 별실에서 요시노를 독점한 채 의기양양하게 놀고 있는 가라스마루 미쓰히로 일행에 대해 속으로 몹시 화가 나 있었다.

'애송이 귀족 놈들이 참으로 건방지구나.'

귀족은 무사들도 껄끄러워하는 사람들이었지만, 교토의 대조닌들은 귀족들을 조금도 껄끄러워하거나 두려워하지 않았다. 툭 까놓고 말하면 그냥 지위만 높고 돈은 없는 사람들이다. 따라서 돈으로 적당히 만족감을 주고, 풍류를 통해서 고상하게 교류하며 지위를 인정하고 자존심을 세워주면 그들은 자신들의 꼭두각시처럼 움직인다는 사실을 쇼유는 잘 알고 있었다.

"간간 님이 계시는 방이 어디냐? 여기냐? 이쪽이냐?"

쇼유가 안쪽 깊숙한 곳의 화려한 불빛이 비치고 있는 장지문을 만지다 문을 열려는 순간, 이런 곳에는 어울리지 않는 다쿠안이 안쪽에서 문을 열고 얼굴을 내밀었다.

"아니, 이게 누구신가?"

2

"어라?"

쇼유는 눈을 동그랗게 뜨더니 우연한 만남을 기뻐하며 말했다.

"어이 땡추, 그대도 있었는가?"

나쿠안은 쇼유가 자신을 끌어안자 쇼유의 말투를 흉내 내며 말했다.

"어이 영감, 당신도 와 있었나?"

우연히 만난 두 취객은 연인처럼 부둥켜안고 지저분한 뺨과 뺨을 비벼댔다.

"무탈한가?"

"무탈하지."

"보고 싶었네."

"만나서 반갑구나, 이 중놈아."

종국에는 서로 머리를 딱딱 때리는가 하면 한쪽이 다른 한쪽의 콧등을 핥는 등 무슨 짓을 하는지 술 취한 사람의 마음은 당최 알 수가 없었다.

방금 전까지만 해도 거기에 있던 다쿠안이 옆방에서 나가는 기척이 있더니 계속해서 복도의 장지문이 덜커덕거리고 고양이들이 서로 희롱거리는 듯한 콧소리가 들려오자 가라스마루 미쓰히로는 마주 앉아 있던 고노에 노부타다의 얼굴을 바라보며 쓴웃음을 지었다.

"허허, 역시 예상대로 성가신 자가 찾아온 듯하군."

미쓰히로는 서른쯤 되어 보이는 젊은 귀공자였다. 품계가 높은 귀족답게 얼굴이 희고 말쑥한 미남이었기 때문에 실제 나이는 좀 더 많을지도 모른다. 눈썹은 짙고 입술은 붉으며 초롱초롱한 눈동자에는 재기발랄함이 서려 있었다.

'무가武家들만 대접받는 세상에서 어찌 나는 귀족으로 태어났을까?'

미쓰히로는 이 말을 입버릇처럼 달고 다녔다. 온순해 보이는 용모 속에 뜨거운 기질을 감추고 있는 그는 무가가 권력을 잡고 세상을 다스리는 작금의 시대에 의기왕성한 불만을 품고 있었다.

'머리가 좋고 젊은 귀족 중에서 작금의 세태를 고뇌하지 않는 자는 바보다.'

이 또한 미쓰히로가 거리낌 없이 말하고 다니는 지론이었는데 바꿔 말하면 이런 뜻인 듯했다.

'무가는 그 일문을 세습하는 자들인데, 그들이 정치권력을 잡으면서 문무의 융화와 균형이 깨진 것은 어제오늘의 일이 아니다. 귀족들은 한낱 장식품이자 허수아비에 지나지 않는다. 그런 시절에 자신 같은 인간을 태어나게 한 것은 신의 실수이며 지금 세상에서 우리 같은 신하된 자들은 고뇌를 하든지 술을 마시는

것밖에 없다. 그러하니 미인의 무릎을 베개 삼아 달을 보고 꽃을 보며 마시다 죽을 수밖에.'

구로도노토蔵人頭(왕의 직속 비서 역할을 하던 관청인 구로도노도코로의 우두머리)에서 우다이벤右大弁(종4품의 관직명)으로 승진하고, 지금도 산기参議(다이죠칸 내의 관직. 다이진, 다이나곤, 주나곤의 다음 지위)라는 현직에 있는 소성의 신하이면서도 그는 이곳 6조의 기루에 빈번하게 드나들고 있었다. 이곳에 있을 때만 울분을 잊을 수 있다는 것이다.

그와 함께 고뇌하는 젊은 동료들로는 아스카이 마사카타, 도쿠다이지 사네히사, 가잔인 다다나가와 같이 활달한 자들이 있었는데, 무가와 달리 모두 가난한 처지임에도 돈을 어떻게 마련해서 오는지는 모르겠지만 늘 오기야에 와서는 "여기에만 오면 사람답게 사는 것 같아."라며 마시고 떠드는 것이 일이었다.

그런데 평소와는 달리 오늘 밤 그의 일행은 제법 점잖고 품위가 있는 자들이었다. 일행인 고노에 노부타다라는 자는 미쓰히로보다 열 살 정도 많아 보였는데 어딘지 진중한 풍모에 외모도 수려했지만, 포동포동하고 약간 거무스름한 뺨에 곰보 자국이 있는 것이 흠이라면 흠이었다.

그러나 가마쿠라 최고의 사내라 불렸던 미나모토노 사네토모源実朝에게도 곰보 자국이 있었으니 그만의 흠이라고는 할 수 없었다. 특히 그가 과거에 간파쿠 가문의 장로라는 위엄 있는 신분이라는 티를 전혀 내지 않고, 그저 취미인 서도에서 불리는 이름인 고노에 산먀쿠인으로서 요시노 옆에서 곰보 자국이 있는 얼굴로 히죽히죽 웃고 있는 모습에 오히려 마음이 끌렸다.

3

고노에 노부타다는 만면에 웃음을 띠면서 곰보 자국이 난 얼굴을 요시노에게 돌리며 말했다.

"저 목소리는 쇼유 같구나."

요시노의 홍매紅梅보다 짙은 입술이 웃음을 삼키며 말했다.

"저기, 혹시 이 방으로 놀러 오시면 어쩌죠?"

그녀는 난처한 표정이었다. 가라스마루 미쓰히로가 그녀의 소매를 잡으며 말했다.

"일어서지 말거라."

그러고는 옆방 너머의 복도를 향해 일부러 큰 소리로 말했다.

"다쿠안 스님, 다쿠안 스님. 거기서 뭘 하고 있는 건가? 추우니까 나가려거든 문을 닫고 나가든지 들어오려거든 어서 들어오게."

"아, 그렇다면 들어가야지."

다쿠안은 장지문 밖에서 쇼유를 잡아끌고 미쓰히로와 노부타다의 앞으로 오더니 털썩 앉았다.

"오오, 이거 생각지도 못한 일행이 계시는군요. 참으로 재미있소이다."

쇼유는 이렇게 말하더니 아무리 취했어도 전혀 흐트러짐이 없는 걸음걸이로 곧장 노부타다의 앞으로 나아가서 인사를 하며 손을 내밀었다.

"한 잔 주시지요."

노부타다는 웃으며 말했다.

"후나바시 영감님은 여전히 건강하십니다."

"간간 님의 일행이 고노에 님인 줄은 꿈에도 모르고……"

산전수전 다 겪은 늙은 쇼유는 술잔을 되돌려주면서 일부러 취기를 과장해서 손을 떨며 주름진 가는 목을 저었다.

"요, 용서하시지요. 평소의 격조함은 격조함이고 만났을 때는 만났을 때, 그러니…… 간파쿠니 산기니 뭐가 그리 중요하겠소? ……하하하, 안 그런가, 다쿠안?"

그러고는 옆에 있는 다쿠안의 머리를 옆구리에 끼더니 노부타다와 미쓰히로의 얼굴을 가리키며 다시 말했다.

"세상에서 가장 딱한 분들이 여기 계신 귀족 분들 아니겠나. 간파쿠니 사다이진이니 하며 그럴싸한 직책은 받으셨지만 그게 다 실은 허울뿐. 그래도 조닌이 훨씬 낫지. 안 그런가, 다쿠안? 그렇게 생각하지 않는가?"

다쿠안도 다소 난처한 표정으로 그의 팔에서 가까스로 목을 빼내며 말했다.

"맞소, 맞아."

"그러고 보니 아직 그대에게는 잔을 받지 못했구먼."

쇼유는 다쿠안에게 재촉해서 술잔을 받아들더니 얼굴에 얹듯 술잔을 기울여 마시고는 또다시 말했다.

"이보게 땡추, 그대 같은 자들이 교활한 족속들이네. 지금 세상에서 교활한 인간은 중이요, 현명한 자는 조닌, 강한 이는 무가요, 어리석은 자는 당상관. ……하하하, 그렇지 않은가?"

"그래요, 그래."

"좋아하는 일도 제대로 못하고 정사政事에서는 배제를 당하다 보니 기껏 노래를 부르거나 글이나 쓰지만, 그밖에 다른 일에는 힘 쓸 일이 없지 않은가…… 하하하, 그렇지 않은가, 다쿠안? 뭐가 있을까?"

마시고 떠드는 일이라면 미쓰히로도 누구 못지않고, 고상한 이야기나 주량이라면 노부타다도 뒤지지 않지만 갑자기 들이닥친 침입자가 이렇게 몰아붙이니 두 사람도 별 수 없었던지 술맛을 완전히 잃어버린 표정으로 침묵을 지키고 있었다.

기세가 오른 쇼유는 한 술 더 떴다.

"요시노. 자네는 어떻게 생각하는가? 가령 당상관을 따르겠는가, 아니면 조닌을 따르겠는가?"

"호호호, 아이 참, 후나바시 님도……."

"웃을 일이 아니다. 자네 생각을 진지하게 물어보는 것이야. 흐음, 그렇군. 자네 생각을 읽었네. 역시 자네도 조닌이 좋은 게로군. 그렇다면 내 방으로 오게. 자, 요시노는 이 쇼유가 데리고 가겠소이다."

쇼유는 요시노의 손을 자신의 품속에 넣고는 단호한 표정으로 자리에서 일어섰다.

4

미쓰히로가 놀라 손에 들고 있던 잔을 내려놓으며 말했다.

"장난도 정도껏 하시게!"

그는 쇼유의 손을 잡아떼고 요시노를 자기 옆으로 끌어당겼다.

"아니, 어찌?"

쇼유가 발끈해서 말했다.

"억지로 데리고 가는 것도 아니고, 요시노가 가고 싶어 하는 표정을 짓고 있어서 데리고 가려는 것인데. 요시노, 그렇지?"

중간에 낀 요시노는 그저 웃고 있을 수밖에 없었다. 미쓰히로와 쇼유가 좌우 양쪽에서 손을 잡아 끌자 요시노는 난처한 표정으로 말했다.

"이제 그만들 하세요."

진심으로 오기를 부리는 것도, 한 여자를 사이에 두고 쟁탈전을 벌이는 것도 아니지만, 기를 쓰고 상대를 난처하게 하는 것이 술자리의 즐거움이다. 미쓰히로도 좀처럼 용납하지 않았고, 쇼유도 결코 물러서지 않았다. 그들은 요시노를 쌍방의 의리 사이에 세워놓고 말했다.

"자 요시노, 어느 자리로 가겠느냐? 이 싸움은 자네의 마음먹기에 달렸으니 자네 마음이 끌리는 데로 가면 돼."

결국엔 그녀를 난처한 상황으로 몰아넣으며 괴롭힌다.

"이거 재미있겠군."

다쿠안은 일이 어떻게 마무리되는지 지켜보고 있었다. 아니, 지켜보고만 있지 않고 그마저 옆에서 부추기며 그 상황을 안주 삼아 술을 마시고 있었다.

"요시노, 어디로 가겠느냐, 어디로 갈 거야?"

다만 온후한 고노에 노부타다만이 그의 인품에 걸맞게 난감해하는 요시노에게 도움의 손길을 내밀며 점잖게 말했다.

"이거 참, 짓궂은 손님들이구먼. 이런 상황에서 요시노가 어찌 누구를 선택하겠다고 말할 수 있겠소? 그렇게 강요하지 말고 모두들 사이좋게 같이 마시는 건 어떻겠소?"

그는 중재안을 내놓았다.

"아 참, 그리 되면 저쪽 자리에는 고에쓰가 혼자 남게 되겠군.

누가 가서 고에쓰를 이리 데려오너라."

옆에 있는 다른 여자들에게 말하고 그는 이 상황을 마무리 지으려고 했다.

그러나 쇼유는 요시노 옆에 앉은 채 손을 저으며 고집을 부렸다.

"이니다, 아니아. 부르러 갈 섯 없다. 내가 지금 요시노를 데리고 그리로 가겠다."

"안 될 소리."

미쓰히로 역시 요시노를 붙잡고 놓아주려고 하지 않았다.

"젊은 양반들이 참으로 건방지시구려!"

쇼유는 역성을 내며 술에 취해 몽롱한 눈으로 미쓰히로에게 잔을 내밀며 말했다.

"그럼, 누가 요시노란 꽃잎을 헤치고 들어갈지, 이 여자가 보는 앞에서 술내기를 하겠소?"

"술내기라고? 참으로 가소롭군."

미쓰히로는 다른 큰 잔을 상 위에 올려서 두 사람 사이에 놓았다.

"각오는 단단히 하셨겠지?"

"나약해빠진 공경님을 상대하는 데 그럴 필요까지 있겠소? 자, 시작해볼까. 승부다, 승부!"

"뭐로 하겠소? 그냥 마시기만 하면 재미가 없고."

"눈싸움."

"시시하게."

"그럼, 가이아와세貝合せ(진기한 조가비에 와카和歌를 곁들여, 그 우열을 겨루는 놀이)."

"그건 추잡한 늙은이를 상대로 할 놀이가 아니오."

"건방지게. 그럼, 가위바위보!"

"그게 좋겠군. 자, 그럼."

"다쿠안이 심판을 보게."

"알았소."

두 사람은 진지한 얼굴로 승부를 겨루었다. 한 번씩 승패가 갈릴 때마다 누구 하나가 술잔을 비우고 분하다는 듯 씩씩거리면 모두가 웃으며 배를 잡고 쓰러졌다.

요시노는 그 틈에 조용히 자리에서 일어나 소나무가 그려진 치맛자락을 끌며 눈 내린 복도를 걸어 안쪽 깊숙한 곳으로 모습을 감추었다.

5

애초에 승부가 날 수 없는 싸움이었다. 양쪽 모두 술에 있어서는 둘째가라면 서러워할 사람들이어서 승부의 끝이 보이지 않았다.

요시노가 사라지고 얼마 지나지 않아 고노에 노부타다도 뭔가 갑자기 생각났다는 듯이 집으로 돌아갔고, 심판을 보던 다쿠안도 졸린 듯 하품만 연신 해댔다.

그래도 두 사람은 여전히 술내기를 그만두지 않았다. 이윽고 다쿠안은 그들이 하고 싶은 대로 하게 내버려두고 자리에 누웠다. 그러고는 옆에 있는 스미키쿠의 무릎을 보더니 거기에 거리낌 없이 머리를 얹었다.

다쿠안은 그렇게 꾸벅꾸벅 기분 좋게 졸다가 문득 조타로와 오쓰의 얼굴을 떠올렸다.

'쓸쓸하겠구나. 빨리 돌아가고 싶은데……'

두 사람은 지금 미쓰히로의 집에서 신세를 지고 있다. 조타로는 이세의 아라키다 간누시荒木田神主가 맡긴 물건을 전해주려고 연말부터 와 있었고, 오쓰는 얼마 전부터 신세를 지고 있었다.

얼마 전이란 기요미즈 사 관음당이 있는 오토와 계곡에서 오쓰가 오스기에게 쫓기던 밤이었다. 그때 다쿠안이 뜬금없이 그곳에 나타난 것도 전부터 그러한 불안을 느끼고 있었기 때문이다.

다쿠안과 가라스마루 미쓰히로는 꽤 오래전부터 친한 사이였다. 와카와 참선, 술, 고민에 이르기까지 모든 것을 함께 나누는 사람 중 한 명이었다.

그런데 얼마 전 그 친구에게서 연락이 왔다.

"정초부터 뭐가 좋아서 그런 시골 절간에 틀어박혀 계시는가? 나다灘의 명주, 교토의 여인, 가모 강의 물새, 교토가 그립지 않은가? 자고 싶으면 촌구석에서 참선을 하고, 살아 있는 선을 이루고자 한다면 사람들 속에서 이루어야 할 터. 행여 교토가 그리워졌다면 걸음을 하는 게 어떻겠나?"

다쿠안은 그런 연락을 받고 올봄에 교토로 올라왔다.

그리고 우연히 그곳에서 매일 질리지도 않고 열심히 놀고 있는 조타로를 만났고, 미쓰히로에게 물어 전후 사정을 알게 되었다. 그래서 조타로를 불러 근간의 자세한 내막을 물어보니 오쓰가 정월 초하루 아침부터 오스기와 함께 노파의 숙소로 가더니 아무런 소식도 없고 돌아오지도 않는다는 것이었다.

'이거 큰일 났군.'

다쿠안은 깜짝 놀라 그날 바로 오스기가 머무르고 있는 숙소를 찾으러 나가서 밤이 되어서야 간신히 산넨 고개에 있는 여관을 찾아냈다. 그리고 나서 뭔지 모를 불안감에 휩싸여 여관 사람에게 등을 들게 하고 기요미즈 사로 찾으러 간 것이었다.

그날 밤, 다쿠안은 오쓰를 무사히 데리고 가라스마루의 집으로 돌아왔지만, 오스기로 인해 극심한 공포를 경험한 오쓰는 다음날부터 열이 펄펄 끓으며 지금까지 자리에서 일어나지 못하고 있었다. 조타로는 그녀의 머리맡을 지키며 물수건으로 그녀의 머리를 식혀주기도 하고, 약 수발을 들기도 하며, 극진하게 병

구완을 하고 있었다.

"두 사람이 기다리고 있을 텐데."

다쿠안은 되도록 빨리 돌아가고 싶었지만 같이 온 미쓰히로는 돌아갈 생각은커녕 유흥은 이제부터라는 듯 멀쩡했다.

그러나 결국엔 가위바위보도 술내기도 시들해졌는지 내기는 하지 않고 술만 마시는가 싶더니 머리를 맞대고 뭔가 토론을 하기 시작했다. 무가 정치가 어떻다느니, 공경의 존재가치라느니, 조닌과 해외 발전이라느니, 주제는 거창한 듯했다.

여자의 무릎에서 도코노마의 장식 기둥으로 자리를 옮긴 다쿠안은 눈을 감고 듣고 있었다. 자는가 싶으면 이따금 두 사람의 애기에 피식피식 웃는다.

그러다 불쑥 미쓰히로가 불평하듯 말했다.

"어? 고노에 님은 언제 돌아간 거지?"

쇼유 역시 흥이 깨진 듯한 얼굴로 말했다.

"그보다도 요시노가 보이지 않는군. 괘씸한 것."

미쓰히로는 구석자리에서 꾸벅꾸벅 졸고 있는 링야에게 말했다.

"요시노를 불러오너라."

링야는 졸린 눈을 크게 뜨고 일어서서 복도로 나갔다. 그리고 아까 고에쓰와 쇼유가 있던 방을 들여다보니 어느새 돌아왔는지 무사시가 하얀 등불을 마주한 채 숙연하게 앉아 있었다.

6

"아니, 언제 오셨어요? ······오신 줄 전혀 몰랐어요."

링야의 목소리에 무사시가 대답했다.

"방금 돌아왔다."

"아까 그 뒷문으로요?"

"응."

"어디 갔다 오셨어요?"

"밖에."

"좋은 사람과 약속이 있었던 거죠? 아가씨한테 일러줘야지."

맹랑한 말에 무사시는 무심코 웃으며 물었다.

"다들 모습이 보이지 않는데, 어떻게 된 거니?"

"저쪽 방에서 간간 님이랑 스님과 함께 놀고 계세요."

"고에쓰 님은?"

"몰라요."

"돌아가셨나? 고에쓰 님이 돌아가셨다면 나도 돌아가야겠구나."

"안 돼요. 여기에 온 이상 아가씨의 허락 없이는 누구도 돌아 갈 수 없어요. 아무 말 않고 돌아갔다간 손님은 웃음거리가 되고, 저도 나중에 꾸지람을 들어요."

무사시는 소녀의 농담조차 진지한 얼굴로 듣고 있었다. 그 말 을 사실로 믿고 있는 것이다.

"그러니 그냥 가시면 안 돼요. 제가 올 때까지 여기서 기다리세요."

링야가 나가고 잠시 후에 그 링야한테 들었는지 다쿠안이 들어왔다.

"무사시, 어찌 된 게냐?"

"앗?"

무사시는 깜짝 놀랐다. 아까 링야가 스님이 와 있다고는 했지만 설마 다쿠안이라고는 생각지도 못했기 때문이다.

"오랜만입니다."

무사시가 양손을 바닥에 짚으며 머리를 숙이자 다쿠안은 무사시의 손을 잡고 말했다.

"이런 곳에서 인사는 무슨……. 고에쓰 님도 같이 왔다는 얘길 들었는데, 고에쓰 님은 보이지 않는군."

"어디 가셨나 봅니다."

"같이 찾아보세. 자네에게 하고 싶은 말이 많지만 그것은 나중에 하기로 하고."

다쿠안이 말하면서 옆방의 문을 열자 고타쓰 주위에 작은 병풍을 두르고 곤히 자고 있는 사람이 있었다. 고에쓰였다.

너무 곤히 자고 있는 모습에 흔들어 깨우기가 미안해서 가만히 내려다보고 있는데 스스로 눈을 뜬 고에쓰가 다쿠안과 무사시의 얼굴을 보더니 어? 하고 의아한 표정을 지었다.

어떻게 된 연유인지 말해주자 고에쓰도 "스님과 미쓰히로로 경만 있는 자리라면 저쪽으로 합석해도 되겠지."라고 하여 다 같이 미쓰히로가 있는 자리로 돌아왔다.

그런데 미쓰히로와 쇼유의 얼굴에는 이미 술자리의 흥이 다한 듯 적막함만이 감돌고 있었다. 이런 분위기에서는 술 맛도 쓰고, 쓸데없이 입술만 말라서 물을 마시면 집 생각이 나게 된다. 특히 요시노 다유의 모습이 보이지 않는 것이 아무래도 성에 차지 않았다.

"돌아가도록 할까?"

"돌아갑시다."

한 사람이 그렇게 말하자 모두가 동의했다. 아무 미련도 없다기보다는 모처럼 좋은 기분을 망치는 것이 두렵다는 듯 모두 바로 일어섰다.

그때, 링야를 앞세우고 요시노의 시중을 드는 두 여자가 종종걸음으로 오더니 고개를 숙이며 말했다.

"오래 기다리시게 해서 죄송합니다. 아가씨께서 이제 겨우 준비를 끝내시고 여러분을 모시겠다고 하십니다. 밤이 깊어도 눈이 내려서 아직 환하고, 이 추위에 하다못해 가마 안에서라도 따뜻하게 돌아가실 수 있도록 부디 잠시라도 더 저희 집에서 술을 드시고 가시지요."

뜻밖의 말에 사람들은 솔깃했다.

"그래?"

오래 기다리게 해서 미안하다는 말이 무슨 뜻인지, 미쓰히로와 쇼유는 전혀 감을 잡지 못하는 표정으로 서로 마주보았다.

7

술자리에서는 한 번 깨진 흥을 되살리기가 쉽지 않기 때문에 더 생각의 일치를 보지 못했다.

'어떻게 할까?'

모두 망설이는 듯한 표정을 보이자 두 여자가 입을 모아 말했다.

"아가씨께서 말씀하시길 아까부터 자리를 비운 터라 분명히 다들 인정머리 없는 여자라고 생각하실 게 분명하지만, 아까처럼 난감한 경우도 없었다고 하십니다. 간간 님의 뜻을 따르자니 후나바시 님의 심기를 거스르게 되고, 후나바시 님의 말씀을 따르자니 간간 님께 죄송하고…… 그래서 조용히 자리를 빠져나왔지만, 실은 두 분의 체면을 위해 오늘 밤엔 새로 자리를 마련해서 요시노 님이 여러분을 손님으로 맞아 자신의 방으로 초대하시고 싶다는 것입니다. ……부디 아가씨의 마음을 헤아리셔서 돌아가시는 길을 잠시 늦춰주시기 바랍니다."

그 말을 듣고 보니 무턱대고 거절하는 것도 어쩐지 속 좁은 사람으로 비칠 것 같고, 요시노가 주인이 되어 자신들을 초대하는 마음 씀씀이에 특별한 감흥이 일지 않는 것도 아니었다.

"가 볼까?"

"모처럼 요시노가 저렇게 마음을 쓰는데……."

결국 링야와 시중드는 여자들의 안내를 받아 낡은 짚신을 신고 정원 끝으로 따라갔다. 부드러운 봄눈이 그들의 발자국을 흔적도 남기지 않고 지워버린다.

'아마 차를 대접하겠지.'

무사시를 제외한 나머지 사람들은 그렇게 생각했다. 요시노가 다도에 조예가 깊다는 것은 새삼스러운 일이 아니었다. 또 술자리 후에 한 잔의 차를 마시는 것도 나쁘지 않다고 생각하면서 걸어갔다. 그런데 다실 옆을 그냥 지나치더니 웬일인지 뒤뜰 깊숙이 쭉 들어가서 운치도 없는 밭이 있는 곳까지 오고 말았다.

조금 불안해진 미쓰히로가 다그쳐 물었다.

"우릴 대체 어디로 데리고 가는 거냐? 여긴 뽕나무밭이 아니더냐?"

그러자 시중드는 여자가 대답했다.

"호호호, 뽕나무밭이 아닙니다. 이곳은 해마다 늦봄이 되면 손님들께서 놀이를 즐기시는 모란밭입니다."

하지만 미쓰히로의 마뜩찮은 얼굴은 추위로 더 일그러졌다.

"뽕밭이든 모란밭이든 이렇게 눈이 쌓여서 휑하기만 한데, 요시노는 우릴 감기라도 들게 할 작정이더냐?"

"죄송합니다. 요시노 님은 아까부터 저기서 기다리고 계십니다. 저기까지 어서 가시지요."

밭 한쪽 귀퉁이에 초가집 한 채가 보였다. 이 6조 마을이 생기기 전부터 있었던 것 같은 농가였다. 초가집 뒤편은 겨울나무 숲으로 둘러싸여 있어서 오기야의 인공적인 정원과는 동떨어진 분위기였지만 오기야의 부지 내에 있는 것만은 틀림없었다.

"자, 이쪽으로 오세요."

시중드는 여자가 검게 그을린 그곳의 토방으로 들어가 일동을 맞아들이고는 안에 대고 말했다.

"모셔왔습니다."

"어서 오세요. 자, 어려워 마시고 들어오세요."

화롯불의 빨간 불빛이 비치는 장지문 너머에서 요시노의 목소리가 들렸다.

"마치 교토에서 멀리 떠나온 것 같군."

사람들은 토방 벽에 걸려 있는 도롱이 등속을 둘러보면서 요시노가 자신들을 어떻게 대접할지 궁금해하며 차례로 방으로 들어갔다.

모란을 태우다

1

　연노랑 무명옷에 검은 비단 허리띠를 매고 머리도 얌전한 여염집 여인처럼 묶고 옅은 화장을 한 요시노가 손님들을 맞아들였다.

　"오오, 이건!"

　"너무 곱구나."

　일동은 그녀의 모습을 보고 말했다.

　금빛 병풍과 은빛 촛대 앞에서 모모야마 풍의 자수를 놓은 덧옷을 입고 비단벌레의 빛깔을 닮은 연지를 입술에 발랐을 때의 요시노보다 이렇게 검게 그을린 농가의 벽과 화로 옆에서 깔끔하게 연노랑 무명옷을 입고 있는 그녀가 백배는 더 아름다워 보였다.

　"으음, 이거 완전히 새로운 기분이 드는군."

평소 칭찬에 인색하던 쇼유도 잠시 독설을 봉인한 모습이었다. 요시노는 일부러 방석도 내놓지 않고 그냥 시골 화로 옆에 손님들을 앉히며 말했다.

"보시다시피 누추한 산골 집이라 대접할 것이 아무것도 없습니다. 그래도 눈 내리는 밤에는 촌부니 귀족이니 가릴 것 없이 불보다 더 좋은 대접은 없다고 생각해서 이렇게 땔감만은 넉넉히 준비해두었습니다. 밤새도록 이야기를 나눠도 장작은 모자라지 않을 테니 마음 편히 쉬십시오."

과연.

추운 곳을 걷게 하고 여기서 장작불을 쬐게 한다. 대접이란 것이 이런 것이었구나 하고 고에쓰는 고개를 끄덕였고, 쇼유와 미쓰히로, 다쿠안도 편하게 앉아서 화롯불에 손을 쬐고 있었다.

"자, 거기 계신 분도 이리 오세요."

요시노가 자리를 만들면서 뒤에 있는 무사시를 눈짓으로 불렀다. 네모난 화로를 여섯 명이 둘러싸고 있었기 때문에 자연스럽게 비좁을 수밖에 없었다.

무사시는 아까부터 고지식하게 정좌를 하고 앉아 있었다.

근래 일반인들 사이에서는 도요토미 히데요시豊臣秀吉와 도쿠가와 이에야스 다음으로 초대 요시노의 이름이 널리 알려져 있다. 요시노는 이즈모出雲의 오쿠니阿國보다 고귀한 여성으로 경애를 받고 있었고, 오사카 성의 요도키미淀君보다 재색이 뛰어나고 친밀감도 있다는 점에서 훨씬 유명했다.

그래서 그녀를 대할 때 손님은 '매수자들'이라 불리고, 재색을 파는 그녀는 '다유' 님이라고 불리고 있었다. 목욕할 때도 일곱 명이 시중을 들고 손톱을 깎을 때도 두 명이 시중을 든다는 생활 모습 등도 예전부터 익히 알려진 얘기다.

그런데 그런 유명한 여성을 상대로 해서 놀고 있는 고에쓰와 쇼유, 미쓰히로 같은, 이 자리에 있는 손님들은 도대체 이런 것의 어디가 그리 재미있는 걸까? 무사시는 아무리 봐도 도무지 그것을 이해할 수 없었다.

그러나 재미없어 보이는 그 유희 속에도 손님으로서의 행실이라든가 여성으로서의 예의와 같이 서로 지켜야 할 마음가짐 같은 것이 엄연히 존재하는 듯했다. 그래서 불편해서 죽을 것 같은 무사시도 한껏 경직되어 있을 수밖에 없었다. 특히 분 냄새가 진동하는 여인들의 세상으로는 처음 발을 들여놓은 터라 요시노가 슬쩍 눈길만 줘도 얼굴이 화끈거리고 가슴이 요동을 쳤다.

"왜 그렇게 손님만 어려워하시죠? 이쪽으로 오세요."

"예. ……그럼."

요시노가 거듭 권하자 무사시는 쭈뼛쭈뼛 그녀 옆에 자리를 잡고 앉아서 다른 사람들을 따라 어색하게 화로에 손을 쬐었다.

요시노는 무사시가 자기 옆에 앉을 때 그의 소맷자락을 힐끗 보고 얼마 후 사람들이 이야기꽃을 피우며 정신이 팔려 있는 틈을 타서 조용히 가이시를 꺼내더니 무사시의 소매 끝을 닦아주었다.

"아, 죄송합니다."

가만히 있으면 아무도 눈치 채지 못했을 것을 무사시가 자신의 소매를 보며 그렇게 말하자 모두의 시선이 일제히 요시노의 손끝으로 향했다.

그녀의 손에 들려 있는 종이에는 붉은색의 무언가가 흠뻑 묻어 있었다.

미쓰히로가 눈을 껌뻑이며 말했다.

"아니, 이건 피가 아닌가?"

요시노는 웃으며 시치미를 뗐다.

"아니요, 붉은 모란꽃잎이겠지요."

2

모두가 술잔을 들고 마시고 싶은 만큼 실컷 술을 마시고 있었다. 화로를 둘러싸고 앉아 있는 여섯 명의 얼굴에 장작불빛이 부드럽게 명멸하며 흔들린다. 그들은 불꽃을 응시하면서도 문밖에서 내리고 있는 눈을 생각하며 깊은 생각에 잠겨 있었다.

"……."

장작불이 잦아들면 요시노는 옆에 있는 숯 상자 같은 것에서 한 자 정도로 자른 장작을 꺼내 화로에 넣었다.

　그러는 동안 사람들은 그녀가 때고 있는 가느다란 고목이 보통의 소나무 장작이나 잡목 같은 것이 아니라 아주 잘 타는 나무라는 것을 문득 깨달았다. 아니, 잘 탈 뿐만 아니라 그 불꽃의 색이 너무 아름다워서 황홀할 지경이었다.

　'이 장작은 뭐지?'

　누군가 의문을 품었지만 모두가 침묵을 지키고 있는 것은 그 불꽃의 아름다움에 마음을 빼앗기고 있었기 때문일 것이다.

　고작 네댓 개의 가느다란 장작이었지만 방 안은 대낮처럼 환했다. 장작에서 피어오르는 부드러운 불꽃은 마치 하얀 모란이 바람에 나부끼는 듯했고, 이따금 보랏빛과 선홍빛 불꽃이 뒤섞여서 활활 타올랐다.

　"요시노."

　이윽고 한 사람이 입을 열었다.

　"자네가 태우고 있는 장작은 대체 무슨 나무인가? 보통 나무 같지가 않은데……."

　미쓰히로가 물었을 때는 미쓰히로는 물론 다른 사람들도 향기로운 냄새가 따뜻한 방 안을 가득 채운 것을 느끼고 있었다. 그 냄새는 분명히 나무가 타는 냄새였다.

　"모란나무입니다."

요시노가 대답했다.

"모란이라고?"

모두가 뜻밖이라는 표정이었다. 모란이라면 당연히 화초라고 생각했는데, 이렇게 장작으로도 쓸 수 있는 나무인가 의심이 들었다. 요시노는 타고 있는 장작 하나를 미쓰히로에게 건네면서 말했다.

"한번 보세요."

미쓰히로는 그걸 받아서 쇼유와 고에쓰에게 보이며 신음하듯 중얼거렸다.

"과연, 모란 가지가 맞구나. ……어찌 이런."

요시노의 설명으로는 이 오기야 주변에 있는 모란밭은 오기야가 지어지기 훨씬 전부터 있었는데, 100년이 넘은 모란 그루가 많다는 것이었다. 그 오래된 그루에서 새 꽃을 피우게 하려면 해마다 겨울이 시작될 무렵에 벌레 먹은 그루를 잘라서 새싹이 돋도록 전지해주어야 하는데, 장작은 그때 나오는 것으로 잡목처럼 많지는 않다고 했다. 그것을 짧게 잘라서 불을 지피면 불꽃이 부드럽고 아름다울 뿐 아니라 눈을 맵게 하는 연기도 나지 않고, 향기로운 냄새까지 나니 과연 꽃 중의 왕이라 불릴 만큼 고목이 되어 장작으로 쓰여도 보통 잡목과는 다른 것을 보면 질質의 진가라는 것이 식물이든 인간이든 상관없이 살아 있을 때는 꽃을 피워도 죽어서까지 이 모란 장작처럼 진가를 지니고 있는 인간이 얼마나 되겠느냐며 말을 끝맺었다.

"이렇게 말하는 저조차 살아 있는 동안은 말할 것도 없고 아주 잠깐 젊었을 때나 사람들의 눈길을 받겠지만, 시들면 향도 없는 백골이 되어버리는 꽃에 지나지 않을 테죠."

요시노는 다시 그렇게 덧붙이며 쓸쓸하게 웃었다.

3

모란 장작불은 하얗게 타오르고 있었고, 화롯가의 사람들은 밤이 깊어가는 것을 까맣게 잊고 있었다.

"아무것도 없습니다만, 여기 나다의 명주와 모란 장작만은 밤이 다해도 모자라지 않을 만큼 있습니다."

요시노의 대접에 사람들은 매우 흡족해했다.

"아무것도 없기는커녕 이거야말로 왕이 누리는 호사보다 훨씬 낫구나."

어지간한 사치는 식상해하는 하이야 쇼유조차 감탄을 금치 못했다.

"그 대신 훗날의 추억이 될 수 있도록 여기에 한 자씩 남겨주십시오."

요시노가 벼루를 끌어당겨 먹을 갈고 있는 동안 링야는 옆방에 양탄자를 깔고 그 위에 당지唐紙를 펼쳐놓았다.

"다쿠안 스님, 요시노가 모처럼 부탁하는데 몇 자 적어주게."

요시노를 대신해서 미쓰히로가 재촉하자 다쿠안은 고개를 끄덕이면서 말했다.

"그럼, 고에쓰 님이 먼저."

고에쓰가 말없이 종이 앞으로 다가 앉아 모란꽃 한 송이를 그리자 다쿠안이 그 위에 노래를 적었다.

색도 향도 없는 몸이

무에 그리 애석하여

애처로운 꽃으로

세상을 등지는구나.

그러자 미쓰히로는 시를 지었다.

바쁠 땐 산이 나를 보고

한가할 땐 내가 산을 보네.

서로 바라보아도 서로가 닮지 않듯이

바쁨은 늘 한가함에 미치지 못하네.

대문공戴文公(중국 위衛나라의 20대 군주 대공戴公과 21대 군주이

자 대공의 동생인 문공文公을 아울러 부르는 말인 듯함)의 시였다.

요시노도 권유를 받고 다쿠안의 노래 아래에 글을 쓰고 붓을 놓았다.

꽃으로 피었으면서도

꽃이 느끼는 외로움은

지고 난 후를

생각하는 마음이련가.

쇼유와 무사시는 말없이 보고만 있었다. 억지로 강요하듯 붓을 들게 하는 사람이 없는 것이 무사시로서는 다행이었다.

잠시 후 쇼유는 옆방 한 편에 비파가 세워져 있는 것을 보고 요시노에게 연주해줄 것을 부탁했다. 그리고 그녀의 연주가 한 곡 끝나자 오늘 밤은 이만 술자리를 파하는 게 어떠냐는 쇼유의 제의에 사람들은 동의했다.

"그래요, 그럽시다."

그런데 장난기가 발동한 듯 요시노가 갑자기 비파를 꼭 끌어안았다. 그 모습은 재주가 있다는 것을 자랑하는 것도 아니고, 또 재주가 있으면서도 지나치게 겸손을 떨어서 오히려 역겨움을 주는 모습도 아니었다. 너무나도 순수한 모습이었다.

요시노는 비파를 안고 화롯가를 떠나 어슴푸레한 옆방으로

가서 한가운데쯤에 앉았다. 화롯가에 있는 사람들은 그녀가 연주하는 〈헤이케 이야기平家物語〉의 한 구절을 마음을 가다듬고 조용히 들었다.

화로의 불꽃이 잦아들어 주위가 어두워지기 시작해도 모두들 화로에 장작을 넣는 것을 잊은 채 정신없이 듣고 있었다. 그러다 네 줄의 섬세한 음계가 갑자기 급急에서 파破의 곡조로 바뀌는 순간 꺼져가던 화롯불이 급히 타오르며 멀리 가 있던 사람들의 마음을 다시 불러왔다.

"보잘것없는 재주를 부려보았습니다."

연주가 끝나자 요시노는 미소를 지으면서 말하고 비파를 놓고 제자리로 돌아왔다.

그제야 모두들 화롯가에서 일어나 돌아가려고 했다. 무사시 역시 공허함에서 구원받은 듯 안도한 표정으로 누구보다도 먼저 토방으로 내려갔다.

요시노는 무사시를 제외한 손님들과는 모두 일일이 작별 인사를 주고받았지만, 무사시에게만은 아무 말도 하지 않았다.

그리고 다른 사람들을 따라서 무사시도 함께 돌아가려고 하자 그녀는 그의 소매를 살며시 잡더니 속삭였다.

"무사시 님, 당신은 오늘 여기서 주무세요. 무슨 일이 있어도 오늘 밤은 돌아가실 수 없습니다."

4

무사시는 소녀처럼 얼굴을 붉혔다. 못 들은 척했지만 어쩔 줄을 모르며 대답을 못하는 모습이 다른 사람들의 눈에도 보였다.

"……어때요, 괜찮겠죠? 이분을 여기서 주무시게 해도요."

요시노는 쇼유를 향해 그렇게 물었다.

"좋다마다. 사랑을 듬뿍 주시게나. 우리가 억지로 데리고 갈 이유는 없으니 말이야. 그렇지 않소, 고에쓰 님?"

무사시는 당황해서 요시노의 손을 뿌리쳤다.

"아니요, 저도 돌아가겠습니다. 고에쓰 님과 함께요."

무사시가 그렇게 말하고 문밖으로 억지로 나가려고 하자 무슨 생각인지 고에쓰까지 쇼유 편을 들며 그만 혼자 남겨두고 가려고 했다.

"무사시 님, 그러지 마시고 오늘 밤은 여기서 주무시고 내일 적당한 때에 돌아오시는 게 어떻겠습니까? 요시노가 저리 걱정하고 있으니 말입니다."

무사시는 그들이 기루와 기녀의 세계에서는 신출내기인 자신을 혼자 남겨두었다가 나중에 웃음거리로 삼으려는 계획적인 장난이 아닌가 의심했다. 그러나 요시노와 고에쓰의 진지한 얼굴을 보자 결코 그런 장난은 아닌 것 같다는 생각도 들었다.

다만, 요시노와 고에쓰를 제외한 나머지 사람들은 무사시가 난감해하는 모습을 보며 재미있다는 듯 놀려댔다.

"세상에서 가장 운이 좋은 사내군."

"내가 대신해도 되는데."

그러나 그렇게 놀리는 소리도 뒷담 쪽 문에서 달려온 한 사내의 말에 이내 막혀버렸다.

사내는 요시노의 지시를 받고 기루 밖의 농정을 살피러 나갔던 오기야의 고용인이었다. 사람들은 요시노가 어느새 그런 데까지 주도면밀하게 신경을 썼는지 놀라는 모습이었지만, 고에쓰만은 낮부터 무사시와 함께 행동하기도 했고, 또 아까 요시노가 화로 옆에서 무사시의 소매에 묻은 피를 닦아주었을 때 모든 것을 알아챈 듯했다.

"다른 분은 몰라도 무사시 님만은 섣불리 기루 밖으로 나가시면 안 됩니다."

밖의 동정을 살피고 온 사내는 숨을 헐떡이며 모두에게 목격하고 온 사실을 다소 과장하는 것은 아닌가 싶은 말투로 전했다.

"이미 이 기루의 문은 한 곳만 빼고 모두 막혔습니다. 대문을 사이에 두고 삿갓집 주변과 저쪽 버드나무 가로수 아래에도 무장한 무사들이 눈을 번뜩이며 여기저기에 다섯 명, 열 명씩 새까맣게 모여 있습니다. ……그들은 모두 4조의 요시오카 도장 사람들이라는데, 근처의 술집이며 상가들은 모두 금방이라도 무슨 일이 일어날까 싶어 문을 꼭꼭 걸어 잠근 채 두려움에 떨고 있습니다. 정말 큰일이 날 것 같습니다. 모르긴 몰라도 기루에서 마장까지 백 명 정도는 깔려 있을 겁니다."

"수고했네. 이만 됐으니 가서 쉬게."

요시노는 사내를 돌려보내고 다시 무사시에게 말했다.

"지금 한 말을 들으면 무사시 님은 비겁자라는 소리를 듣지 않으려고 죽어도 나가겠다고 말씀하실지 모르지만, 그런 그릇된 생각은 버리십시오. 오늘 밤에는 비겁자라는 소리를 들어도 내일 비겁자가 되지 않으면 되는 거 아닐까요? 하물며 오늘 밤에는 놀러 오신 거잖아요? 놀 때는 노는 것에만 충실한 것이 남자의 여유라는 것이 아닐까요? 저들은 무사시 님이 돌아갈 때를 기다렸다가 뒤에서 공격하려고 하는 것이니 그것을 피했다고 해서 절대 불명예가 아닙니다. 오히려 자진해서 나가면 생각 없는 사람이라는 말을 들을뿐더러 저희 기루에도 피해를 끼치게 됩니다. 그리고 함께 나가시면 일행 분들이 어떤 위험한 상황에 처하게 될지도 모릅니다. 그러니 잘 생각하셔서 오늘 밤은 제게 몸을 맡기시지요. ……무사시 님은 제가 무슨 일이 있어도 안전하게 모실 테니 여러분께서는 가시는 길 조심해서 이만 돌아가 주십시오."

비파

1

이제 이 거리에서도 깨어 있는 기루는 없는 듯했다. 노랫소리도 뚝 끊겼다. 축시丑時를 알리는 소리는 방금 전에 울렸지 싶다. 모두가 돌아간 지 1각一刻(한 시진의 4분의 1, 30분) 남짓 지났다.

그대로 새벽이 오기를 기다릴 작정인지 무사시는 우두커니 토방 귀틀에 앉아 있었다. 혼자서 죄인이라도 된 듯한 모습이다.

요시노는 손님들이 있을 때나 그들이 돌아간 지금이나 똑같은 자리에 앉아서 화로에 모란 장작을 태우고 있었다.

"거긴 추울 테니 화롯가로 오세요."

그녀의 입에서 나온 이 말은 벌써 몇 번이나 되풀이되었지만, 무사시는 그때마다 사양하며 요시노의 얼굴조차 쳐다보지 않았다.

"괜찮습니다. 먼저 주무십시오. 날이 밝는 대로 저는 돌아갈 테니까."

둘만 남게 되자 요시노도 왠지 부끄러움을 타며 입이 무거워졌다. 이성을 이성으로 느껴서는 이런 일을 할 수 없을 것이라는 생각은 싸구려 기녀의 세계만 알고 그녀와 같이 엄격한 교육을 받으며 자란 격이 있는 기녀에 대해서는 모르는 자들에게나 통하는 상식이다.

그렇다 해도 아침저녁으로 이성을 상대하는 요시노와 무사시는 비교도 되지 않을 정도로 차이가 있었다. 실제 나이도 요시노가 무사시보다 한두 살 위일지도 모르고, 연애에 대한 견문이나 그러한 감정을 느끼거나 분별하는 것 또한 그녀가 훨씬 경험이 많다고 할 수 있다.

그러나 그런 그녀도 한밤중에 단 둘이 있는 상대가 자신의 얼굴을 보는 것조차 눈이 부신 듯 설렘을 억누르고 그 자리에서 꼼짝도 하지 않고 있자 자신도 함께 처녀의 마음으로 돌아가 상대와 똑같이 설레는 것이었다.

영문을 모르는 링야와 시중드는 여자는 아까 이곳을 나가기 전에 옆방에 귀족의 영애나 덮고 잘 법한 호사스런 침구를 깔아놓았다. 비단 베개에 달린 금방울이 어슴푸레한 방에서 반짝이고 있었는데, 그것이 오히려 두 사람의 마음이 편안해지는 것을 방해하고 있었다.

이따금 지붕과 나뭇가지에 쌓인 눈이 철푸덕 땅으로 떨어지는 소리가 들리면 가슴이 철렁했다. 담장 위에서 사람이라도 뛰어내린 것처럼 그 소리가 크게 들렸던 것이다.

"......?"

요시노는 슬쩍 무사시를 보았다. 그때마다 무사시의 그림자는 고슴도치처럼 전의로 부풀어 오르는 듯 보였다. 눈은 매처럼 맑았고, 신경은 머리카락 끝까지 곤두 서 있었다. 그럴 때면 무엇이든 그의 몸에 닿기라도 하면 모조리 베어버릴 것처럼 느껴졌다.

"......."

"......."

요시노는 왠지 오싹해졌다. 새벽녘의 한기가 뼛속까지 스며들었다. 그러나 그것과는 다른 전율이었다.

그런 전율과 이성을 향해 고동치는 설렘, 이 두 가지 핏소리가 침묵의 밑바닥을 번갈아가며 달려가고 있었다. 모란 불꽃은 그 두 사람 사이에서 꺼질 줄 모르고 타오르고 있었다. 그리고 그녀가 그 불 위에 올려놓은 주전자가 김을 토해내며 끓기 시작하자 요시노는 평소의 차분한 마음으로 돌아가서 조용히 차를 준비하기 시작했다.

"이제 곧 날이 샐 것입니다. ......무사시 님. 차 한 잔 드시고 이쪽에서 손이라도 녹이시지요."

2

"고맙습니다."

말로만 그렇게 인사하고 무사시는 여전히 등을 돌리고 있었다.

"……여기 있어요."

요시노도 이 이상은 더 권할 수 없어서 결국엔 침묵할 수밖에 없었다.

모처럼 마음을 담아 준비한 차도 비단보 위에서 차갑게 식어 버렸다. 요시노는 갑자기 화가 치밀었는지, 아니면 시답잖은 촌 놈한테 쓸데없는 짓을 했다고 생각했는지, 비단보를 당겨서 찻 잔 속의 차를 옆에 있는 퇴수기에 버렸다.

그러고는 애처로운 눈빛으로 무사시를 물끄러미 쳐다보았다. 무사시의 뒷모습은 여전히 철갑을 두른 듯 한 치의 틈도 보이 지 않았다.

"저어, 무사시 님."

"예."

"무사시 님은 그런 모습으로 대체 누구를 경계하고 있는 거죠?"

"누구도 아니고 바로 나 자신의 방심을 경계하고 있소."

"적은요?"

"적이야 당연한 거고."

"그럼, 만약 이곳으로 요시오카 님의 문하생들이 대거 들이

닥치기라도 하면 당신은 지금 있는 그 자리에서 분명 칼을 맞을 것입니다. 저는 그렇게밖에 생각할 수 없습니다. 참으로 딱하신 분이네요."

"……?"

"무사시 님. 여자인 저로서는 검술의 길이라는 것은 잘 모르지만, 어제저녁부터 당신의 행동이나 눈빛을 살펴보니 당장이라도 칼을 맞고 죽을 사람처럼 보였습니다. 말하자면 당신의 얼굴에는 죽음의 그림자가 깊이 드리워져 있다고나 할까요? 무사수련생이다 검술가다 하며 세상에 나온 분이 많은 적을 앞에 두고 그런 식으로 행동해도 되는 건가요? 그렇게 해도 적을 이길 수 있나요?"

요시노는 힐책하듯 이렇게 따지며 말이라는 칼로 그를 베었을 뿐만 아니라 그의 소심함을 경멸하듯 웃음을 지었다.

"뭐요?"

무사시는 토방에서 다리를 올려 그녀가 앉아 있는 화로 앞에 바짝 붙어 앉았다.

"요시노 님, 제가 미숙한 자라고 비웃으시는 겁니까?"

"화 나셨나요?"

"말하는 이가 여자라 화를 낼 수야 없지만, 저의 행동이 지금 당장이라도 칼을 맞을 사람으로 보인다는 것이 대체 무슨 의미입니까?"

화를 내는 것이 아니라고 말했지만 무사시의 눈빛은 결코 부드럽지 않았다. 이렇게 날이 밝기를 기다리고 있는 와중에도 자신을 에워싸고 있는 요시오카 일문의 저주와 책략, 칼날을 벼리고 있는 기미는 온몸으로 느끼고 있었다. 그것은 굳이 요시노가 사람을 시켜 바깥 동정을 살피고 와서 알려주지 않아도 그전부터 이미 각오하고 있던 바다.

렌게오인의 경내에서 그대로 다른 곳으로 자취를 감춰버릴까 생각하지 않은 것도 아니었지만, 그러면 동행한 고에쓰에 대한 예의도 아니었고, 또 링야에게 돌아오겠다고 한 말이 거짓이 되는 셈이었다.

그리고 동시에 요시오카 쪽의 복수가 두려워서 도망쳤다는 식으로 소문이 날 것이 뻔했기 때문에 다시 오기야로 돌아와 아무 일도 없었던 것처럼 그들과 동석했던 것이다.

그것은 무사시로서는 꽤나 고통스러운 인내를 요하는 일이었다. 자신이 여유롭다는 것을 과시할 생각이었건만, 어째서 요시노는 이제까지의 자신의 행동을 보고 미숙하다고 웃으며 얼굴에 죽음의 그림자가 보인다고 힐책한 것일까?

무사시는 그저 가벼운 농담이라면 괜히 따지고 들어서 긁어 부스럼을 만들 필요는 없지만, 뭔가 짚이는 게 있어서 하는 말이라면 흘려들을 수 없다고 생각했다. 설령 지금 이 집이 적에게 포위당하고 있다고 해도 정색하고 나서서 그 연유를 물어보지 않으면 안 된다고 생각하고 진지한 눈빛으로 따지듯 물었던 것이다.

3

단순한 눈빛이 아니었다. 칼끝과 같은 날카로운 눈빛이 요시노의 하얀 얼굴을 뚫어져라 응시하며 그녀의 대답을 기다리고 있었다.

"놀린 것이오?"

좀처럼 입을 열지 않는 요시노를 향해 무사시가 조금은 엄격한 목소리로 묻자 그녀는 사라졌던 보조개를 다시 지으며 빵긋 웃었다.

"아니요. 그럴 리가요. 무사이신 무사시 님께 어찌 장난으로라도 그런 말을 할 수 있겠습니까?"

"그럼, 묻겠소. 어찌하여 그대의 눈에는 내가 그리 쉽게 적의 칼에 맞아 죽을 그런 미숙한 몸으로 보인단 말이오? 그 이유를 말해보시오."

"그리 물으시니 말씀드리겠습니다. 무사시 님, 당신은 아까 제가 다른 분들에게 들려드렸던 비파 소리를 들으셨는지요?"

"비파? 그것이 내 몸과 무슨 상관이 있단 말이오?"

"물어본 제가 어리석었습니다. 비파를 연주하는 동안 내내 무언가에 신경을 곤두세우고 있던 당신의 귀에는 그 곡에 담긴 복잡하고 다양한 소리가 필시 들리지 않았을 테니까요."

"아니, 듣고 있었소. 그 정도로 정신이 없지는 않았소."

"그럼 그 대현大絃, 중현中絃, 청현淸絃, 유현遊絃, 이렇게 네 개밖에 없는 현에서 어떻게 그런 강한 가락이며, 느린 가락, 다양한 음색이 자유자재로 흘러나오는 것일까요? 그것까지 구분하며 들으셨나요?"

"그럴 필요가 없었소. 나는 그저 그대의 연주 소리를 듣고 있었을 뿐인데, 그 이상 무엇을 듣겠소?"

"말씀하신 대로입니다. 그것으로도 충분하지만, 저는 지금 이 비파를 한 인간에 비유해보고자 합니다. 얼핏 생각해보셔도, 고작 네 개의 현과 나무통에서 그토록 무수한 음이 울려 나오는 것이 신기하지 않으신지요? 그 천변만화의 음계를, 악보를 들어 말씀드리지 않아도 당신도 알고 계시겠지요. 백낙천白樂天의 〈비파행〉이라는 시에는 비파의 음색이 상세히 묘사되어 있습니다. 그것은……."

요시노는 가는 눈썹을 약간 찡그리면서 시를 읊는 것도 아니고, 그렇다고 해서 그냥 말하는 것도 아닌 낮은 목소리로 읊조렸다.

대현은 요란하니 소나기 같고

소현은 애절하니 속삭임 같다.

요란하고 애절하게 타는 가락은

큰 구슬 작은 구슬이 옥쟁반에 떨어져 구르는 듯하고

때로는 꽃 사이를 미끄러지듯 매끄럽게 날아가는 앵무새 같고

유연幽咽하는 샘물은 여울이 되어 흐르는 것 같다.

물줄기가 차갑게 얼어붙은 듯 비파줄 또한 엉겨 소리가 끊기니

얼어붙은 듯 잠시 소리가 끊겨 이어지지 않는구나.

소리가 끊긴 순간 깊은 시름과 맺힌 한이 슬픔이 되어 전해져

오는가?

이러한 때는 소리가 없는 것이 소리가 있는 것보다 낫구나.

그 순간 은병이 깨쳐 물이 사방으로 튀어오르는 듯

철기鐵騎가 갑자기 나타나 칼과 창이 부딪혀 울리듯 곡이 급

전하여 바뀌더라.

곡이 끝나매 발撥을 내려 비파를 가슴에 안고 줄을 그어대니

네 줄이 일시에 울려 마치 비단 찢는 소리 같더라.

"이처럼 하나의 비파가 다양하고 복잡한 소리를 만들어냅니다. 저는 어렸을 때부터 비파의 몸통이 너무나 신기했습니다. 그래서 결국에는 직접 비파를 부수고, 또 만들어보는 사이에 어리석은 저도 마침내 비파의 몸통 속에 있는 그 마음을 볼 수 있게

되었습니다."

거기서 말을 멈추고 요시노는 가만히 일어나 아까 연주했던 비파를 들고 와 다시 자리에 앉았다.

"신비로운 음색도 이 나무판 몸통을 뜯어 비파의 마음을 들여다보면 신비로울 것이 아무것도 없다는 사실을 알 수 있습니다. 그것을 당신께 보여드리겠습니다."

그녀는 연약한 손으로 굽은 왜장도 같은 가느다란 손도끼를 높이 치켜들었다. 무사시가 앗, 하고 숨을 삼킨 순간 손도끼의 날은 비파의 몸통을 깊이 파고들어갔다. 목에서 울림통까지 세 번, 네 번, 마치 피를 토하듯 도끼로 내려찍는 소리가 났다. 무사시는 자기 뼈를 도려내는 듯한 아픔을 느꼈다.

그러나 요시노는 주저하는 기색도 없이 어느새 비파의 몸통을 세로로 벗겨냈다.

4

"보십시오."

요시노는 손도끼를 뒤로 치우고 태연한 미소를 지으며 무사시에게 말했다.

나무판을 뜯어내자 비파의 몸통은 불빛 아래에 그 구조를 훤히 드러냈다.

"……?"

무사시는 비파와 요시노의 얼굴을 번갈아 보며 이 여인의 어디에 지금 같은 거친 기질이 숨어 있는지 의아하게 생각했다. 무사시의 뇌리에는 아직도 도끼로 내려찍는 소리가 남아 있어서 어딘가가 아픈 것처럼 몸이 쑤셨는데 요시노는 뺨조차 붉어지지 않았다.

"보시다시피 비파 속은 텅 비어 있는 것이나 다름없습니다. 그럼 저 다양한 소리의 변화는 어디에서 오는 걸까요? 바로 이 몸통 안을 가로지르고 있는 한 개의 횡목橫木에서입니다. 이 횡목이야말로 비파의 몸통을 지탱해주는 뼈대이자 심장이며 마음이기도 하죠. 그러나 이 횡목도 그냥 일직선으로 힘껏 몸통을 잡아당기기만 해서는 아무런 소리도 낼 수 없습니다. 그 변화를 일으키기 위해서 횡목에 이렇게 일부러 고저강약高低强弱의 무늬를 새기는 것입니다. 그런데 그것만으로는 아직 진정한 음색이라는 것이 나지 않습니다. 진짜 음색이 어디에서 나느냐 하면, 이 횡목의 양끝의 힘을 적당히 상쇄시키는 느슨함에서 나오는 것입니다. 제가 일부러 이 비파를 부수면서까지 당신이 알아주었으면 한 것은, 그러니까 우리 인간이 살아가는 마음가짐도 이 비파를 닮지 않았나 하고 생각하기 때문입니다."

"……."

무사시의 눈은 비파의 몸통에서 움직이지 않았다.

"그 정도는 누구나 다 알고 있는 것 같지만, 실은 비파의 횡목만큼도 그 속을 파악하지 못하는 것이 인간이 아니겠는지요. 네 현을 한 번 켜면 칼과 창이 울고, 구름마저 찢을 듯한 강한 곡조를 토해내는 몸통 속에는 이러한 횡목의 느슨함과 팽팽함이 적당히 조화를 이루고 있는 것을 보고 저는 언젠가 이것을 사람의 일상에 빗대 곰곰이 생각해본 적이 있습니다. ……그런데 오늘 밤 문득 당신의 경우에 견주어 생각해보니 아, 이 사람은 위험한 사람이구나. 팽팽하게 당겨져 있기만 하고 느슨함이라고는 털끝만큼도 없구나. 만약 이런 비파를 무리하게 튕기다가는 음의 자유나 변화는커녕 분명 줄은 끊어질 것이고, 몸통은 깨져버릴 것이다……. 실례지만 당신을 보고 이렇게 속으로 걱정되어서 말씀을 드린 것입니다. 결코 나쁜 의도로 말씀드린 것도, 농담으로 조롱한 것도 아닙니다. 그러니 부디 어리석은 여자의 주제넘은 오지랖이라고 흘려들으시길 바랍니다."

멀리서 닭이 우는 소리가 들렸다.

눈 때문에 강한 아침햇살이 문틈으로 비쳐들고 있었다. 속살이 하얀 나뭇조각과 끊어진 네 현의 잔해를 응시한 채 무사시는 닭이 우는 소리도 귀에 들리지 않았다. 문틈으로 햇빛이 비쳐드는 것도 깨닫지 못했다.

"아, 어느새."

요시노는 날이 밝는 것이 아쉬운 듯 화로에 장작을 더 넣으려 했으나 모란 장작이 더 이상 없었다.

문을 여는 소리며 새들이 지저귀는 소리와 같은 아침의 기척이 먼 세상의 소리처럼 들려온다. 하지만 요시노는 언제까지나 방의 덧문을 열려고 하지 않았다. 모란 장작은 다 타버렸어도 그녀의 피는 아직 따뜻했다.

링야와 시중드는 여자도 그녀가 부르지 않는 한 이곳 문을 함부로 열고 들어올 리가 없었다.

(5권으로 이어집니다)